THE BOOK OF SINS

冒犯书

陈希我 著

陈希我疼痛小说系

人民文学出版社

图书在版编目（CIP）数据

冒犯书/陈希我著. —北京：人民文学出版社，2017
（陈希我疼痛小说系）
ISBN 978-7-02-012354-4

Ⅰ. ①冒… Ⅱ.①陈… Ⅲ.①中篇小说—小说集—中国—当代 Ⅳ. ①I247.5

中国版本图书馆CIP数据核字（2017）第026912号

责任编辑　陈彦瑾
装帧设计　崔欣晔
责任校对　罗翠华
责任印制　王重艺

出版发行　人民文学出版社
社　　址　北京市朝内大街166号
邮政编码　100705
网　　址　http://www.rw-cn.com

印　　刷　三河市西华印务有限公司
经　　销　全国新华书店等

字　　数　266千字
开　　本　880毫米×1230毫米　1/32
印　　张　9.625　插页3
印　　数　8001—11000
版　　次　2007年2月北京第1版
印　　次　2018年3月第2次印刷

书　　号　978-7-02-012354-4
定　　价　38.00元

如有印装质量问题，请与本社图书销售中心调换。电话：010-65233595

【目录】

引 ·001

第一章· 晒月亮 ·002

第二章· 暗　示 ·042

第三章· 补　肾 ·060

第四章· 我们的骨 ·108

第五章· 旅游客 ·148

第六章· 又见小芳 ·196

第七章· 带刀的男人 ·240

第八章· 上天堂 ·268

一个作家的诞生（代后记） ·299

引

这是一个可怕的世界。不管你是否承认。反正我是看到了。你会问,你看到了什么?我告诉了你。但你仍会说:这不是真的,你怎么就看到了?你病了。是吧,我病了,我是个不幸的人,因为我看到了你看不到(或者只是不愿意看到)的世界。我的所有的不幸就是因为我看到了。生命的本质是骷髅。

但是你就真的幸运吗?你,就像被抓了放在炖罐里的田鸡,水在加温,你虽觉不妙,但还可以忍受,就忍受着,慵懒地;到了水热了,开了,你想逃脱,但为时已晚,你已无能为力。最好的拯救倒是早早将你扎痛,让你跳出来,活命。

但是这命就非要活吗?老实说,我也犹疑。假如活得像心满意足的猪,活得屈辱,为什么偏要活?某种意义上说,敢于不活的人,要比非要活的人值得尊敬。因此我要冒犯你,我要引领你去看看,活是一种怎样的景象。看看吧,虽然你忌讳,但我也相信,你也渴望看。其实你也想放弃自己,渴望被冒犯,渴望受虐。其实每个人都有受虐的潜意识,比如牙痛,明知道碰它会更痛,却还是情不自禁用舌头去顶它,那是一种对痛的确认。我们需要这种确认。甚至干脆让它更痛。在痛到不能再痛的时候,痛反而减轻了。

在最黑暗的底层,会有一种光。这光,是理想之光。我坚持我是个理想主义者。单凭我眼下在不知好歹地冒犯你们,就足以证明我是理想主义了。当然我不能强迫你也是理想主义者。我只是把这本书放你面前，它宛若一个中式深宅大院，每一章就是一进，一进比一进更深，一进比一进更可怕。在进入每一章前，我会问你：你想好了吗？你可以选择合上。如果你要进入，那就不是我的错了。

第一章 【晒月亮】

你想好了吗?
你可以选择合上。
你确定要进入吗?

1

电话响时老婆在厨房。老婆叫，你去接一接。我就去接。原来是我高中同学。大奶在不在？他们劈头就说。操。我说。哦，不是大奶，是二奶呀。他们哈哈笑了起来。

我慌忙瞥了瞥厨房。老婆正把锅碗弄得咣咣响。你电话没免提吧？那边又问。有话就说有屁就放！我喝。他们就又笑。那好，我们就只管说，出了问题，睡沙发跪搓衣板，可不怨我们。他们说。

他们是约我去温泉山庄的。同学会。可别把家属带来哟！他们最后说，语气诡秘。

老婆从厨房出来，摊着手。她的手上洗洁精闪闪发光。谁呀？

还不是那帮同学。我说，闲腻啦！闲的人那么闲，忙的人这样忙！这些年我越来越会强调自己忙，早出晚归，忙；老婆要睡了我还不睡，忙；家里有事不能请假，忙！老婆笑了。去哪里？

苏北。

苏北是经济不发达地区，根本不会让人联想到度假村。儿子从里间蹦出来。爸爸我也要去！

不行！

不嘛，人家要去嘛！

不能去就是不能去！我忽然火了。啪！一个巴掌就摔在孩子脸上。儿子哇哇大哭了起来。我也不知道自己怎么发这么大的火。从来没有过。第二天一早，我就带着一套换洗的衣服走了。走前特地去孩子房间亲他一下。孩子睡得正香，胖嘟嘟的脸，跟我小时候一个模样，也不专心读书。我没跟老婆告别，蹩身出了家门，好像去私奔。到温泉山庄时已经天将黑。大家早已等在那里。一见那阵势，我心就更慌得厉害。小小一幢别墅，三对人。所谓"对"，都是当年闹的。我们有次爬上学校后山顶，那是个月亮非常圆、离我们非常近的晚上。不知谁说，我们一齐说出自己最喜欢班上哪个女同学，不说的是小狗！就全说了。不料第二天就被传了出去，后来竟真成"对"了。我的那半对就坐在单人沙发上。她长大了。

我们最终是吵翻了分手的。她是不是还恨着我？她冲我一笑。她没有记仇。

大家冲我唱起了《迟到》。我贼模贼样地笑了起来，忽然感受到恶作剧的快活。唉，还他妈什么《迟到》啊！一个说，都是一九多少年的老黄历了！

哦，已经二〇多少年了！二〇多少年了，你变了没有？

变了！变白了。

是没有晒月亮的缘故哇！

会心笑了。晒月亮，那时的一个关键词，现在已跟当年许多词，诸如"拔草"，一起废掉了。现在小年轻谈恋爱，已不需要躲在密树草丛里。他们有很多地方可去,可当年却不敢。这一对，一直停留在目光交流阶段，直到毕业，直到各自结婚。那一对呢，有一次企图利用女方父母不在家的机会，在女方家约会。父母刚走，男的就从窗户跳进来，不料那父亲折回来拿烟，羞得他们险些双双自缢。而你自己，则是天天晚上跑到学校晚自修。就因为学校里有个她。她是寄宿生。你的钢笔总是会突然没水了，苦恼地四处张望。而且，离你最近的也总是只有她。于是，你就只得向她要。而她笔胆里的钢笔水也总是刚好也没了。只得到她宿舍拿。你们端着褪下外壳露出笔胆的钢笔,走出教室。你们不敢一起走,一前一后。直到没有人的地方近距离。喂!你说。喂!她也说。你们总是叫对方喂。然后谈了起来。

当年你们都谈些什么?记不得了。只记得总在发牢骚。你们抗拒老师拖课。有一次,差三分钟就要下课了,语文老师还要大家朗读一遍课文,《冯婉贞》。你们抗议起来:来不及啦,来不及!怎么来不及?老师说,还有五分钟才下课!三分钟!你们叫。三分钟就三分钟,老师说,来得及!你们仍叫:来不及!你们要念,第一段早就念完了,老师说,你们是自己拖拖拉拉,自己让自己念不完,来,念,冯婉贞……叮呤呤……喔——下课喽!

其实当时还是很快活。"四化"简直一蹴而就,只是我们偏不愿意。我们故意在那门槛外吊儿郎当,就像每次上课铃响都要由老师把我们赶进教室一样。

问题就在于你们不拼搏!老师总是说:拼搏,从上到下,从报纸到老师到父母,都这样坚信着。如今我们都拼搏过来了,七混八混,在这个社会上多少占了点利益份额(我成了高级工程师),个个衣冠楚楚,从头到脚的名牌。就连内裤也是"三枪"的。可那里却满是臊味。进了桑拿房,抖浴巾的动作都猥琐不堪。早已不是能够穿着普蓝色球裤到处跑的年龄了。那时穿廉价布料做的奇装异服,哼《一无所有》。那首歌叫什么来着?"站在橱窗犹豫大半天","摸摸口袋没有多少钱"。我们用上帝特许给我们的柔韧肢体跳太空舞。可现在这躯体却稀稀拉拉腆着大肚腩。那时个个精瘦得肋骨毕现,女孩乳房小小。当我第一次瞧见她小小的处女乳,还微微有点失望。她现在是不是也已有了一对踌躇满志的大乳了?开宴了。那时爱喝酒却其实不胜酒力,老是喝醉,现在却想醉也醉不了。全都醉不了,于是这场聚会更像是一场假性游戏,扮演回到前生。你瞧他们成双成对牵起手来了,好像已经是几十年的夫妻。不，比夫妻还亲。我们全都没有成为夫妻，一对也没成。高中一毕业就作鸟兽散了。十几年啦！喝！咱们老夫老妻喝交杯酒呀！你怎么怕我口水了？想当年亲吻都不怕……女的就追呀，打呀。我微笑着。我瞧见她也微笑着。我们都没有说，没有做。我们无声地吃着。她还是那样子，矜持，文静，即使内心疯狂。诸位，听说过一段行酒令故事没有？一个说——

说是有一对新人举行婚礼，家庭背景显赫，来客众多，各行各业。婚宴上，主持人建议行酒令。众来客立即山呼海应，现代的人不管墨水多少，谁不能侃出几套？但主持人要求酒令必须和自身有联系。一个在林业局工作的来了一首：

锯齿尖尖，滚木圆圆，我砍的树有千千万，我卖过的木材有万万千，我栽过一棵树没有？没有！

一个水利局的也道：

石头尖尖，浪头圆圆，我修过的大坝有千千万，不顶用的大坝有万万千，大坝里放了钢筋没有？没有！

一个曾经进过局子的小偷也不含糊：

万能钥匙尖尖，保险柜的锁头圆圆，我偷过的经理有千千万，我偷过的官员有万万千，有一个报案的没有？没有！

一个大款心想小偷真是雕虫小技：

金条尖尖，金表圆圆，我承包的工程有千千万，伪劣工程有万万千，有追究我责任的没有？没有！

主持人发现一位德高望重的老教授什么也没说，就鼓动老教授也来一段，推辞不过，老教授就说了一段：

A尖尖，O圆圆，我教过的学生有千千万，我培养的高才生有万万千，有一个留在国内的没有？没有！

一个推销员再也沉不住气了，他走南闯北，对酒令颇感兴趣：

头发尖尖，脑袋圆圆，我去过的发廊有千千万，我见过的发廊女有万万千，有一个会剃头的没有？没有！

主持人心想，就你这也叫作酒令啊，还是看我的吧：

新郎的手指头尖尖，新娘的小嘴圆圆，我主持的婚礼有千千万，我见过的新娘有万万千，有一个新婚之夜叫痛的没有？没有！

哇哈哈哈……大笑了。有一个新婚之夜叫痛的没有？没有！真是绝了。天才！新婚之夜我老婆也没叫痛。她很欢愉地兜着我的背，配合着我，一下一下。我没有问我是不是她的初恋。这是个愚蠢的问题。我好好过着好日子。我给她尽丈夫的职责，然后在她睡着后我自己再过一次，手淫。我始终没有戒掉这习惯。这是我平生最惬意也最失落的事。我想着她。她在痛，在挣扎，在求饶……就是面前的这个女人。有一个叫痛的没有？没有……他妈的！

……你凶狠剥着又厚又滑的风雪衣，那个身体就在风雪衣里的毛衣里的胸罩和内裤里。骇然出现了，魔鬼一样白。你简直不能把它看作自己的同类。那小肚下面，像被擤掉的鼻涕一样什么也没有。那晚月光很亮。还是那么亮。起初，你们谈着谈着，她忽然告诉你她爸已将她许人了，一个副区长的儿子。你愤怒了。好像她本已跟你订下了终身。本来还没点破的关系被点破了。你骂这是买卖婚姻，骂她是商品。可骂又有什么用？你是什么？你什么都不是。你绝望。最后，你对她动手了。

她没有抗拒，躺在水泥地上。水泥地冰冷。那是一个冬夜，没有一个人。正是你下手的好时机。好像你早已蓄谋。你竭力告诉自己根本就不曾爱过她。你野蛮压她，揉她。她顺从着，像个臣服的罪犯。你吻她，她就张嘴，让你吻。你咬她的舌头，她也没把舌头缩回去。这反让你不满足。你去掰她的腿。她意识到了什么，猛地一抖，反抗了起来。可是她没有叫，只是躲闪着，挣扎着。这让你更觉得自己理直气壮。我要惩罚你！我要惩罚你！她越害怕，越抗拒，你越要干！你要强奸！强奸，这词让你快意。你感受着她的腿在你身下像青蛙一样颤抖。可是，你却怎么也瞄不准那个洞口。

突然，你发觉一只手在引导着你。你瞧她，可她面无表情，好像那并不是她的手。她的脸死一样白，没有光泽，好像只是一张画皮。你吓得跳了起来。可那只手却紧紧逮住你，好像是在报复你。她眼睛忽然变得贼亮，坚定，绝望，让你不敢看。进去吧！她蹦出一句。这句话让你害怕。你不知道她在想什么，你不敢。可是那手凶狠地抓着你。你恐怖。你的下面已没有了感觉，只觉得包皮被扯得发疼。她死死缠住你，像可怕的女鬼。你简直后悔自己刚才的冲动。你拼命挣扎。她咻咻哭了起来。

我给你，给你！让我死！我们一块死！我们一起去死吧！……她说。

2

后来，我们两人全哭了。

现在已经没有人会把处女膜跟死联系在一起了。已有了处女膜修复技术。即使一个妓女，只要她愿意，花上不算太多的钱，就可以照样变成黄花闺女。虽然那时我们喜欢大逆不道的东西，可当听说美国女孩居然以处女为羞耻，还是惊讶得怪笑起来。我们记得一部国产电影中的镜头：新婚之夜，一个土炕，一块白布。我们害怕那块白布。

她最后说：等我三天……

你好像没明白她的意思。

她说，三天后的礼拜天晚上，他会约她出去。

你似乎更不明白了。只觉得一只毛毛虫趴在脊梁上，冰凉凉的。你没有回答。接下来几天你甚至都不敢想她了。你不敢去想那晚上的事，她对你说的话。她变得可怕，像妓女。（不知道现在年轻人，是否会把一个为你付出贞操的女孩看作妓女？）

你们的关系因你而起。她很漂亮，曾参加学生模特比赛。你追她，死缠硬磨，递纸条，找借口跟她说话，什么伎俩都用上了。你甚至在公众的场合把纸条递给她，把她脸都吓绿了。不接吧，那样她将更无法收场。她接下了，团在手心里。这就更给了你缠她的借口。她背上总有一横两竖，像倒放的条凳，那是她胸罩背带。她坐在你的前桌。你痴痴瞧着那倒放的条凳从她的衬衣透出来，还有那微微突起的搭扣，有时那背带还打旋了。有时候没有背带，只是围胸一抹。你不知道还有这样的胸罩，怎么不会滑下来？你对女孩子的东西很不了解。你一直以为那洞是冲着前面的，所以你跟她面对面站着时，总觉得有种吸力，你摇摇欲坠，把握不住，一不小心就会被吸进去。你听说女孩子的身体是带电的。你也带着电。你的欲望像一团热气，空洞而灼热。其实即使把她给你，你也未必摸得了要道，也只能稀里糊涂泄在外面。可你还是会很满足。

她原先并没有说要嫁给你。你也没有提出要她嫁你。你们甚至没有说到"爱"字。羞于说。可现在说出这样话的她，还值得你爱吗？如果被人家破了处女膜，她还是她吗？即使你得以进入她，你是得到她了吗？抛弃尊严的得到，是得到吗？你不知道。你感觉自己处在夹缝中，简直要被夹死。

她却跟你更黏糊了。好像经过那一场，你们间已没有了隔阂。她当着大家的面叫你，给你掸背上的土灰。你躲着她，可是你也没有去阻止她的计划，只是放任她，近乎卑劣。你暗暗数着日子，三天……礼拜五，礼拜六，礼拜天……礼拜天要怎么样了？会发生什么事？她要做什么？不知道。我不知道。我什么也不知道。我只是数着日期。礼拜天！

礼拜一你没有去上学，你装病在家休了一天。第二天你去了，她仍然叫住了你。

她告诉你，礼拜天晚上他们去看了电影，可是什么也没发生。

什么也没发生！你豁然轻松下来。一切如故！你甚至感激地将她抱了起来，好像抱着一个失而复得的东西。你简直都要流泪了。

她说，他们看电影，他的手始终放在自己膝盖上，直到银幕上映出大大的"完"字。动也没动。有一刻他动了，却是把手伸到自己衣袋里掏手帕，擤鼻涕。你咯咯笑了起来。他还用手帕？擤鼻涕！你挖苦。唔，那手帕还折得方方整整的呢！她也撇嘴附和你。

他们那样家庭的孩子，总有着种种可笑的地方。面皮白白，还说着普通话，就是学几句当地骂人的话，也腔调可笑极了。不敢爬树，不敢打架，什么也不敢。你们大肆嘲笑他。你说说不定他就经常流鼻涕呢，说不定他每次出门前，他妈还要叮咛过马路要小心呢。嘲笑他，几乎成了你们谈话的全部内容。你作践着他，用最恶毒的话，最离奇的想象。你把他想象成愚蠢的小财主。不论你怎样说，她都附和，还给你提供例证。你说他也许现在还让他妈喂饭呢，她就说，对对对，他家就有这么一个围兜，挂在厨房墙上，我看到过的。说不定他还在吃奶！你说。你表演他哼哼寻找奶头的样子，她就笑得滚到你怀里：哎哟，笑死我啦，饶了我吧！

这么说，这小子也没胡子喽！你又说。

就像太监！她也说。

不过，当太监也省得麻烦嘛！你简直得意地摸着自己的胡子。其实你并没什么胡子，不过是嘴上长点茸毛。你总是嫌自己嘴上的毛太软，胡子未能爬满腮颊。听说刮了胡子才能长得粗，长得硬，长得茂盛。你开始偷父亲的剃须刀，刮胡子。刀刃残酷逼人，可你不在乎。你只是担心刮了，胡子从此不再长。可是你又想，不如去冒个险，即使去死。你刮。你感到脸颊火辣辣的。你从镜子里看到自己脸上有血。你没有退缩。你对自己说男子汉就是在这样的残酷中炼成的，我经得起。只是你怕被她看出破绽：你在制造胡子。你记起父亲刮胡子时，总是把手放肥皂上，蹭两下，再抹在脸上。你也用肥皂抹，伤口扎心地疼。

谁像你这样呀！大胡子，土匪一样！她骂你。

土匪就土匪！你应，我就是土匪！

你喜欢被她这么叫。"土匪"这个词比"英雄"还要让你喜欢。英雄是正面的，土匪是反面的，反面的更有力量。反面的更让你心安理得，反面的黑暗能够掩盖你的虚弱。

那你就是我的压寨夫人！你又说，说！他跟你约会，都说些什么？

没说什么。她应。

不可能！你们谈恋爱怎么可能不说？

谁跟他谈恋爱啦？她叫了起来。

那你跟谁谈恋爱？

我不跟谁谈恋爱！她说，乜了你一眼。你就一把将她抓住，捏她。她就哇哇大叫起来。恋爱的名分好像变得重要了起来。你们开始双双在公众场合走。在学校不敢，你们就到街上去。你们牵着手，买冰棒一块吃，你一口，她一口。路上人投来惊讶的目光，你们不在乎。你们让自己感觉你们在热恋，有那么点痴，不更世故，还有那么点走火入魔。只有这样你们才心安。有一次，也不知谁带的头，你们居然向他的家，区委宿舍走去。那门口还有看门的。

那看门狗在看报纸，瞧见你们，就拦出来。干什么？

找人！你说。

找什么人？对方不信。你感到受了羞辱，真想扑过去拧下他狗头。突然，一旁的她报出了他的名字。你很吃惊。

什么？可是对方仍问。她更大声说了一遍，还说出他爸，那个副区长。你瞧见她面不改色，你很感激。你也说了遍那副区长的名字。对方犹疑地盯了你们半晌，终于进传达室打电话了。他在拿话筒。他在拨号。他的身影在玻璃窗上恍恍惚惚。你忽然有点慌张了，觉得马上就会有人冲出来，从那宿舍区哪个拐角，或他爸，或他妈，官太太，甚至是武警，把你们抓进去。你慌忙瞥了瞥她。可她却冲你无所谓笑了笑,死心塌地得像个女地下党。女人真是奇怪的东西。你也朝她笑了笑,把手插在裤兜里,腿抖了起来,还吹起了口哨。哼的什么调,你自己也不知道。倒好像打气筒在打气,又嘘嘘漏着气。你们撑着,谁也不逃。时间一秒一秒过去了。看吧,他就要出来了!你们好像在彼此说。简直在煎熬。当那门卫再次出来时,你觉得自己都已经死了。

不在!门卫说。

居然不在!

一个人都不在?你问。

都不在!对方说,不耐烦地。

他妈的躲到哪里去啦!你忽然骂了起来。那门卫没有理睬你,就回传达室了。你冲过去:你他妈到底有没有给我打电话?

你小子嘴巴给我放干净点!他火了。老子就是不干净,怎么样?他噌地就要冲了出来。

出来吧!出来吧!老子就是骂!有本事就出来!

他真的冲了出来,抓住了你的领子。你就跟他打了起来。来吧,来吧!老子不怕你!你叫。你想揍他,可他却闪在你的身后,牢牢揪住你的后领。他反而抽出一只手抽你一个嘴巴。你觉得嘴上什么东西流了出来。她尖叫一声猛扑上来,像一只母猴,又嚎又跳。她把尖尖的手指甲扎进他的手背肉里。他哇地大叫一声,松了手。你就趁势反揪住他,开拳就揍。看你怎么样!看你怎么样!你感觉揍的不是门卫,而是他。你们全来吧!老子不怕你们!你大声宣扬,简直骄傲地。

3

过后你们也捏了一把冷汗,奇怪自己当时怎么那么大胆。经过了这一场,你们平静了,好像大哭过一场,擤着鼻子,空气凄凄的。她用唾液为你洗伤口，又到医务室骗来红药水。她用红药水把你涂得小丑一般，你就骂，就追，就打。你朝她喊：快快滚到你老公那边去！你故意提起他，把他称作她老公。这样说时，你有一种残忍的满足。

你以为我不敢去呀？她也反击，这就去！还煞有介事噔噔走两步，我成功了也不告诉你！她说。

究竟"成功"指什么？她没说，你也不捅明。你们都在打哈哈。你们老开着这样的玩笑，一会儿说成功了怎样怎样，一会儿又打赌你不会成功，一会儿又发誓我一定要成功！成功……可是他只会约你看电影！你说。

他总是约她看电影。看电影时，他总是自始至终把手放在自己的膝盖上，专心看电影。简直是傻子。你不知道他是傻子，对你是件值得欣慰的事呢，还是可恨；是让你苟延残喘，还是一个障碍。学校操场边有块草地，你们窝在那里，就像老夫老妻窝在被褥上。已经是冬天。你嗅得到她红色风雪衣里的珍珠霜味道。你揪着草，嚼着草根。你们在密谋。我们要破坏他看电影！

知道怎样才能不让他看电影吗？你说。你卖关子。

来点阴谋啦！她说。阴谋！这词让你们兴奋得发抖。我们在耍阴谋。阴谋这词让人想起篡党夺权，整人，杀人灭口，那些巨大的罪恶。阴谋这概念盖住了你们卑微的心理。对啦！你不会说你不能看电影，一看就头晕？你说。

对呀！她叫。于是，看完电影出来，她就故意按太阳穴，做出要呕吐的模样。怎么了？他问。头晕！她说，我一看电影就头晕。

他果然信了。他去买后排的座位。他说这样就不会头晕了。她就说，后排也头晕，坐得再后也头晕。那，我们去逛商店吧！他说。

商店有什么好逛的？又没东西好买！她应。

那……我们去散步。

散步干什么呀！脚走得酸死了！她说，再说，满街都是人的……你尽出馊主意！

对不起……他说。

他居然说对不起！她回来一说，你们哈哈大笑起来。让你说对不起！让你说对不起！你手舞树枝，抽打树干，喊，说！对不起！说！就抽就打。凶狠地打他。啪啪！你仿佛听到了他的求饶声。可他好像并不明白你为什么打他，仍然说对不起！这样的傻子！就因为他有一个当官的爸，当鸡巴区长的爸！你小子何仁何德能够得到她？一个傻子！太监！连胡子都不会长！你恍惚觉得自己是个巨人，威武强壮，毛发旺盛，巍然凌驾在那小子之上。你打，啪啪！

你的下面昂扬起来，像一杆枪。你一把将她抱了起来。你把她驮在肩上。她在你肩上软塌塌的，好像电影《红高粱》里的巩俐，你就是那个土匪头姜文。她的手垂下来，轻轻捶打着你的腰。你驮着她翻过学校围墙。你们学校后面是座山。上去，再上去……那里有最安全的地方。那晚的月像水，月光泻下树缝，黑影稀疏。你把她放下。月光照着你们的脸。你们彼此明白，这里还是不行。好像你们要有什么大动作。你们又牵着手，往里走，走进深处。树越来越密，路越来越崎岖，你看不见她，她看不见你。只有你的手，她的手。她的手很小。神秘。这可真是个好地方。这样的好地方怎么就没有人占领？说不定已经被人占领了。说不定你一脚就会踩出人头来。你们下脚轻了，小心翼翼。

可是没有。没有人。真是天赐给你们的好地方。

也许上帝也知道你们要干什么。可是被上帝看着，你们也羞。

你们往更深处走。突然你一个趔趄，她轻叫：小心呀！别跌着。你争辩：谁会跌了？是吓唬吓唬你呢！呀，你欺负人家！她就叫，撒娇地，抓你，打你。你得意叫道：欺负你又怎样！现在就是欺负死你也没人救你了！没有人会来，没有人会看得见，没有人……

所以你就要怎么欺负就怎么欺负了？她说。

当然啰！你一把将她放倒，我要怎么样就怎么样！

万事俱备。你气喘吁吁，疲惫不堪。越是疲惫你越亢奋。你冲锋！

可是你突然被弹回来。你不能。

再没有人看见，也不行。

就是上帝蒙上眼睛也不行。

你的枪没有用武之处。你汗流浃背。你蓦然感觉出去的路好漫长。为什么要进这么幽深的地方？这么辛苦有什么意义？

你们一直只能拥抱，抚摸对方的身体。她身上的痣你能数得一个不漏，7+×。那×是一颗痣不像痣、胎记不像胎记的东西，就在那个洞的口上。可是那个洞，你就是不敢进去。

有时你会侥幸地想，或许进去，不会把那个膜弄破。可以进得浅一点。可是到底怎样才算浅，你拿不准。你去窥探，可你看不见。你在一个父亲当医生的同学家里偷偷看了一本医学的书，也不甚了了。你又想，如果只放在口上，不会有事吧？可她说，这很难说，保不准就会滑进去……

有时你会想，说不定她早已没有了处女膜。书上不是说剧烈运动、从自行车上摔下来，就可以导致处女膜破裂吗？天知道是怎么破了的！可是这样想，又觉得自己很自私，很对不起她。

有时候你会大笑一声：唉，管他个鸟呢！他不是个傻子吗？又知道什么？可是你又不敢肯定他就是个傻子。

有时候她会没了耐心。那么傻的家伙，简直没办法！她绝望地叫。有一次她突然暴躁起来，向你喊：我不去了！再也不去啦！你就怪她娇气，不懂事，这样你们怎么能成功？女孩子真是没有用！她哭了。她说她再也不会不懂事了，我们要成功！你们的成功，其实就是让他搞了她，就是把她当祭品，献出去。她为什么要当祭品？因为她爱你。你为什么非要做？非要进入？因为只有进入才能完全体现你的爱。我们的爱有多深？这么深！为了爱，你们去蒙受耻辱，千方百计让自己蒙受屈辱。你转到厕所，在洗手台镜子里照自己的脸。

你突然狠抽自己一个耳光。

你决定，亲自出马。

你在电影院门口等他们。他和她来了，可是你没有瞧见他的脸。也不知道为什么你偏偏瞧不见他的脸了。你本来极想瞧瞧他的，看看他的傻脸，没有胡子，光溜溜像大白猪。可是你偏偏没能瞧清他。你只知道他块头还算不小（傻大个！）。你瞧见他向售票处走去。他要去买票。你捡起一块小石子。你要阻止他买成电影票！你要把他们赶进公园！

你扔出小石子，扔在他前面。可是他稍微一闪，又向前去了。他的步伐一如既往。他买了票，抓在手里。你又捡起一颗石子，扔在他前面。他抬头。你仍然没有瞧见他的脸，像水粉画中远景人物的脸，没有五官。

那没五官的人又在给她买零食。他指着什么，她摇头。又指别的，又摇头。她就是不吃他的东西。你又捡起一颗石头，是卵石。你没有想这石头会不会砸出人命。你只想奋力扔出去。他开步走了。她没走，一定是想给你留个时机。你团了团那卵石，还没扔，他忽然回头叫她。她只得跟了上去。你把卵石放下了。他们走进了检票口。他有个顺溜溜拉着的背，股部很富态，像女人。他们眼看要进去了。你心头一紧，又抡起手臂。但你又迟疑了。假如伤到她，怎么办？

她被他掳进了电影院。她回过头来，目光幽怨。

你猛地想到去买票。买张票，也进去！可你发现自己兜里没有钱。

你在电影院外面焦急地乱转，像一只急得跳墙的狗。你把那卵石揣在口袋，攀着电影院厕所的花格砖墙，翻了进去。

电影院里静悄悄。没有灯。你不知道他们在哪里。到处都是一对一对。只有你一个人，孤零零，像孤魂野鬼，游荡着。没有人理睬你，没有人知道你要干什么。你走啊，走啊。电影院像深不可测的海。你听见边上有对恋人在分吃着东西，男的塞女的嘴里。酸！女的说。真的？男的紧张地问。骗你，甜死了！女的吃吃地笑了。你忽然想到她也许也在吃着他的东西,虽然今天他没有买,但保不住他一直没有买。她不能不吃。她的嘴里不能不濡上他手的气味。腻甜?

好几天,你都不吃她给你的零食。你甚至因此对她没有了欲望。你觉得是跟他共用一个牙杯。我很累。你说。

你多么羡慕那些恋人,可以一起看电影,明目张胆。可以为所欲为,还可以到对方单位(他们总是有工作,有可以自己支配的钱)找对方,甚至,不,完全可以到对方家去,管对方的爸叫"爸",管对方妈叫"妈"。然后,结婚,然后理直气壮地把自己的房门关上,理直气壮地把那个处女膜捅破了,还让女方腆起了肚子,生出孩子来。没有人说他们不应该,没有人找他们算账,人们还为他们祝贺,好像他们理所当然可以这样,耍流氓。

为什么结婚了,就可以理所当然地耍流氓?即使没有爱,即使她根本不爱他。

你真羡慕他们可以耍流氓。

可是,我不羡慕他。

我决不羡慕他!

4

他们那种家庭,一切总是那么可笑。他们装饭的碗小小的。她说那是存心不让人吃饱。说是吃完了再装,可谁好意思一再装(好像她饭量很大似的)?

他们的吃饭程序繁琐,每人面前放一个空小碗,那是用来自己装汤的。桌子中间放着一碗汤,上面还搁着一个大瓢,汤必须用这大瓢舀到自己小碗里,然后再用自己的调羹舀进自己嘴里。他们说是这样卫生。不过这样也有好处,可以避免她沾上他的唾液。

你竭力攻击他们家的可笑之处。与其是不屑,毋宁说是妒忌。你家很穷。你的父母都是普通工人。你们饭桌上的东西总是很简单，根本没什么好折腾的。你们家在旧棚屋区，破破烂烂。你扪心自问：你忍心让你爱的人住这样的房子，跟你过这样的生活吗？

她最初就反抗她父亲的安排：我不喜欢！她说。

什么是喜欢？她父亲说。有钱就会喜欢起来。

那时候大家都很穷，总以为有钱了，一切都会好起来。

我不喜欢！她仍然说。

你喜欢的，能给你饭吃？她父亲说，喜欢能当饭吃？我喜欢有钱，钱能跑到我钱包里吗？还赔得裤子都没得穿了！

她父亲是做生意的，是那时代早期做生意的一批人，转卖化工材料。可是他赔了，债主追在屁股后面。如果我能像当官的那样，利用双轨制搞倒卖，我能到今天这地步？她父亲说。

我就是不喜欢！可是她坚持说。她从来没有这样。她一直是乖乖女。

她父亲惊愕地瞪着她。你，该不会有人了吧？他说。

没有。她赶忙否认。

没有？我可告诉你，你要弄出怎样来，我打死你！她父亲说。谁要二锅头？我就是不打死你，你自己也没脸活！你只能去死！

去死就去死！她说。

她真的想到了死。所以她那晚叫喊着死。即使不为了找个好婆家，也要被道德审判。那时代，金钱观放开了，道德秩序还守着。道德和金钱共同铸成了十字架。你们畏惧它，甚至，你们还相信着它。

你明白她不属于你。当她的身体摆在你面前，你明白那只是个摆设。她是那么漂亮，身材那么好，她是个模特儿。这身材摆什么样的姿势都很美。你发明了好多姿势。能想象出的都演习过了。你们探索敏感区、快感点，你们摸索出了后来才知道的G点。你技巧圆熟。后来你成了工程师，你总会想起当年技术的高超，你甚至想到也许自己天生就有这素质。天生不是将才。她离你很近，又很远。有时你简直是在玩弄她。你折磨她，踩蹋她，咬她。你变得疯狂了。

她毫不反抗。她总是竭力想奉献得多一些，再多一些。她什么姿势都愿意做。但这并不能抚慰你。那是假性的，没有实质性，一种将就，一种阉割。你们的热情被折腾得七零八落。她负罪地细细拭擦着你泄出的东西，流了泪。最后你们懊丧地瘫倒在地上，望着抹得一团黑的天空，暗淡，冷。你愤怒了，不管三七二十一进去算了！你真的发起了冲锋，可是到了那个口上，还是畏缩不前。

他仍然只带她看电影。哪里也不去。没有去公园。

春来了。那是别人的。雨季，清明。植树节。全国在植树。

忽然有一次，他提到了公园！他说，在某个公园有他们植的树。咱们什么时候去看看？

她猛地一跳。他居然自己提出来。她竟心虚了，疑心他是在刺探。

哎呀你说什么呀！她说，去公园，人家还以为干什么！

回来后才后悔了。她恨自己怎么就那么胆小？只能再等机会了。可是他不提公园了。有一次他好像又提起，可他又马上打住了。你刚才说什么？她只得追问。

没有。他说。

有一天，他忽然说到了他家。他说他家人白天都去上班。这就是在引诱你到他家去呀，我的上帝啊！你对她说。

胡说！人家又没说要去他家。她说。

这还用说？你说，男的全这样！你又不知道男的。你居然现身说法了。其实，去公园又哪里有在家方便？

你停住了。什么叫方便？方便什么？你不敢捅明。可他再没有提去他家。船过水无痕。

有一天，她索性对他说：我要去你家！她也不知道自己怎么突然蹦出口来了。一同看完电影出来，并排站在电影院门口，外面下着雨。她忽然说：我要去你家！

他很诧异地掉过头来,瞧着她。她这才明白自己讲了什么。她头脑一片空白。她想:完了,这下要完了!可是她听到他说:好啊,去我家,等下我再送你回去。

他没怀疑。真是个傻子!谁要现在去!她说。

那,什么时候去?他说,下礼拜六晚上。

谁要晚上去!是跟你谈恋爱,还是跟你全家?每次都这样,话都不能讲!她说。

他笑了。所以我说看电影嘛!他说。

电影院里能讲什么话!你不怕被听见,我还怕呢!她说。

他又笑了。那,要没有人听见,只有去江边,公园……

那就去公园!她立刻说。她简直有点感激他了。

你们倒在草地上得意大笑。去公园!去公园!你们笑着,叫着。蓦地,这笑好像变了味,都腺了,盈盈瞅着对方,彼此都窥见了对方别有用心。

她咬着牙,嗲嗲地打了你一下:看人家干吗嘛!

你们难舍难分了起来。那天晚上,你们在学校后山做了一次最逼真的虚拟。你脱光了她。她的身体在黑暗中荧荧发光。这是你第一次这么彻底这么从容面对着她的全裸身体。那身体变得有些陌生。然后你也把自己脱光了。你把她放倒,放在一块硕大的岩石上。你吻她,先轻轻一触,然后狂吻了起来。你又吻她的身体。从上到下,重点分明,有条不紊。你享受着。这是在你们的新房,树干是你的床架,树叶是你的蚊帐。简直奢侈。月亮当空。月光是金色的,像一个烤热的金盘。你被烤得熔化了,像一股钢水。

可是钢水被困住了去路。

你又颓然垮了下去。

她起来了。她望着你。她的脸没有表情。她忽然握住了你。她欣赏着它。蓦然,她把它含进了嘴里。这是从来没有过的。你甚至有点怕,有些不习惯，缩了一下。她哼了一声，抬起了头，眼睛在问：你不喜欢？

不，我喜欢。你用眼神说。

她一笑，又低下头去，含住，运动了起来。你呻吟了。她也呻吟了。如愿以偿，不，已经超越了。你抚摸着她的脸，她的头发，她的发丝摩擦过你的指间，痒丝丝的。你又把手按住她的头，狠狠往自己压。她痛苦地扭动着头。你快意。她是你发泄的对象。她是一个女奴。你是帝王。这个世界就是这么不公平。你侧过头，你望见山下一片灯火辉煌，远远地，一个城市倒竖着。上海。

这是你生于斯长于斯的城市，一个正在繁荣的城市。你在它的边缘。很静。你明显感觉到快感的弧线，有点冷，有点黑。黑暗中的快乐，快乐中的黑暗。

你想起那一次，她说：三天以后……一缕黑暗笼罩而来。这是你有生以来的第一缕黑暗。你从此知道了黑暗如穴。你什么也看不见，你不能把握。

你朝这洞穴呼喊，声音被吸入无边的空虚……你紧紧抓住，你的手脱了。

她抬起了头，你是不是觉得我很淫荡？她忽然问。

你猛地抱住她。是我淫荡！我是畜牲！我耻辱。我全部努力都是要让你受辱，让自己受辱！我不让你去，我再也不让你去了！

她摇头。

你告诉自己这是最后一次，唯一的一次。

我一定要雪洗这个耻辱！

5

礼拜六。

你数着日子。上课也神思恍惚，不停地看她，好像看着就要出征的战友。

你们的班主任好像观察到了什么，老是提问你。你当然什么也不会回答。他就说：人在课堂，心在操场，你到底在想什么？有人就叫：他想拔草！现在还没到义务劳动的时候！老师说。全班就哄堂大笑。

那些也在悄悄恋爱的同学，那两对，他们也大笑着。他们是害怕扯上自己，要用笑你来显示自己清白。这种事，到了这份上，是不会有援助之手的。

这期间发生了一件事：学校不远的一个公园，一对恋人一天晚上被治安联防从草丛里揪了出来。你们看到了。那一对男女被押着，低着头，女的把头发披在脸上，像暗娼。她大腿侧边的裤口，拉链还来不及拉上，露出里面红卫生裤。你瞧见联防队亮晃晃的手电筒。你打了个寒战。你瞧她，她冲你笑了笑。你们都笑了，也不知道是在笑那对狗男女，还是在强作无所谓。接下去几天你头脑简直一片空白，好像无所期盼。直到最后一天，那个傍晚，你瞧见她背着书包走出了教室。你忽然不顾一切追了上去，叫住了她。

她停下来。可是你又不知道应该说什么。你冲她喂了一声。她乜了一眼你：干吗！语气从来没这么嗲。

干吗！边上有人学起来，笑。

你也笑了。末了，你向她做出个OK的手势。

OK！她也做。

然后，你什么事也没有似的回家了。吃过晚饭，你又习惯地去拿书包。你突然被什么烫了一下，一跳，奔出去。父亲从屋里追出来：到哪儿去？你才意识到没带书包，又转回来。

你想到哪儿去？父亲又问。

没有……

什么没有！

人家去学校嘛……晚自修。你支吾。

我不管是不是晚自修，父亲拿筷子敲碗，筷子溅着很寒碜的饭汁。我只看你考得上考不上！明年，就要兑现了！

你不知道父亲为什么要这么说。明摆着你高考就是考不上，他又不是不知道。你居然也答应了。你根本顾不了那么多。你只想冲出去。你冲上了大街。你刹住了脚，想着该往哪里去？你这才记起你根本不知道他们去的是哪个公园。那么多公园！你又没自行车。天一荏一荏黑下来了。你扭头往回走。父亲的自行车就放在家门口。你拽过，就要上，可卡住了。车上着锁。你闯进去。父亲惊愕地瞧着你。

我要车！你说。

什么？

我要自行车！

父亲好像明白了，站起来，可是他的手没有揣进口袋。他好像要说什么。他还要啰嗦什么，你猛地冲向工具箱，抄起一把榔头，折出来，咣咣咣就砸起车锁。父亲冲出来，你已经骑上车走了。车锁还挂着，绊着轮子哒哒响。你只顾骑。天完全暗了，像一块恐怖的黑幕布悬在你头上。你拼命骑。有一次你连车带人被撞倒，你翻身跳起，抓过车把又跨上去。车把子歪了，可你一点也没察觉。你只想着快，快！你仿佛瞧见他已经向她伸出了手了，可你还不知道他们在哪里。你看见了联防。几个联防向你走过来，他们腰间吊着手电筒，泛着银光。你想叫住他们，可你没有叫。你不知道自己是想借助他们打捞她，还是怕他们把她抓住了。你怕那手电筒的光。当那几个联防经过你身边时，你慌忙把头掉到别地方去。他们一过去，你又后悔了起来。你看到了黑暗。在黑暗的某个地方，她正被他压在地上。他像恶虎压着自投罗网的小动物。你甚至还能听到他得意的狞笑（原来他并不傻）。她的脸在斑驳树影中痛苦挣扎。她在喊你救她。她在叫：我不干啦，我不干啦！

一辆公交车对你嗥叫。那车上的人们都在安逸地过着他们的日子哪！你真恨自己，把她送出去。我们不干啦！我们不干啦！

你像没头苍蝇在街上乱跑了一夜，连他们的影子也没见到。街灯一处一处地熄灭了，夜像不可测的深渊。你瞧见一个公园门口，一个老太婆在收拾椅子。有几个联防打着呵欠走了过去。他们好像在说着什么。该发生的早已经发生了。你拖着疲沓的身子回到了家。爸已睡着了。

那晚上你做了一个梦。梦中，她趴在你身上哭。你对她说：我不嫌弃你！我不嫌弃你……

第二天你没吃早饭就奔学校了。可是班上已经满是人了。你没能跟她说上话。你只能从背后观察她，用尽你所有的道听途说的知识，观察她，还是不是处女体型。终于，你们有机会接触了。她出去，你也跟出去。她说，没有。

没有？

什么也没有。

他们是去了人民公园，在那里坐到半夜。他居然还是一下也没动她。他带着她找到一张明亮处的石凳，坐下来。他仍然两只手放在膝盖上，直到最后也没有移开。一对对谈恋爱的人从他们的面前走过去，都瞧了他们一眼，好像瞧着路灯。

人家瞧着我们呢！她说，我们去走走吧！

他们走到一个有树阴的地方，她故意装做很喜欢那里的空气似的，深深呼吸起来。其实那里只有尿臊味，可这味道也传递着一种隐秘气息。可他却捂了捂鼻子，要走。她就生气起来。

你到底爱不爱我？她一咬牙，说。

我怎么不爱你了？

你就是不爱我！

你怎么会觉得我不爱你了？

你就是不爱我！她硬说。

到底什么说明我不爱你了？

你爱人家，怎么不理睬人家！

她说，话说出口就害羞地掩住了脸，一边从手指缝里窥视着对方反应。

可是他仍然说：你不是冤枉人吗？

我就是冤枉你就是冤枉你！她叫。

他突然明白了，笑了。她慌忙捶打起他来：你真坏你真坏你真坏！她叫。又去抓他头发。她想把他全身抓得乱乱的。他慌忙抵挡着。他拦她的手，可当他一接触到她的手，又像触电似的撒掉了。最后变成不停地摆手。别这样，别这样！听我说……我知道你爱我，请相信我也是爱你的，非常爱……只是，只是……我想，让我们把最幸福的时刻留给结婚那一天，好吗？

我——操！傻，傻子！原来是他妈一个大傻子！

你简直受不了啦！你真想冲去找他，扒下他裤子，看看他，是不是真是太监！太监！不长胡须的太监！傻子加太监。

一个傻太监懂得什么处女膜？你想。可是，他就这么傻不愣登站在那个洞口上。不，他只是把里面抽个真空，一劳永逸地睡大觉去。你就是进不去。

他是那么地优裕。

6

退了吧，我们。

酒足饭饱，打着嗝。桌面上还剩着许多东西。没有人想再动筷子。附近酒店的服务员来了，收拾杯盘，小心翼翼地把还能吃的东西拣进一只碗里。一个同学揶揄地冲我挤个眼睛，笑着。我没有笑。饱汉不知饿汉饥。现在我们也很优裕了。大家悠然退到了客厅。

跳舞吧！有人提议。不用说，这里是准备音响的。熟练地操作，放出音乐。《友谊地久天长》。其中一对就起身跳了起来。一小节完，有人做出捻灭蜡烛的手势。笑了。这是电影《魂断蓝桥》里的细节。一支支蜡烛灭了，走向黑暗，走向分别……旋律旋到了底。一支支蜡烛灭了，一盏盏灯暗了。房间里一步步晦暗了下去，音乐声也小了。那跳舞的一对转进了边上的一个房间。另一对，也站了起来。好像乌鸦呼啦啦飞了起来，昏天昏地。我猛地紧张起来，这才发现，围绕客厅有三个房间。恰好三间。他们怎么了？他们要干什么？原先可没有跟我讲的呀。我想瞧他们的脸，可是我瞧不见。谁也瞧不见谁。可是谁又好像都瞧得见谁。谁都知道要干什么。那么默契。好像原先就串通好了似的。轻轻的关门声，还有屋子里的脚步声，猫一样地轻。还有轻笑声。

她会怎么想呢？她是不是以为我也是设局者？她坐在那里，不作声。音乐转到了什么曲子？瓮瓮的，我辨不出。我拿出一支烟，点火，故意装作打不出火来，然后去找火柴，转到她那里，想看她的神情。她蓦然把火柴递给我。

唉，本来嘛。本来我们就心照不宣。那过去的一切，还记得吗？我们有着比谁都艰辛的过去。我们更有理由得到补偿。已经没有障碍了。她早已结了婚。而我，也已经有钱了。

有钱还真他妈的好。虽然我们失落，可是我们苟活得像只猪。穷困之中的理想和尊严，是什么东西？

现在人都明白了。可是那时候，这么简单的道理，你就是不明白。

……父亲把你狠揍了一顿。

你没想到父亲会到学校来。你才从教室外回来，父亲就出现在门口了。他庞大的身体把走廊挡得漆黑。去哪了！

没……

啪！头就被敲了一下。你这才发现父亲操着家伙。你简直被敲蒙了。想往回逃，可是又害怕被当作抗拒，就缩头往教室里钻。可又被父亲敲了一下。你更紧张了，拼命钻进教室。父亲追了进来。你这才发现自己愚蠢，你已经在众目睽睽之下了。父亲并不就此罢休，仍然对你举起了家伙。你瞧清了，那是一根扫把棍。

这时她进来了，惊骇地瞧见这一切。她瞧你，担心地。也许她的眼神被你父亲捕捉到了，他盯上了她，眼睛像鹰。他甚至绕她转了一圈，活像一个老色鬼。她慌忙缩着头跑回自己位子。

好啊！谈起恋爱来了！父亲叫。你不知道他怎么知道的，也许是班主任告诉他什么了。也许他早就知道了，自己昨天竟还那样荒唐。他挥舞着棍子又打下来。你逃，他就追。他一边追，一边骂：我看你有本事谈恋爱！我看你有本事搞女人！你听见大家笑了起来。你瞧见她满脸通红。你羞辱极了。我又不是小孩了！你向父亲喊。

父亲愣了一下。也许他没有想到你会这么说。你说什么？你不是小孩了？你是大人了？你骨头硬了？他吼道，更扑过来。你后悔了。可是你想反正也认了，我不能软！你没有逃。你站着，你竭力表现得勇敢有出息些。你等着一棍子再砸下来。可这下棍子没挥起来，它掉了。父亲抓住了你的裤带。你不知道他要怎样。你不是小孩了？你有本钱了？他嘟囔，你有本钱了？我倒要看看你有什么本钱！

就剥起你裤子来。他居然要扒裤子！你完全没有料到。你要逃，可你的皮带已被他死死控制住了，动弹不得。你挣扎。拚死挣扎。你听见父亲气急败坏的喘气声，好像要憋过去了。他突然又捡起棍子，敲下来。你顾了躲闪棍子，就顾不着裤子了。你只得死死守住裤子。他就狠狠打你护皮带的手。你的手痛得松开了，可马上又抓住皮带。继而又不得不放掉。你简直不知道那手是该守住还是该逃脱。你觉着自己的裤子就要被剥下来了，你就要被剥得精光，自己就要像剥了皮的兔子。就在众目睽睽之下。你真想把生殖器缩到肚子里去，你真想根本没有长生殖器。你瞥见了她，她几乎要哭了。好像她也被剥着裤子，你们是一体的。你于是就更狠命拽住皮带。父亲无奈了，也许因为无奈他更加愤怒，他突然操棍子打你的下身。哪里都不打，就打那部位。

你痛得号叫。并不是因为肉体痛,而是心痛。那是你所以是一个男人的器官,你的一切。你好像还感觉到器官在敲打下有些勃起了。你简直不知道该怎么办。

我看你风流根还翘不翘!父亲嚷。

你不知道父亲为什么要发狠打你那地方。他一直为你有鸡鸡而自豪。你是他的独生子。小时候,你不肯撒尿,他就跟着母亲哄你,给你模拟各种各样声音,鸟的、鸡的、老虎的,还噘着嘴对着你的小鸡鸡。你小鸡一翘,尿就撒在他身上,他还乐呵呵。他为自己创造了一个鸡鸡而得意。好像有了鸡鸡,这世上就有你的一个份额。

什么时候不再为鸡鸡得意了?他被换去烧锅炉。他找领导闹,领导说:你能干什么?现在都讲技术讲文化知识了。没有文化知识有鸡鸡也没用,甚至没有鸡鸡还可以去嫁人,有鸡鸡的反而硬磕磕没人要。他冲他们喊:你们不也没文化?你们有什么本事?将来当官也要大学毕业!从此他开始向人吹嘘,自己的儿子多么会读书。

这样你就不怕了,会读书就有希望。人家说。

他就又高兴了。他总是这样对人家说。他这样撒谎着,一次又一次。撒一次谎,他就挣了一次面子,同时也更把他逼近危险悬崖。因为他儿子书读得其实并不好。他把什么都给了儿子。没有吃?没关系。没有什么都没关系,只要孩子读书好,将来一切都会有的。记住!像我们这样的人,不靠读书是没有出头之日的!他对你说。父亲活了大半辈子,什么路都向他堵死了,于是把希望寄托到了子女读书上。其实不是谁都必须读书的,只有无路可走的才靠读书寻求出路。有权的人不必读书,必要时他们可以通过特殊渠道拿个文凭(假如你有钱,也可以买文凭),而你却只有读书这条路可走。父亲到处打零工供你。现在他恨你,也许更恨自己。没本事,生个有鸡鸡的又有什么用?反而是负担,是孽根。

学校开始分文理班,理科,文科。你被分到了文科班(她则因他父亲的关系被分到了理科班,虽然她的成绩连你都不如)。文者,无也。文科,就是无科。

父亲慌了,跑到学校求老师,像陀螺一样跟着班主任转。班主任说,我理解你,可是谁都希望进好班、理科班,如果这样还不都乱了?总要按标准办事,那就是成绩。成绩面前人人平等。父亲碰了一鼻子灰。你没权势,也没有钱,人家只能跟你谈平等。父亲又把你狠揍了一顿。他喝着酒揍你。他流了泪。你第一次瞧见父亲的眼泪。

7

你们的语文老师能说会道。第一节课,他就说:谁说文科是无科?无者,原也。万物出于无,无乃有之源。文学的作用大着呢!你简直被他的思辨倾倒。

他喜欢针砭时弊,尖锐,大胆,他的课堂上总是充满了笑声和掌声。大家一鼓掌,他就打个暂停手势,这是课堂,不是自由市场。他说。他知识非常渊博,什么都懂,让你明白了文学是什么都管的,政治、历史、社会。他常常撇开课本,讲当今文学作品。有一次他说起一篇叫《绿化树》的小说。在清水里泡三次,在血水里浴三次,在碱水里煮三次……他朗诵。这是苏联作家阿·托尔斯泰的名言,一个知识分子的朝圣历程。章永璘,在承受苦难和学习《资本论》中走向圣洁。

为什么是《资本论》。你嘟囔。

我知道你们不感兴趣。可你们知道吗?在西方,马克思也被视为伟人呢!三大伟人之一,爱因斯坦、弗洛伊德、马克思!

哇!居然跟弗洛伊德摆在一起(还有爱因斯坦)。你们从没听说过。

你们不要一听马克思主义就反感。存在主义还源于马克思主义呢!

存在主义!就是那个……人生就是荒谬!一个同学说。

你刚才说什么来着?他指这同学。

没说什么……

不要抵赖。有知识为什么要不承认呢?他说,你知道什么是存在主义。

我不是要罚你,是要奖你。

大家笑了。

当然啰,章永璘不可能读存在主义,读萨特。他忽然又说,那时候不可能。我也是一遍又一遍地读毛选,最安全,还有就是马列著作,要读原著。当然也为了外语不会丢。就是现在也不能宣扬萨特。这正是作者的巧妙之处,打擦边球。作者是著名作家,张贤亮,他也是饱经坎坷的,据说还当过乞丐。

乞丐!

你们都还太年轻,他说,不明白。我们国家是这样过来的,我们都是这样过来的,不容易!我们能做的就是充分利用自己的权利,参政议政,这也是对党的忠诚,是……他停住了,似乎找不到合适的词。另一种忠诚。他终于说。

他好像非常满意这种说法,瞅着大家,那神情诡秘极了。大家又大笑了。另一种忠诚!你简直着迷这种说法。你也给自己和她的关系取了个名称:另一种爱情。一个东西到了需要命名、需要狡黠地用堂而皇之的词语命名的程度,其实已到了无可奈何的危机的边缘。同时你学会了奢谈,所有的问题,所有所有的问题,你懂的,你不懂的,你都谈论,津津乐道。那是一个高谈阔论的年代。那年代的关键词(词组)有:

落后挨打

改革开放

真理标准

四化、科技、攻关

第三次浪潮

西方现代派

四个基本原则

精神污染

星球大战计划

中国女排、奥运会

武打片、气功

崔健、摇滚、罗大佑

自由化

…………

　　你喜欢大词汇，喜欢大问题。越大的问题你越喜欢。你喜欢争论。你觉得真理掌握在自己手上。你觉得自己是落难英雄。你悲观，你愤怒，但是你不敢正视自己的虚伪。你竭力为自己辩护。你辩论时脖子上血管暴现，有一次一个同学揶揄说：就像要发泄的输精管！

　　你跟他打了起来。其实你已经很久没有碰她了。你不知道该拿她怎么办。你们已经很久没有幽会。晚自修，你一个人跑去看电视，女排就要五连冠。她不喜欢体育。你甚至后悔自己怎么爱上一个不喜欢体育的。其实你也并不喜欢体育，你对体育一窍不通，你对球分怎么计算都不甚了了。你只知道：赢还是输，成功还是失败，振兴还是沉沦，光荣还是耻辱，生存还是死亡，就在此一比。教室几乎跑空了。你望见她孤独的身影在教室里。她仍在读书。她居然坐得住！女孩子真是奇怪的动物。

　　你们看不到电视。你们跑到办公楼偷看。荧屏绿光照着你们，电视屏幕好像一个魔窟。忽然，门开了，大家呼啦啦四散奔逃。一会儿，又不甘心地在楼道拐角窥探着，蹑手蹑脚凑近，聚拢。猛地，里面冲出一个黑色身影，大吼一声，就抓。逃得快的像撒豆子逃下了楼梯，逃得慢的就被抓住了。一巴掌。

　　不去读书，在这干什么！

有学生哇哇哭了起来。电教室里传来那个风靡大江南北的男解说员的声音：现在中国队领先一分。各位听众各位观众，现在我们现场直播中国女子排球队和……

我们为什么不能关心国家大事？

啪！又是一个耳光。哇——！好像谁被重重地扳倒了。一阵喧闹……各位听众各位观众，中国女子排球队终于赢得了最后的胜利。中国女子排球队终于夺得了五连冠！五连冠……

黑漆漆的校园沸腾了起来，无数人影像鬼影一样闪动。咣！宿舍楼方向响起一个摔碗声，接着又一声，又一声。教学楼走廊上有人燃起了火，火星四处乱飞。一阵喝彩。一挂用纸巾连缀成的长条幅从楼顶上垂了下来。又是一阵喝彩。脚步声排山倒海响了起来。很快地，操场上站满了人，有拿脸盆敲打的，有点燃扫帚当火炬的，有一个还拆烂了畚斗，仅剩一块木片连在畚斗柄上举起来哼《运动员进行曲》。大家在操场上横冲直撞，个个眼里闪烁着贼光。你一把冲进教室。她还在教室里。一见你，她猛地站起来。她只穿着单衣，身材毕现。这个让你又爱又恨不知道该拿它怎么办的身体，已经成了你的噩梦。你一把冲过去。你瞥见她末日来临似的闭上了眼睛。你没有干她，你拽住她冲了出去。外面已经人山人海，大家疯狂地跑着，跺着脚。大家不能不跑，要发泄，不能停下来。校园已经容不下了，人们向校外涌去，冲上大街。你们挥舞着扫把、桌脚、衣服。大家挥舞着冲出了校门，冲到大街上去。叫喊。你喊：郎平，我——爱——你——！

人群不知什么时候成队伍了。队伍前头有人举着红旗。他们是学生干部。他们在领着大家喊：团结起来，振兴中华！

你们不愿意了。队伍又开始乱了。队伍很快成了无头苍蝇。队伍很快就向区委区政府大院冲去。

大门紧闭。人流被猛地一挡，向后溃去。这更让后面拼命涌上来。终于一个人出来了，称是秘书。他说，你们爱国，是很好的，值得肯定的！这可以证明我们的国家一定能够更加强大，大有希望！

大家起哄了。有人吹起了口哨。大家又喊着要进去。又有人喊起了团结起来振兴中华。你们发觉这确实是个有力的借口，也齐声喊起来：团——结——起——来——，振——兴——中——华——！

开门！开门！

那秘书好像没有听见，像个聋子。你想震他一下。你往门上爬。铁门摇摇欲坠。你回头瞧她，她朝你一笑。你真想跳下去抱她。可是你没有下去。你高高骑在铁门上。你听见那秘书叫：你这同学要干什么？

你叫：我要进去！我要进去！

下来！下来！那秘书叫，会出危险的！

出危险？你知道他的潜台词是什么。我才不怕你！

你听到了大家的喝彩。你觉得自己是英雄。不，是土匪！是土匪也好啊！总之你总是有着这样的情结。你忽然想唱一首什么歌，流行的，壮烈的，有力度的。你忽然不伦不类想起了那首歌：再过二十年，我们来相会，伟大的祖国，该有多么美！你真的唱了起来。于是又有几个人爬了上去。那秘书更急了，一边叫，一边招来几个工友模样的人。

你这小孩怎么搞的！还唱歌！要唱歌也得下来唱嘛！秘书又叫。

你说不开门决不下去。

要开门，也要你下来了才能开嘛！秘书说，你看你这像什么话？怎么开门！

你不下去。你想那是个阴谋。

一个老头子急煞煞喝道：你们这些臭小子！一点事理也不明白！下来下来！给我下来！不下来看我打烂你们的屁股！

这话让你们觉得受了侮辱。你们猛地向里面翻去。他们慌忙上来抓你们，可是你们已经用最快的速度打开了门。外面的人涌了进来。你瞧见了她。她也在人流中。人潮汹涌。那些家伙无奈了，又去关那大门。没进来的人又被关在外面。

他们忽然折回来抓你们。你们这才意识到退路被堵死了。慌忙逃窜。他们的人越来越多。你们中不少人已被抓住了。你绝望。你蓦然发觉谁抓住了你的手。是她！你以为她是在寻求你保护。你并没有觉察出是被那手拽着走。她在引着你。你们在小路上逃着，走的全是小路。有一刻还跨过一排灌木丛，好像没路可走了。你忽然想起了父亲。不知为什么你想起父亲了，是害怕他知道了你闯了祸而揍你，还是害怕他的眼泪？

我要出去！我要出去！我要逃出去！就是变成一只猫、一只狗也可以，只要能蒙混着逃出去……

8

你逃脱了。然而是在遇上一个人之后。

那时她也已经迷路了。这时候，你们撞见了他。事情发展得如此有趣，你真想痛哭一场。

后来当上德国外长的菲舍尔，当他青年时代街头闹事的镜头被曝光，你能理解他的懊悔有多深。尤奈斯库说：当年追随我的年轻人都到哪去了？他们都成了律师、辩护士。

你那时必然遇到他，只能遇到他。

你们慌忙撒了牵着的手。她谎称你是她的同学，一般的同学，一起逃到这里来的。他说，到我家来吧。他说得很慷慨，音色浑厚。

她还抗拒地摇了摇身体。来吧！他又说，你同学也来吧！他又对你点点头。

你不知道自己怎么跟着走的。他带着她，你跟着她。他块头很大（这你知道）。他打开他家的门。他家很大，有装修，几样家用电器很显眼地摆在大厅上。还有大沙发。他叫你们坐。你忌讳那沙发是他的屁股坐过的,你不坐。你就站着。你准备站着迎接他的挑战。你已经准备好了。

可是他似乎并没有这意思。他走向厨房，打开冰箱。厨房没开灯，只有冰箱的光线似清晰似不清晰地晃出他的脸。他问你们喝点什么。她说不喝。你也说不喝。你抗拒着这里的一切味道。

这时他母亲出来了。这老不死的官太太在她的身边坐下来，握住她的手。然后她就教训起她来，不该跟着大家乱跑。官太太说的时候眼睛不停地瞟着你。你真想拉着她走掉。

妈，不要再说了，让人家歇一歇好不好。他在那边说。那官太太就呵呵笑了起来。好，好，我就不说了！就进了里面的房间。我爸出去了，不在。他在那边说。

我知道你父亲去哪里，你想。你不出去？你问，挖苦地。

不出去了。他应。

为什么？你问。

不是找到了吗？他说，笑了起来。明显指的是她。那笑声让你恨。你忽然想看他的脸，非常想看。你不知道自己为什么想看他的脸。你要证实什么。不，毋宁是在哀求，你的一切都维系在这张脸上。这张你做过多少猜测的脸。可你仍然看不清。

真的不喝？他又问，什么也不喝？喝点可乐？

我最讨厌这类东西！你说。

那么，我出去看看。他说。走到门口。开门，带上门。他带上门前猛一回头。你瞧见了那张脸，终于！络腮胡被骄傲地刮得精光。一片青色。你的心猛然被灼了一下，好像保险丝烧断了。

等一下，代我招待你同学。他对她说。宽厚，热忱，矜持。因为他是胜者，当然能。

只有你们两个人在了。她问你真的不喝什么？你说：我喝！你招待呀，招待呀！

她似乎明白了你的意思，不吱声了。你们面对着。你忽然想做什么，想做一件荒唐的事，最大胆最荒唐的事。就在他的家里。那是一种挑衅。

可是你没有做。你没有力气。什么力气也没有。

他回来了。他说，外面已经平息了，可以带你们出去。

那是你平生走的最黑暗的路。你什么也看不见。路灯晃着黑暗的光。他在前面引领着，时而转过脸来（那张脸！）叮嘱着什么。他叮嘱她时，她就狼狈地回头瞅你。你感觉到有一种巨大的念头在聚集，在膨胀，你无法控制，它要爆炸。它忽然又变得纤细了，纤细如发，简直猥琐……他有胡子！

他把你们送出来。送出很长一段路。你想也许你应该自觉先走，离开。她一再让他回去。他最后停住了。还交代了接下去的路。像个细心的父亲。

你不是。

你们一起走，你和她。你没有说话。月亮很大，很暗。她终于来拉你的手，你猛地一甩。

你骗我！你号道。

她猛地睁大了眼睛。

你原来都是在骗我！你又说，还有什么花招，你说吧！

她吃惊地瞪着你，她在问：我要什么花招？我骗你什么？

你为什么说他没有胡子？你说。其实你想说：他比我强！可你说不出。你只能去说胡子。

她脸色煞白，头大摆了起来。嘴巴翕开，好像要辩解，可是就是不让她辩解。也许这对她不公平，你就是要不公平。什么是公平？你要霸道，残忍。只有霸道残忍才能拯救你。对自己的阵营倒戈一击，是多么地快意！就好像往自己身上狠戳一刀。

你仿佛瞧见她和他躲在哪个阴暗的角落，笑你。然后，她投入他（毛茸茸？）的怀抱。用对你同样的温柔。不，真正的温柔。她的手又拉了，你猛地起了鸡皮疙瘩。你怕那只手，怕那温度。你甩掉它。

荡妇！你就是荡妇！你不是自己说自己淫荡吗？你不是一直想搞

吗？你的花招我全明白！我他妈的全明白！

9

那毋宁是在逃避。逃避一场我永远无法胜利的角逐。

后来她给了我一封很长的信，辩解说她虽然没有对我讲实话，但是她并没有在心里欺骗我。

我何曾不知道她是为了附和我？再说，我又何曾不在希望着这种附和？我实在没有资本。

我给她回了信，为自己那天的话道歉。但以后我再也没有理睬她。

我发奋读书。毕业后第二年，我终于考上了大学，理工科大学。在科技救国、崇尚技术的时代，我将成为宠儿、强者。

大学毕业那年，我让一个女孩子打了胎。那是我真正的第一个女人。我成熟了。

只是我没有跟那女孩结婚。跟现在的妻子结婚，其实是在无可无不可的状态之下的。也许我一直惦念着她？现在她就在面前了。我能够听得到她的呼吸声。

夜已经很深。很静。那两个房间里也很静。他们已经拥抱着进入梦乡了吧？只有我和她还待在客厅上。这时候，家里的老婆在干什么？孩子应该睡着了吧？那张胖嘟嘟的脸。那句话怎么说来着？男人一生，儿子情人。只要你伸出手去。已经没有障碍了。她早已破了那个膜。梦可以圆了。但我并不想再和她轰轰烈烈来一场，已经不是那种年龄，那种时代了。我只是怀旧。怀旧——一个多么时尚的词。

那音乐听清楚了，是那首《未来的主人翁》。当年我们都把它连词带谱抄在漂亮塑料皮的笔记本上，虽然我们根本不识谱。现在再拿出这样的本子，是不是跟现在还拿处女膜向人炫耀一样，一个过时的时髦？罗大佑。去年秋天，这个罗大佑又在我们这个城市举办演唱会，媒体描绘说：老男人在台上用情地唱，已经过了追星年龄的追星族在台下纵情地和。

> 你走过林立的高楼大厦穿过那些拥挤的人
> 望着一个现代化的都市泛起一片水银灯
> 突然想起了遥远的过去未曾实现的梦
> 曾经一度人们告诉你说你是未来的主人翁
> 在人潮汹涌的十字路口每个人在痴痴地等
> 每个人的眼睛都望着那象征命运的红绿灯
> 在红橙黄绿的世界里你这未来的主人翁
> ……

未来主人翁？我说。她笑了。我也笑了。

还好吗？我问她。

好。

他呢？

在家里。

她答。我们都扑哧笑了起来。多少事，到头来都抵不过这么个幽默。我忽然又感到屈辱。有一种报复的情绪。

你瞧，现在我们就是这样待到天亮，也没人相信了。我说。

那就，进去吧。她说。

我向她伸出了手。我感觉到自己的手在发抖。她也微微颤抖起来。一种久违的感觉。我牵着她，她让我牵着，没有说话。也不知道怎么进了房间。我抱住了她。她仍然没有说话，闭着眼睛，只把自己交给我。我闻到了她的味道。居然还是珍珠霜。现在已经没有人抹这东西了，她是不是特意抹的？我解开了她的扣子。

她穿得很少。她的身体很快就呈现在我眼前了，还是那么白，乳房仍然小巧。7+×颗痣。洞口上那颗痣不像痣、胎记不像胎记的东西,好像变大了点。我拿手指绕着它。我觉得自己更像老嫖客,那么熟门熟路,有条不紊,技术精湛。那个洞。关于这洞,十几年来我已经追加了许多理性认识——

> 阴道为性交器官及月经血排出与胎儿娩出的通道。初有处女膜,性交后破裂。也有因为外伤破裂者。性交引起的处女膜破裂(未生育),多位于4点和8点处;外伤导致的处女膜破裂多不规则。阴道是一种收缩性很大的肌性管道。从开口至子宫颈大约有7.5公分。前后略扁,其壁有很多横纹皱襞及外覆弹力纤维。前壁距阴道口3公分左右的地方,为G点。

我用嘴吮它,吮得那么准确,好像我嘴上长着眼睛似的。她的小腹在颤抖。我听到了她的呻吟声。我一再吸吮,等待着自己实质性感觉的出现。我要用这种最佳姿势瞧见自己终于如愿以偿。已经没有障碍了。可奇怪,我的腹下却静悄悄的。是不是因为在房间里,太舒适了,太安全了?我爬起来,走到窗前,拉开窗帘,外面月光直射了进来,连同远远花园处走动的人影,还有声音。

她睁开眼睛,眯眯笑着。你疯了。她说。

是,疯了!我说。

我又走回去,端坐在床上。我将她的臀部端了起来,让那个洞口完完全全展现在我的眼前。就是这个洞!来吧,已没有障碍了!我又对自己说。可是我仍然一点动静也没有,好像一个叫不起床的懒觉鬼。怎么了?奇怪!怎么了?这不是你曾经苦苦追求的吗?可是仍然没有一点感觉。最后成了摸摸索索,成了一种拖延,一种掩饰。她仍然闭着眼睛,静静的,娴静得宛若处女。我们这时代最后一个处女。

我轻轻趴到她身上去,抱住她。

如果我说可以了呢……

她开口了。我知道她在提醒什么。我吃吃笑了。

她睁开眼睛,瞧着我。我猜我的表情一定很古怪。她也懵懵懂懂地笑了。

就像,亮灯的房间里照进了月光。我说。

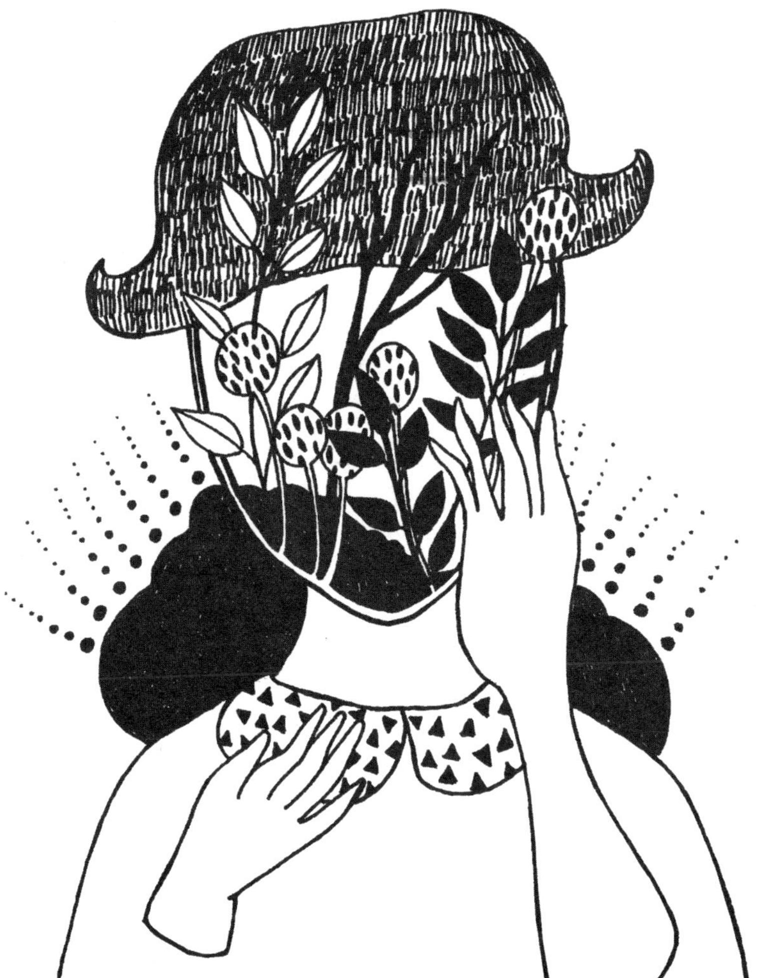

第二章 【暗示】

你想好了吗?
你可以选择合上。
你确定要进入吗?

第二章 暗示

1

他们来时我刚丢了工作。我又丢了工作。我也不知道我为什么总丢工作，莫名其妙就丢。我干得好好的，叫干什么就干什么，踏踏实实，尽职尽责。唯有一次，老板叫擦遥感玻璃门，我擦擦擦，以为擦好了，结果老板在门前一踏，门一开，玻璃上却现出了污迹来。结果就丢了工作。这次又叫擦玻璃门，我就擦了又擦，擦了又擦，擦好，还自己先上去一踏，门咣地一开，亮如平湖。可还是丢了工作。

不是你不好。老板说。

不是我不好。不关玻璃门的事。世界像个大彩场，中不中彩，他妈天知道！我就回家倒头睡觉。我一觉睡到天大亮，被咚咚敲门声敲醒。我其实是被我妈敲门声给惊醒的。我还跟我爹我妈一块住，或者说，我还住在他们家里。糟糕的就是我还住在他们家里。他们一见我没起来，就马上反应，我又丢工作了！

就慌。起床来！起床来！我爹就憋过去一样地狠咳。好像我已经死在了床上，起床才表示我活着，好像我一起床就有希望起来，就会有工作。中奖率越来越低，可越低，人们中奖欲却越强。"瞧着三十到眼前了，你怎么办！"他们叫。

其实我才二十五岁，他们急，就危言耸听。

"好了，好了，我去偷，去抢。"

我应。他们就不吭气了。他们也知道这是不可能的。其实他们都是规矩人，一辈子无产阶级。过去在学校念政治，无产阶级就是工人阶级，我总觉得我爹我妈不像，其实这才叫无产阶级。无产阶级最规矩，穷得没饭吃了，也不会去抢，倒是那些去抢的并没有到没饭吃的程度。他们的规矩也遗传给了我，我从来就不是坏人，对坏人坏事，我最大胆的举动就是在一旁笑。所以在学校时我总是给人猥琐的印象，到毕业，大家三三两两拍照留念的拍照留念，开派对的开派对，写赠言共勉的写赠言共勉，就是没一个跟我共勉。

我懒懒搔着裆下痒痒爬起来。这时，他们来了。

他们是我中学时的同学。一队摩托，全副武装，轰隆隆，轰隆隆，就到我跟前来了。几个邻居老头老太吓得直打胸口，我这贫民窟几乎没有过马达声。来人好像全不在意，自顾拧着眉头歪歪脖子脱帽盔，甩着头发。毕业后，他们都像小鸟扑扑高飞了，只有我飞不了，还住老地方，没本事。他妈的他们怎么都那么有本事？个个摩托。送我一辆，我牌都报不起。

靠工资，还不他妈饿——死！他们说。

他们是来约我同学会。同学会，就是有本事同学向没本事同学炫耀的会。

我没空……我说。我差点要说：我要上班。

时间你定！可是他们说。

我这么伟大呀？我说。

不是你伟大，是她。

她？

她是我中学时的前桌，老向我借橡皮擦，一转过身来就借，一转过身来就借。我就专门买一块有香味的橡皮擦吸引她。其实她长得并不出众，很瘦，可是手臂很白很长，每次来借，总要胳膊肘大屈，折得像夹板一样。我就天天思念这夹板，把香橡皮擦放在夹板够得着的地方。可是有一次，我们都被老师叫了起来，全班大笑。

人家现在要嫁个大款了！他们说。

我心一个咯噔。

那大款，还开着"凌志"呢！听说是做房地产生意的。一个说。

不是，是做期货！又一个说。

不对不对，你们都不对！是"保利"下面一个角色。

他们就在我面前大争了起来。好像谁都非常懂，谁都有一双干探眼。我们这时代，好像谁都有一双窥视财富的干探眼。可是谁又不能探得绝对明白，谁也不能说服谁。反正是有钱。有钱得不明不白更显得有钱！他有钱得不明不白，就好像我丢工作不明不白一样。我什么也不知道。我已经好久没见到她了。

他妈的她居然抛弃你！结婚也不跟你商量，一个说。我倒是没想到她结婚要跟我商量。还不如我那个她！

他那个她？她，就是班花。原来他跟班花还有一腿？大家就也跟着大讲了起来，自己跟哪个女生曾经看过一场电影，自己跟哪个女生曾搂搂抱抱过，自己跟哪个女同学曾海誓山盟要一起自杀……原来他们都有浪漫经历！我就失落了起来。其实我跟她并没什么事，不过是橡皮擦，可现在我忽然觉得我们间曾有什么惊天动地的大情仇，我被她抛弃了。我真想去找她，扇她耳光，问她是不是嫌我没本事没"凌志"了？可我越想问她，却越不愿去。

"凌志"也有去。大家说。

他也去？我就更不去了。

哎呀你这鸟人怎么还这么窝囊！我们都替你抱不平呢！去，我们替你开涮开涮那"凌志"！

他们也嫉妒他？有摩托嫉妒有小车的。可是我还是不去。

你小子，该不是怕被他"凌志"了吧？大家说。

我怕什么呀？笑话！笑……我辩，我他妈……唉！我他妈怕什么呀？事业没一点，爱情没一撇，饭都没吃了，我他妈的还怕被"凌志"轧死？去就去！

2

我没料到她变得这么漂亮。女孩子他妈的总是说漂亮就漂亮。她漂亮得像一盏彩灯。彩灯吊在我眼皮上,叫我睁眼不是,不睁眼也不是。她背后就是那辆"凌志",大得像座山。他就倚山而立。可他不幸非常矮。再有钱也改不了他的矮。他他妈的矮矮的铿铿掂着车钥匙,好像要弹子球。这么矮,妈的能开车?离合器都他妈的踩不着!怎么不能开?下面垫呗,都是这样的……大家恶毒地大笑起来。

可对方好像全没听见。她还举起手臂(那又长又白的手臂)招大家来照相,他妈的好像班长一样。大家全都不照。不但不照,还反要他们照,把他们两个推在一起,要他们挎肩、搂腰,还要脸贴一起,说不然就不够亲热了。

这你们可就不知道了,不料他却说,床上亲热的,外面就不要亲热,床上不亲热的,外面才亲热呢。

倒把大家噎得对不上来。她就顿着脚去追他。他就逃。大家眼睛眨巴眨巴反而看都不敢看了。什么叫大款?这就叫大款!什么都不在乎。一会儿大家就又不甘心起来了。喝酒,就又要去灌他。可他们谁也不上去,偏来推我上。我不干。他们就联合把我拱出去。我拼命抗拒。不料他却自己端了酒杯过来了。

哎哎,不要欺负老实人嘛!他说。

他老实人?大家叫,哈哈大笑起来。

我朝大家瞪眼。可他们不管,还在笑。我忽然害怕他听明白了。我这才后悔自己不该来。大家都可以来,就我不该来,我一来,就掉进了陷阱。可不料他却也哈哈大笑了起来。他笑得像只青蛙,胖乎乎的手臂屈在胸前,好像在摸胸脯。我才轻松下来。

这世界就是老实人最会偷油吃!可大家还在说。

他偷油吃?他说,戳着我。他那样子好像秉公无私的黑脸包公。大家就又大笑。他忽然不笑了，给我斟酒。满满斟上一杯酒。偷不偷，我有办法检验。他说。一举自己的杯，先喝下去，杯底对着我。大家就起哄要我喝。我没法，只好喝了。喝干！喝干！他们又叫。我就喝干。

好！他说，喝酒偷的人平时偷，喝酒不偷的人，平时也不偷！他不偷！

大家哗啦大笑起来。我倒有些感激起他来了。他一点也不笑。他新开一瓶酒，居然在我旁边坐了下来。来，咱们喝！他说。就跟我喝，不管大家吵吵嚷嚷。他甚至把她也晾在了一边。她无聊地嗑着小碟里的葵花籽。她不知什么时候脸已经绷得绷布一样紧了。突然，她站起，冲了过来，一把夺过他手里的酒杯。你喝醉了，怎么开车回去！她说。

怕什么？他应，大不了撞死在电线杆上！

他的回答让大家喝彩起来。这是真的喝彩。我瞧见她脸一阵红一阵白，眼泪都要掉下来了。

你死了谁心疼，我心疼车！她说。

车？他又应，还不就是几十万元？零头！

哇！大家叫，真有钱哇！

你他妈哪来这么多钱？一个忽然问。

偷的，抢的。他说。

大家一愣。大家简直没料到他会这么说，豁地笑了。

你走到大街上去，看到人家身上钱包没有？一伸手，就是你的了。你看到满店铺的珠宝没有？你拿一把刀，一个编织袋，冲进去，往袋子里统统一装，就全是你的了。他又说。

大家哈哈大笑了起来。

3

假如他当时一本正经谈起生意经，一定会被大家掐死。他这么说，倒让大家有点喜欢上他来了。我也有点喜欢上了他。后来我还让他用"凌志"把我送回了家。可我没料到,三天后他居然自己跑到我家来了。还是开着"凌志",仍然铿铿掂着车钥匙,引来好多人围观,探头探脑。他却大大咧咧一屁股坐在我家地板上。我家破破烂烂,平行四边形外加辅助线,地板翘起来会打屁股,他却坐在这样的地板上。他说,要跟我喝酒。

我想不出他为什么要跟我喝酒。他从衣袋里掏出一瓶"人头马",又掏出了下酒菜,鸭腿鸭翅膀、鱿鱼丝,还有一包蘸汁。他开着"凌志",居然把下酒菜连同蘸汁揣在衣袋里,叫人觉得滑稽可笑。我们就笑着喝了起来。

我是偷跑出来的,喝着,他突然说,险些跑不成了。他还鬼头鬼脑瞅了瞅门缝。我家的门尽是缝,门缝闪着贼光。我这才发现,少了一个她。没有了她就好像少了什么,一谈起她,我就觉得我们共同拥有了什么,我的思念有了寄托。

整天管着你,唠唠叨叨,又是喝酒不好呀,酒精中毒呀,又是肝硬化呀……

他又说。看来她挺贤惠的。在中学时我怎么一点也没看出她会贤惠?女人总是女人,到头来自动会贤惠,就好像生了孩子自动就会有奶一样。

她这人就是这样。我说。连我自己都觉得不可思议,我居然这么说,好像我早就领教过了她的贤惠一样。

烦死啦!他却说。

我悲伤起来。她的贤惠到头来不是对着我,而是对着别人。我站了起来。当然喽,你好啊,人家爱你嘛!我酸酸地说。

这倒是真的。他说,你知道,她要我时,总是胳膊从我的腋下穿过来,反扳住我的肩,像夹板一样。

我一跳。我呵呵笑了起来。他在我面前这样糟践她,我更感到从来没有的满足。谁叫你有钱啊!我说。

有钱个屁!偷的,抢的。

他说。又来了！我哈哈一笑。

真的！可他说，你不相信？他居然说了下去：不过，干这行，说没窍门也没窍门，说有嘛，窍门也大着呢！就说踩点，干这行当最关键的是踩点，踩对了，成功一半，踩不对，你只能对他哭！

他还真能吹！这就是他找我喝酒的原因吧？有人喜欢吹，不吹就要死，喜欢把自己的聪明建立在别人的愚笨之上，喜欢看你一惊一乍。可我忽然发觉他也并不在意我的表情。他只顾自己说下去。他的神情居然一本正经。那些老头老太太，一般没什么猫腻；那些家庭妇女模样的，也不会有什么大猫腻，她们身上只有买菜的钱；那些小女孩家嘛，只有鱼腥，碰了她们，弄不好，还得被抓进去，还不如偷个家庭妇女钱包去嫖划得来……

我哧地笑起来。看来他对这还真有点研究。

最有猫腻的就是银行。他说。

我吓了一跳。银行？可是戒备森严呢！

他轻蔑地戳戳我。这你就不懂了！严，正是因为它虚！你别看连柜台都钢化玻璃封得严严的，取钱都要拿手指头抠，可总有出头的时候。一个小铁匣子，里面全是钞票，压得实实的，压缩饼干一样……喂！

他突然拍了我一下。我猛地一醒，不知什么时候自己已经发了痴。我慌忙掩饰，戳着他叫了起来：你抢银行！你抢银行！这可是你自己说的！

他霍地站了起来，蹿到门口，神情慌张。他警惕地听着门外动静。我这才觉出自己过火了。他好像被逼到绝路的罪犯，酒瓶捏在他手上，好像要被捏碎了。

你，要告发？他说。

告发？我慌忙辩解，我为什么要告发？哈！哈……又不是抢我家！我家有什么好抢的？我告发，他妈的我能得多少赏金？我语无伦次地辩解了起来。我竭力把自己说得卑劣，越卑劣，越心安。我简直要向他剖开我的心。我甚至想作践自己对他喊：我算什么？连女朋友都没有，她会爱你她会爱我吗……

他终于重新坐了下来。

过两天,又要有个行动。沉默了许久,他又说。

4

我忽然对这事好奇起来。我变得关心起新闻来了。我本来从不看新闻节目,本市的更不看。可我忽然变得关心起新闻来了,一听电视上本市新闻节目的片头曲,就会跳起来。可我又不敢在家里看,我甚至不敢在熟悉的地方看。我跑得远远的,到离我家几条街的一家小卖店,那里有一台黑白电视机,店前总是围满了民工。我就躲在他们中间偷偷看。

我希望看到抢银行案件的报道。

可是没有。一连几天都没有。

我这才发觉自己可笑了,居然相信了他这样人的话。我简直愚蠢得可以!这样的人,他妈的!

可一礼拜后,他妈的他又来了。仍然开着"凌志",仍然铿铿掂着车钥匙。而且还带上了她。一见她,我就更觉屈辱起来。我忽然觉得他就是带她来看我的愚蠢的。他们一定在一起笑过我了。我对他们的笑容充满了警惕。

可是她却没有笑容。她阴着脸问我,他那天是不是跟你一起谈生意了?

什么?谈生意!我叫。突然瞧见他在朝我使眼色,打暗号。是。我答。也不知自己为什么要这样答,要跟他合着撒谎,好像那暗号太诡秘,有非常强的磁力,我从没遇到过。

他就咯咯笑了起来,像被胳了胳肢窝一样。

你也骗我!她说,你们,狼狈为奸!

我忽然也笑了起来。

谈生意也不行!她要赖地叫了起来,反正不许离开我!

不做生意，怎么赚钱？他说，忽然理直气壮起来。他说"做生意"，让我想起他说的"偷"和"抢"，我更笑了。可他却已经不笑了。他很认真起来。他居然认真了起来，让我吃惊。没有钱，你吃什么？穿什么？还有什么屁车开？还结什么屁婚！他越说越激动，好像受了极大刺激，好像就要发疯。我忽然伸手去抚摸他的背，调解了起来。我还居然当起了调解人，我自己也觉得不可思议。可他被我抚摸，却好像被我怂恿了，越加耍泼了。你们女的懂什么？就知道吃、穿、花！我也最好这样，当个女的，天天让人陪，什么也不要管！谁叫我是男的？谁叫我是男的！

他噔噔噔就往外走。我猛地心头一紧，跟了出去。我觉得他是要去死，他要去自杀！不知为什么我觉得他要去自杀。我赶上他，抓住他的胳膊。他挣脱着。我死死抓着。好像我们不是情敌，而是难兄难弟！活着这么难！总是这样！总是这样！他诉说。我理解地点着头。我知道，我知道，我们总是亏，谁叫我们是男的呢！我突然说。好像要去自杀的不只是他，还有我。

你不知道，上礼拜一笔大生意，就是被她岔掉了！他突然说。

我一跳。难道就是他所说的抢银行的"生意"？

真的？我叫。她出来了。我瞪着她，简直有点怒不可遏。好像她岔掉的不只是他的生意，也有我的生意。车发动时，我忽然从车窗探进头去。那生意……现在怎么办？我问。

他一抬头。只能下礼拜再……

我眼尾瞥见她莫名其妙地瞅着我。我稳稳收出头来，没理睬她。

小心点！我捏了捏他的肩膀。

5

果然，有了抢银行案件。一家储蓄所，通向柜台内的铁门大开，摄像机镜头猛撞进去,里面一片狼藉。肏他妈好大胆!椅子倒翻在地,几条粗粝的蹭痕自内而外,拖出来,地上丢着几张纸……大家全睁大眼睛,看着。那家小卖店前黑压压挤满了人,鸦雀无声。

【播音员】……建设银行桥西分行增强防范意识,加强安全管理,取得了显著成效……

我简直不能相信!

我马上跑到那家储蓄所。那储蓄所正常营业着,柜台内,营业员面色平静。没有人。地上一张纸片也没有,干干净净。可干净得叫人不自然,白得像刚粉刷的墙,分明是刚用扫帚扫过的,可见这之前发生了什么!我明白了。

我笑了起来。"加强安全管理",当然要这么说,不然拿那么多关注的眼睛怎么办?人们偏他妈的特别关注这类事件。他们会怎么想?那些聚在小卖店前的眼睛,那眼睛后面的脑子会怎么想?他们连坐的地方都没有,拍着腿上的蚊子,他们撑着疲乏的身体,来看,来看不可能发生的事发生了!抢银行!操他妈好大胆!他们看到大把钞票被搜出、被缴获的镜头,总要发出一阵惊叹。他们惊叹什么?他们被刺激了!他们骂。他们骂,是因为他们自己不能得到。大家都在恨,大家都在想,大家都在内心模仿!

我再见到他时,他果然不一样了,已经不再是"凌志",而是"奔驰"了。我不知道他为什么要换成"奔驰",好像没"奔驰"就不能做他的"生意"似的。到手的钱买什么不好?我有点替他吝啬。

他邀我上车,他说要带我去飞车。我还没反对,或者说我反对不出来,他就一踩油门,飞了起来。"奔驰"可真奔驰!我赶忙抓紧车窗框,我觉得是抓着自己虚弱的命。

我从来胆小,害怕飞,从没想过飞。中学时有一次班会,大家谈理想,《我的理想》,大家这个说要当球星、影星、歌星,那个说要当企业家,爱说什么就说什么,思想大飞,像喷气式飞机,放个屁就飞。轮到我了,我一个屁也放不出来。全班就哈哈大笑起来。她也笑了。我明白了,就是那一次她看不起我了,我是个飞不起来的笨鸭。这是一个最不要笨的时代,嘴皮不破只管吹,飞机不掉只管飞。他飞,还轻松哼着曲子。我一飞,才他妈的发现飞的感觉其实就是感觉不到自己在飞。好车跟差车的区别就在飞得起来飞不起来。好男人和笨男人就是看你能不能带她飞! 我明白了,可惜太迟了。

她好了吧? 我忽然问他。

好了! 有"奔驰",当然好了! 他答。

你带她飞,她怕不怕?

怕? 他说,那就……让她胳膊从我腋下穿过去,夹住,像夹板一样。他嘿嘿笑了起来。我也嘿嘿笑了起来。我们一起大笑了起来。

下次行动什么时候? 分手时,我突然问他。

什么? 他说。

你他妈别跟我装死! 我骂,捶了他一下。

他嘻嘻笑了起来。要国庆了吧?

国庆? 我几乎叫了起来,今年五十大庆,可有阅兵!

是呀,又怎么了?

到处都在警戒……

我知道。我还知道东长安工商行那地方最戒备森严。他说,笑了一笑。

6

我直奔东长安,工商行。

那里非常挤,人挤人。进银行的都是有钱的人,或是存,或是取,一叠叠钞票哗啦啦在他们手上点呀。我才记起这是发过节费的时候。我要是有工作,也会有过节费发,也可以进银行,钞票,哗啦啦……我瞧见一个高高瘦瘦的男的哗啦啦点着钞票。他把钞票放进了手提包里,出去了。我忽然发现一个矮矮胖胖的家伙也随即跟了出去。他是谁?我认识。我想朝他笑。可他好像没瞧见。他跟了出去。那高高瘦瘦的骑上了一辆摩托车。他就也发动车,"奔驰"。不,不是"奔驰",也是摩托,"本田250"!他是准备好了用摩托的,他早准备了一辆大排量摩托,尾随而去。然后,到了僻静处,一撞,然后就,抢!不,他没有下来抢。他不用自己下来抢。他有同伙。那同伙跳下,就抢,然后,飞车而去。可是那瘦子的手却抓得紧紧的,抓住那个包,手指头都要掰断了!那包里有多少钱?到底有多少钱?刚才我不是看到了吗?撑破了也就几千元。可他抓得紧紧的,揪也揪不脱,掰也掰不脱!他妈没见过大钱了!还好他没瞧见我朝他笑了。

又有钱出来了。这下是装在硬硬的铁匣里。两个身穿浅蓝色银行工作服的女营业员一边一个抬着它,向运钞车走去。她们的身肢好像被沉甸甸硕果压弯了的树丫。铁匣子这么小。压缩饼干。我突然记起他说的这个比喻,我觉得这比喻十分妙。

两个荷枪实弹的护卫站在那里。我看不清他们的脸,他们的脸被掩在铁盔下。他们一定在盯着路。路很长,两个营业员抬着,路边满是呼啦啦的眼睛,瞧着她们。她们就故作姿态地扭着腰肢,简直在表演。路边人全都驻足凝视。这是一个仪式,一场阅兵式,凝重、庄严、无声。

铁匣子被放到了运钞车上。然后,关门,走了。

尘埃落定。街上灯亮起来了。

每当华灯初上,我就特别惶惑。天还没黑下去,灯已经亮了起来,天光下的灯光黄黄的刺得人眼睛发辣。地上嗡地冒出更多人、车,好像是从另一个世界冒出来似的。他们个个都那么有钱,花起来,花起来,好像这钱都是从哪里抢来的。我不知道这地方在哪里。我也不知道自己要去哪里。我不愿回家去，家徒四壁。我在街头站着，瞧着。一个秃头男人搂着一个女人的腰在走，那腰肢好像那抬黑匣子女营业员的腰肢。那男的不停打着手机，好像他妈的非常成功。一个酒家保安向我走了过来，像猎狗一样嗅了嗅我，又走开。一张焦灼等人的脸。对面的麦当劳落地窗上，一家三口，大口大口地啃着，吃着，女主人一会儿就用她那又长又白的手将桌上吐出的垃圾拢一下，一串车灯在她的动作中流曳旋转……

叭！突然，一声喇叭在我身后鸣响。一回头，是一辆小车，虎视眈眈，张着血盆大口，冲着我。我知道它要怎样，可我没有动，不让开。它就又叭了一声。车挡风玻璃后渐渐现出一个人影来了，他也在打手机。他好像并不专门关注我，继续打他的手机，还哈哈笑了一下。什么事对他这么重要，使他这么开心？一定是抢到什么了，说不定，就是刚才那辆运钞车，他得手了！他们在手机里密谋，分赃。我就更不让了。我不但不让，还故意悠闲地抬头看着天。他终于一合手机，头钻出车窗朝我做手势。我还是不动。他就火了，冲我大声吆喝了起来，好像他是只老虎。

我是个逆来顺受的人，从来怯弱的人，只要谁向我瞪一眼，我都会吓得像猫一样躲起来。可现在我变得不怕了，猫变成了老虎，连我自己都有点吃惊，我居然跟人对抗起来了。我觉得自己的脚在打颤。我的后面马上堵成了一团，像一团乱麻，是我制造的乱麻，我自己看了都害怕。叭叭声响成一片。但我仍然不动，抗拒着，好像只是为了固执。

终于，那人从车内跳了出来。有好几个人也从他们车内跳了出来。你这人怎么这样！挡了道，还不让开！你！妨碍交通，破坏秩序！你他妈破坏秩序！要大家都像你这样还不乱了！

哼！乱了？我笑了起来。什么乱了？要不乱，你们有车子有房子有女人？你们这一切还不都是乱中偷来的抢来的？你，刚才还在手机里密谋呢！你们可以乱了，就不要别人乱了？就让你们乱？凭什么我要当傻瓜，要老老实实！我就是不要！不要！我要让你们急，让你们气！气！我想气他们，可我自己眼泪却被气出来了。我想哭！我一拍那车头：你有小车,就可以撞我了?撞吧,撞吧!把我撞死吧!

7

我几乎天天跑去东长安工商行,待在那里。我观察它的方位、地势,瞧着运钞车天天早一次晚一次把装着压缩饼干一样的钞票的铁匣子送进去,拿出来。我揣摩着他的抢劫方案。我像一只羔羊,可怜巴巴地仰望着母羊的乳头。他是我的生命支柱,我的智慧源泉。我发现,这银行果真是行抢的绝好点,前不挨村,后不挨站,它的正面拦着人行道护栏,运钞车只能停在它左侧五十米远的一条支干道上(我专门用脚步悄悄丈量过,刚好五十米)。这就使得银行营业员每次必须被检阅似的把铁匣子抬过这五十米的路程,这就给行抢创造了绝好机会。这五十米,随时可能发生异变。可是,他们有护卫,紧跟其后,营业员到哪里,护卫就跟到哪里……护卫!哈,护卫算什么?瞧他们全副武装,还端着枪!到底懂不懂得开枪?也他妈煞有介事,端着枪!那脸绷得紧紧的,好像绷得紧紧的弦,只消给他们一吓——扔颗炸弹!对呀,扔颗炸弹!轰!我猛地一跳——我的妈呀,原来我也是抢劫高手!

原来谁都可以成为抢劫犯的!

我相信,他一定会在这段路的某个地方隐藏了炸弹了。我竭力寻找着这地方。时间一天天过去了。这其间有件事,我爹的一个旧同事给我介绍了一个工作,公司业务员,月薪八百。在我所有的工作中,这是最高的。可我一口回绝了。把我爹急得直跳。你还不干!这么好的工作,你还嫌什么?你能找到什么工作?你能找什么工作!我笑了一笑,不应他们。

我觉得没必要应他们。我仍然天天跑到东长安工商行去,那里有我的工作,那是我的朝拜。我在那儿待着,摸索着他的思路。可是我绝不想也动手去抢,向毛主席保证!我是一个好人。我是一个老实人。我只想看。我只想知道自己的想象是否印合了他的方案,像有奖猜答,我甚至不要奖品……

十月一日。

人山人海。警察三步一哨，五步一岗。我过去的时候，路上瞧见一队拿着塑料花环和彩旗的小学生。他们一定是去参加阅兵式！我当然知道啰。他们将会在最前面，有机会看得清清楚楚。他们脸上洋溢着幸运的光彩。一个小孩在路边跑来跑去，他看上去不超过五岁，他从没见过阅兵式吧？出生以来就没见过，多么热闹，多么热闹的节日，好玩的一个接一个，多么舒服！我记起我小时候一到节日，骨头总是舒服得酥软软的。"多想告诉未来，我的心情是多么豪迈……"那首歌叫什么来着？张也唱的，又唱起来了。

突然，我发现了一辆自行车。它放在那五十米长路的中段。它出现得太蹊跷了！在这种时候这种地方，怎么可能出现自行车？简直不可思议！但是我确实看到了，而且它那么古老、破旧，像一块化石。它静静地伫立着，高深莫测。它好像突然间就会飞起来。只要运钞车一到。只要运钞车一到。只要运钞车一到！运钞车到了。我竟有些害怕起来。人群在拥挤。人群因运钞车占据了地盘更加拥挤起来。可自行车一动不动。人头攒动，如波涛。两个银行营业员在波涛上出现了。是两个女营业员，站在银行门口上。她们穿得特别鲜艳。奇怪，同样的银行制服今天看起来怎么特别鲜艳。她们很漂亮。可当她们一走近那自行车，轰！一切就都完了。血肉横飞。虽然她们这么漂亮。她们漂亮得让我想哭。她们是不是知道有人在为她们哭？她们不知道。她们没事一样地从自行车边上走过去了。可是那自行车没有动。毫无动静！它怎么可能有动静呢？钱还在运钞车上呢！运钞车的门还没有开。我禁不住笑起自己来了。我赶忙修改自己的答案：它应该，应该在运钞车门一开才炸。运钞车的门开了。可还是没有炸。这时候怎么可能炸呢？笨蛋！应该等到铁匣子出现。铁匣子出现了。还是没有炸。应该等到走近了。两个小姐抬着铁匣子向银行大门走了过来，走近了，再近！再近！其中一个小姐的袖口还撩了一下自行车车把。可还是没有。自行车偏着脑袋,歇着一边脚,它好像睡着了。怎么了?怎么了?现在不炸,更待何时?她们的脚后跟已经完全离开了你的后轮子!难道是忘了放炸弹了?难道是设定错了?那么赶快补救呀!笨蛋!铁匣子就在面前了!我都能瞧见那铁匣子上红漆的字。伸手可得。冲出来,冲出来,冲……可一点影子也没有!他妈的他(他们)都跑哪里去了?死静。一切死静!死静像干冰一样灼着我,我的心都要被灼焦。我简直被灼得不行。

索性老子自己伸手一抢!

我猛地一惊:该不会他本来就是暗示我去抢?

8

我大病了一场。

他再也没有来了。

忽然有一天,她却来找我了。她问我是不是见到他了?我说没有。她就哭了起来。我没想到她会对着我哭,从来没想到。她哭着哭着,居然伏在了我的肩上,她的手臂居然也从我的腋下穿过去,搭在我的肩胛上。我非常吃惊。我斗胆摸了摸那手臂,她没有反抗。

她爱上我了。我不知道她为什么爱上了我。她说,见到了我,就好像见到了他。可是我仍然没有钱。我还是没有钱。可是我要有钱,我要结婚。我脑子里天天想怎么能赚钱成家,怎么能?怎么能……思路就堵住了,堵得慌。

去偷,去抢!突然会自言自语溜出一句来。莫名其妙!

他一直再没出现。有时候我甚至怀疑是不是曾有过这个人。但是,她确实在要我时,总是把手臂从我腋下穿过去,扳住我的肩胛,像夹板一样的。

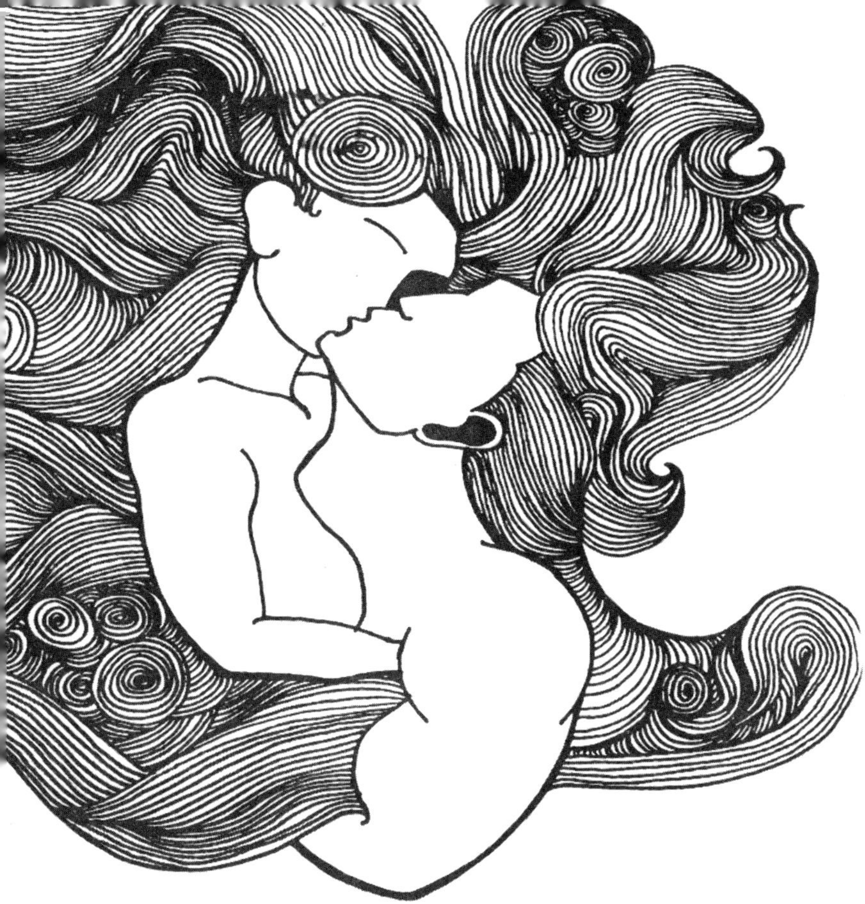

第三章 【补肾】

你想好了吗？
你可以选择合上。
你确定要进入吗？

第三章 补肾

1

我要说说我的生活。我活得很好，就像那句耳熟能详的话：生活水平极大提高了。我生活提高的证明就是我有了钱。十年前我下了海，于是就有钱了。人家说，男财女貌！就给我介绍了个漂亮妻子。我们买了房，结了婚。我们的房子是全市第一高档小区，二十四小时红外线防盗监控，外加保安日夜巡逻。我们住八楼（有电梯）。从我们的阳台往下看，可以瞧见一片花圃，有欧式圆拱门，有喷泉。花圃里有人悠闲地打拳，散步。每天傍晚，你定会瞧见一对夫妇（跟我们年龄相仿）在那里散步，丈夫总是将嘴巴凑在妻子耳边温柔地说着悄悄话，女的微微笑着。风雨无阻，撑着伞，头靠在一起。他们走在花圃中的小径，又走出花圃，到了小区大道上。大道上许多小车，五颜六色，像拼图。那辆米黄色"雅阁"就是我们的。透过后窗玻璃，可以瞧见后座背有许多绒布小动物，那是我女儿的。我们生了个小女儿，也很漂亮。俗话说对了：一朝娶美女，十代无丑人。我喜欢掐着她玩，把她掐得满脸通红，大喊救命。妻子就杵我胳膊肘，"哪有像你这样疼孩子的！"我真的疼孩子，不掐不足以满足我的爱。她真的逗人爱。我们一说话，她就也抢着大说，生怕我们撇了她。她就加塞。她喜欢加塞。晚上睡觉也要塞在我们中间。你一定想到了，这样我们就干不成什么了。其实又有什么必要非得干什么呢？有幸福的家，有可爱的孩子，我们很满足。女儿在我们中间睡着了，妻子掖小孩肩头的被子，那边你把关。她说。

我们生活得很安稳。我们甚至不关窗户睡觉（除了开空调的时候）。当然也主要是住高层的缘故。但我们的生活也没有秘密。我们从没有想到谁会来窥视我们。我们没什么可窥视的。所以当我发现对面楼上窥视的目光，我简直吃惊不小。当时我正在阳台做着健身操。对面楼房的一块窗玻璃咣地一晃，我眼睛一闭。我几乎要忽略过去了，可是当我睁开眼时，那玻璃再次一晃。

我瞧见了玻璃后面有个人影。他在看着我。我猛地从阳台逃进屋来。

我不知道自己为什么这么惊慌，我的生活没什么可窥视的。我把所有窗户都关了起来。我开始介意起自己的屋子了，我们的日常生活，一举一动，妻子的穿着。她总是穿睡衣。其实这睡衣人家都穿到集贸市场去了，可我仍然不放心。后来我们明白了，我要掩盖的是私人生活的形式，比如上床的动作，躺在床上的模样，就是穿得再工整也不宜让别人看到。

我开始检点起我们的日常生活，是不是曾有什么疏漏？什么动作不合适了？换衣服的地方是不是不够隐蔽了？进卫生间是不是过早就撩起了衣摆？出来后是不是还在弄裤腰带？我突然发现生活是一件太难的事。走在外面，见到人，就会不自觉侧过身去，好像我有什么见不得人似的。（那对夫妇散步时总是微微笑，是不是在笑我什么？）好像总有人在窥视着我。那窥视的眼睛就好像两颗图钉，死死盯着我的背。我不能挣脱。我曾经也去窥视对面楼房那个房间，那窗户，可它总是关得紧紧的。印象中似乎它就从没有打开过。因为关着，那窗户就显得更加可怕了。那玻璃后面就好像总是站着一个人。我瞧不见他的脸，他的表情。他在想什么？他是不是在笑？他在笑什么？我不知道。我不知道！我只知道他在看着我。我实在受不了啦。有一天，我终于冲了过去。

可是什么人也没有，也没有装防盗铁门。好像这房子还根本没有卖出去。我破开卫生间小窗爬进去。果然没有人，空荡荡的，灰墙，水泥地。我走到那个可以窥视我的房间。那地上撒着土灰，那土灰上没有脚印的痕迹。我看到了我的房间，银色铝合金窗，蓝玻璃，还有玻璃后面的淡蓝色窗帘。我的卧室。一张床。一个人躺在床上。是男人。我微微有点惊讶瞧见自己了。我们家没有别的男人。我甚至还有点生妻子的气，我已经多次警告她要关好门窗。卧室的门是关上的。我瞧见自己盖着一床大红毯，像祭品。我找自己的脸，可那张脸却不是我的。是另一个男人。我再去瞧他的身。我发现他的手藏在毯子下面，在干着什么。我不知道他在干什么。他在干什么呢？他闭着眼睛吧？他的脸突然激情澎湃起来，那么灿烂，那毯子下面的手剧烈抽动，我仿佛全能看到。我仿佛还能听到他的喘息，我仿佛能闻到他嘴里呼出的气味，那种跟我一样的男人的气味。仿佛有什么攥住了我的下体。一只手，一只别的男人的手，带着温度，还有湿度。我毛骨悚然了。

　　我知道那是谁。就是那个总是把嘴巴凑近妻子耳朵讲话的丈夫。他就住在我的楼上。每一次瞧见他们散步，我妻子总要说一句：就跟谈恋爱一样。（他们没有孩子。）那天我妻子又这样说，我笑了笑，笑而不答。

　　我没有将此事告诉妻子。我也不知道为什么。我没有告诉任何人。是因为这种事难以启齿？这种事情不比打架斗殴，杀人越货，甚至是奸淫，你完全可以大声疾呼，可是这却——手淫，总有着揭露老底的嫌疑，不论是对说的自己，还是对听的一方，毕竟谁没有老底可揭？我只能将之藏在心底。它在我心底发酵了。

　　他完全没有必要那样对她说话。老夫老妻了。我们是几乎同时搬进来的，那时他们就已结了婚。而且，又有什么话不能留在屋子里说？他们又没有孩子。（他们没有孩子是不是就足以说明问题？）

　　他难道就不怕妻子突然推门进来？他不可能反锁上门，那样岂不引起她的怀疑？那么撞见了怎么办？想想吧，妻子突然推门进来，猛就撞见了，缩也来不及。掩饰已来不及了。完了！拿什么灾难作交换都不可能，比如跌一跤，破了财，事业全败，甚至，千刀万剐。不可能。你死了都不能。死还能让妻子怀念你。而你只能身败名裂。一切全完了！一生一世。后悔也没有用。无可挽回。而且对方并不惩罚你，像沉入海底，细无声息。你不知道她还是否记着这事。多么可怕！难道他就这么熬不住？非得如此冒险不可？在这时间？当然他没有别的时间，她总是比他迟出门，早回来，把一切都打整好了，他才回来。

我开始留心楼上的动静，楼上的一切都变得别有意味了。一次关门，一点小震荡，一个叮的响声，一缕油炸味，他们浇上黄酒了，那味道！我细细观察，哪怕是一点蛛丝马迹都会令我欢欣鼓舞。我不知道我为什么会这样，这其实不关我的事。也许是因为突然从被窥视变成了窥视者吧，我承认我很欣慰，甚至有一种幸灾乐祸的满足。你听他们的脚步声，一个重，一个轻，重的慢，轻的快，轻的显然是出自有跟的鞋底，是她的。出现频率高，从卧室到厨房，又从厨房到大厅（我猜他们一定把餐厅放在大厅一角了，所以每到饭前饭后脚步总是特别频繁地拉过来拉过去）。她好像总有忙不完的事情。它总是最后消失，我能听到那鞋底最后在床前脱落的声音，磕地一下,磕地又一下（他们卧室是铺着金刚板的，你听那声音那个脆）。然后彻底消失了，消失在夜空里。可是我还听着。我想象着他们在床上的情景。他一定是掩饰地打着呵欠，显出很困的样子，睡吧，拉灯。没有节目。没有再出现脚步声。死一般的静。我听着，我不能睡，唯恐错过了。那动静再次出现。我不敢沉睡。我熬着。上面的声音又响起来了。天色熹微中。那不是他的，那是她，先是从床边，然后卫生间，抽水马桶的冲水声，然后再出来，到了厨房，惺惺松松，伴着锅盆的磕碰声。只有她一个人。我知道此时另一个人在哪里，就在同一个屋檐下，一扇薄薄的胶板贴成的门后面，戏开场了。

她到底知不知道他在干着这种事？就在她刚刚离开的床上，那床上还有她的体温，她身上的香水味道，也许还落着几丝她的头发。她到底知不知道？有一次我甚至摸了上去，就在他干着那事的时候。我敲门。

门开了，她出现了，穿着睡衣。她显得很惊讶。我这才发觉我得找个理由。我说，你们阳台滴水了。

没有呀，她说，表情更惊讶了。"我们没有冲水呀。"她说。也许看我不相信的样子，她又说。她又把门开大了点，留出一个道，好像是说，那你自己进来看。

我终于进入了这个家，这个费了我多少猜想的家。果然他们把餐厅设在客厅一角，北侧。餐桌上已经放着一盘吐司（那叮的声响原来是从面包烤炉发出来的）。地上果然是金刚板。卧室的门紧闭着，是水曲柳板的。想着那种事现在就离我这么近，就在那脆弱的门后面，我有一种异样的刺激。可她开始犹豫了。我这才发现，原来阳台就在那间卧室后面，要去阳台，就必须经过卧室。我禁不住得意自己怎么想出这个理由了。"就是要冲水，也得跟我们先打个招呼呀，我们把东西收起来后再冲。下面都晒着东西呐！"我故意说。

我们真的没有冲水。她说，我爱人在睡觉。

什么睡觉！我想。还在睡觉呀！

她忽然转进了厨房，在里面忙碌了起来。她打燃煤气，往油锅里下了两粒鸡蛋。晚上睡迟了。她说，有点不好意思的神色。她抹着抹布走了出来，模样像一个使女，那么羸弱，那么朴实。看来她还蒙在鼓里。我忽然有一股冲动，我真想冲向那扇门，一脚踢开。他一定正在陶醉呢。一切全被撕破，她顿时发现了自己原来过的是怎样的生活，她一定会大吃一惊，会绝望，甚至，会发疯，去自杀。我忽然又犹豫了。这时她叫了一声，又往厨房跑去。我闻到那里传来微微的焦味。她忙乱着，把锅高高端着，锅底下的火仍在烧。她好像蒙了，不知如何是好。她忽然把求救的目光投向了我。

对不起，帮帮忙好吗？她让我给她拿锅铲。锅铲跟瓢子刷子等齐刷刷一溜挂在侧面墙上，那是她整理的。我忽然真想哭。我把锅铲递给她。她接应的手从睡衣袖子拉出来，很长很瘦。她把蛋揭出锅来。

炸焦的东西吃了会致癌的。她说，他总是睡得迟，要不，您稍坐会儿，他就要醒了。

2

我简直是逃着出来的。我没勇气等他出来，仿佛那样就是我把他拽出来似的，对着这么一个一无所知的妻子，这么有幸福感的女人，简直残忍。也许是楼上吧，我说。

我们真的不会这样，她送出来，又说，不会这么不文明。

我点头。我甚至还真的上了上面一楼。敲门，你们有没有滴水？

我开始可怜起她来了。一见到她，就想起她丈夫干的那种事。因为她丈夫的所作所为，她的身体总有那种事的意味。也许她也会半夜突然醒来，怅然若失望着黑暗，觉得生活少了什么？可她又不知道到底少了什么。她就更加可悲。她不知道她丈夫把应该给她的给了别人。他在干着那种事时脑子里一定在想象着别的女人。我也曾有过这种经历。在冥冥之中想象着跟我不相干的女人，对她做根本不可能做的事。几乎每个男的都不同程度有过这种经历，就好像几乎每个司机都不同程度触犯过交通法规一样。可是一结婚我就戒了，因为有了实实在在、跟我相干的对象。我觉得夫妻间的这种事是彼此垄断的，一方只能跟另一方过，要么一道过，要么双方都不过，要是一方自己过了，就是对另一方的背叛，即使是一方不让过。这种背叛如今太多了，何况他这样身份的人。他好像也是一个老板。我曾经听到一个到他家找他的人在门口称他"×总"。这世界有多少女人为"×总×长"时刻准备着呢！那么多女人，那么多"鸡"。

我对"鸡"向无太多感觉。"鸡"之对于我们，就好像城市空气之对于现代人一样正常。请个客，玩一玩，叫几个小姐，无非就是多点了几道菜。有一次，大家要一个小姐撩开衣服看胸脯，小姐真的就撩了，大家笑，我也跟着笑。反正就是那么回事，有什么大惊小怪的？她们是小姐嘛，就跟我们是老板一样。

我们的生意几乎都是在这样的气氛下做成的。晚上又要请一个客人，是水帮忙拉到的。水是我的好友，因为他到处打枪，大家说，你射出的已经不是精液，都是水了，就有了这外号。精液还真未必浓于水，能拉来大客户。我搞保健品生意。今天来的是省立医院的一个副院长，吃饭，我们要叫几个小姐作陪，副院长说不要。于是就不要。我忽然有点巴不得。很奇怪，不知为什么我今天变得很紧张。

不要女人，只劝菜，劝酒。副院长说他的酒量是很小的，不肯多喝。

我几次提起进药的事，副院长总是问：你们真的不会害我听话？

怎么能让您听话呢！我们应。

药品可是人命关天啊！可是副院长还是说。

什么药都会吃死人，就补药不会吃死人！水就说。

没有小姐劝酒还真的不行，不只是少了几样菜。水就说，我们去桑拿！副院长又摆手：不要了。水就硬拉他。就是日理万机也要休息休息，他说。他妈的他可真会说话。这样的话这样的场面我也不是不会应付，可是今天，不知为什么我变得很笨。

进了桑拿，大家脱得光光的，副院长态度才开始随和了，说起自己人生的沧桑。这院长也不是好当的，还是像你们这样子好，自由自在。水就趁机说，院长今天也自在一回啰，去推拿推拿！副院长就嬉笑着不言语。水就连忙跑去找小姐。

有没有漂亮的？

我们这里的小姐都漂亮！领班应，一副不容置疑的样子。阴暗中三三两两坐着躺着走着的小姐，好像真的很漂亮。水又说，我们可要真漂亮的。领班就笑了，怎么敢拿不漂亮的出来呢？大老板来了嘛！

他才是大老板！水指我，我们这大老板可是糊弄不了的哦！

不知为什么，我忽然很忌讳他这么说。

我们一同过去挑小姐。副院长一副扭扭捏捏的样子，只是对着一个小姐直笑。水马上明白了，叫了那小姐。水叫小姐的手势很洒脱，把食指向小姐勾了勾。我以前是不是也用这种手势？轮到了我自己，我说，我算了吧。

水慌忙拧我的胳膊，你他妈怎么回事！不是自己拆台吗？果然那副院长立刻说道：我看就算了吧。我连忙说，我不是这个意思，我是想先上个厕所。

领班说，那无妨，老板你先挑一个，小姐可以在包间等嘛。

我说，我不是老板。

那通往里面的弄道幽深莫测。同样的单间，一张按摩床，灯很暗，有一股熏人的气味，那是霉气混合着香水脂粉面膜膏的味道。不知道为什么我今天感到窒息起来。我闻到了小姐的头发味，很甜很腻，有点烟味。那味道一会儿就到了我的头顶。我感觉有两个又硬又软的东西顶在我的头上，可它们的所有人似乎毫无知觉。她在给我做头部。她的手肉摩挲在我的脸肉上。我的感觉忽然异常锐利起来。我能感觉出那指尖的细细纹理。我甚至能觉出面膜膏在肉纹间的滑动。我缩着自己的肉。那只手像一把温柔的刀子，要剖开我的灵魂看。我像放在案板上的肉。我奇怪以往我怎么就那么处之泰然了？那手又伸进了我的胸脯，揉捏起来。她们总是这么做。为什么要这样做我不知道，也从没问过。从来没想过问。为什么要做这？我问。

为什么不可以？小姐应，这是一种错误的观念，以为男性的胸部就不重要了。

不是这意思……我连忙说。

那您只说舒服不舒服？她说，舒服就行。她笑了，笑成一朵罂粟花。我蓦然明白了那笑的含义。我猛地抓住那手，拉出来。还是不要按了吧，我们说说话。

我问她是哪个地方的人，多大了。她回答，可她的手仍在我身上动，隔着衣服。我又说，不要按了。就停了。她问我是做什么生意的。我说，我不是做生意的。

那手又悄悄动了起来，好像不动她就不安心，动着才能表明她在干活。这是她的工作。她千方百计都要动。那手温温的。我简直受不了。我猛地跳了起来，不要按了！

那只手猝然不动了，像死了似的。它的主人惊愕地瞧着我，好像不明白自己干错了什么事。我听见门外响起了脚步声。小姐嘤嘤哭了起来。也许我过分了。我爬了起来。我开门走了出去。门外围了几个人，见我出来，纷纷闪开。我感觉到领班闻讯跑来，企图拦住我。老板你发个话，她有什么不够周到的地方了？

不周到？不，太周到了。

领班冲进单间。你对客人做了什么了？

我什么都没有做……小姐辩。

老板，那这是怎么回事了？领班又冲出来，我们这可是正规推拿哎！

他不要推拿……小姐道。

不要推拿？不要推拿你来干什么？你有没有搞错啊？有没有毛病呀？领班叫。

也许真是我有毛病。一切本来很正常。我瞧见几个小姐用怪异的目光望着我。我瞧见了那个副院长，他还在整着腰带。他故意装作没看见我的样子。我瞧见了水，他的脸吃惊得都变了形了。我知道他为什么如此吃惊。我知道我这样做的后果是什么。我不知道自己为什么要这样。我只觉得我不能够忍受。我忽然有了洁癖了。我要离开！我要去一个干净的地方！

我回到了家。孩子睡着了，妻子正在整理被子。被子搁得厅上沙发上都是。连边上一把躺椅上也都是被子。灯开得非常亮，把棉被照得明晃晃的。我从没有发现我家有这么多棉被，简直就是棉被仓库。这是我的家吗？我感到堵得慌。妻子跟我说了句什么，我没听见。我只瞧见她抱了一床被子出来了,那样子好像又怀孕了。被角从我面前扫过,我一闪身,踩到了什么。满地都是小孩的插塑,还有被玩脏了的布娃娃。妻子又对我说了一句。她在问我肚子饿不饿,我没回答,躲进了卫生间。一丝莫名的空虚袭上心头。我闻到了自己身上的味道,发霉的,脂粉的,香水的,面膜膏的。淡淡的,好像一个久远的梦。也不知过了多久,妻子敲上了卫生间的门。她进来,忽地就把睡裙撩起来,小便。就在我面前。我的眼睛猛地被刺一下,这好像突然闯入的恶作剧。我不知道自己怎么去窥视它了,也许不是窥视,只是习惯,她是我妻子。但是我忌讳。我赶紧出去。我溜到了床上。床冰冷而又陌生,也许是因为我没有洗的缘故。我要关灯,只有在黑暗中才有安宁。

3

你小子怎么啦?水追来了电话。

什么怎么啦?我知道他是指什么。

心中有爱了吧?那边水笑了起来,所以有洁癖了。

哈,我会爱?有谁值得我……

别跟我说你老婆很漂亮,水打断我。毕竟是水。这是我老是用来反驳他的理由。老婆再漂亮也是老婆,也有厌烦的时候。总不能一辈子只吃一碗菜吧?

去你妈的!我应。

再说会娶漂亮老婆,就说明你色。他更变本加厉。

去你妈!我仍这样应。好像我只会这样应,骂。你以为那些"鸡"就有魅力?我忽然想出一句。我瞥了瞥外卫生间方向。没事挂了,我要睡了!

跟谁睡?那小子还纠缠。

操!我说,你小子别什么时候染上艾滋病了。

宁在花下死，做鬼也风流！那边哈哈笑了起来。

有妻子的脚步声。我挂了。拉灯。

这时候还有多少男人在外面野呢？酒吧，按摩院，桑拿……各种各样的好去处。有多少丈夫在跟不是妻子的女人睡呢？有多少男人，前半夜还抱着另一个女人，也许后半夜就已经躺在妻子身边了。他们是不是想到有朝一日和妻子一同走上街去，会被那另一个女人看？在那另一个女人眼里他可怜的妻子会是怎样的？可怜的妻子，她们还蒙在鼓里。假如她们知道了自己是在跟别人共用她丈夫，就像跟人共用一把牙刷，会恶心得呕出来吗？她们不知道。甚至她们被传染上病还不知道是怎么回事，还怀疑在什么公共设施上染上的。

楼上那位妻子总是乘电梯上上下下。无论上去还是下去手上总是提着东西。上去时满当当的，下来也同样满当当，那是拎着垃圾袋。满当当的垃圾就是他们每天消费掉的生活，好像他们的生活总是满当当的。我从电梯壁的镜子观察她，她总是那么恬静。我们没有说话（也许是我没有跟她说话）。她提着垃圾。提着垃圾的女人是多么地可怜！可怜得让你不能不伸出援助的手。

她就能提得动？我说。

谁？妻子问。

我一惊，这才明白是在对妻子说。我们刚从电梯出来。我嘴努努电梯。我不知道自己为什么要在妻子面前说起她，好像一股寂寞忍不住要溢出来。那至少有五十斤！我说。

五十斤！你这是哪个星球上的秤？妻子叫，笑了。我也笑了。反正是不轻。他们家的事好像都是她在做。

你管人家那么多。妻子说。

那丈夫也太不自觉了。

你还是管管自己家吧！这周末我们去哪儿吃饭？妻子说。

哦，周末。我几乎忘了。每个周末我们都要出门吃饭。这已经成了惯例。在自己家里早已吃不出名堂了，什么锅，什么炉，什么机，什么样的调味料，什么样的整法，死整还是活整，剥皮还是不剥皮，掏腹还是保住腹气，先弄死了再下锅还是没有死就下锅，下油锅还是蒸、焖、煲、熏。即使再用"生猛"二字也吊不起胃口了。妻子说一到市场一进厨房就跟上考场一样。于是就到外面吃，酒家酒家酒家，山珍海味山珍海味，四大菜系八大菜系。也没了胃口。就到处搜罗有什么奇特的，肯德基、麦当劳、西餐牛排、日本料理？也没了吸引力。听说韩国铁板烧可以边看他做边吃的，还可以自己动手做，就奔去了，但很快又厌倦了。再说吧！我说。很奇怪，我出奇地慵懒。

楼上那一家在吃上好像也很折腾。常有种种味道飘下来。晚上九点了还在煮。我又爬进了对面楼的那间房间。那房间仍然空荡荡的，地面土灰上还完整地保留着我留下的脚印。我关掉了手机，在里面待着，好像藏在一口荒废的井里。有时候也会突然响起一阵喧嚣，那是屋外有人走过，一会儿就恢复了宁静，而且更加宁静。什么人也没有，只有我。她果然在厨房忙着。她穿着睡衣。她穿睡衣的样子显得特别可怜，让人想到她瘦骨嶙峋的身体。她一定是很瘦的，被剥削被压榨的人，一片被抛荒的土地。有时我希望她外面也有个人，有个外遇，也算是对她丈夫的报复。可是她似乎没有。她在一所卫校当教师。有一次下课，我瞧见她和学生一起从教室出来，哄地一下，颜色那个单调。我从没见她跟哪个男同事多说话。她的脸几乎没有笑，像一只羸弱的羔羊。她把讲义抱在前胸，完全不能让人想象她还有提食品袋的模样，更不会让人想到那被讲义压着的胸部跟她某些生活场景有关。她几乎没有朋友。只有一个人，是在医院工作，也是女人，一个很优雅的女人，总是把手揣在护士服口袋里。

锅里在炖着什么。她揭锅盖，看。浓浓的烟气几乎把她的身影掩没了。这好像更成全了她的形象，厨房似乎是她的最好环境。她干起活来那么熟练，干净利落。她从锅里端出一碗东西。也许是宵夜吧？那碗很小，说明那碗里的东西很珍贵。她试味道。她端着东西去了大厅。他也在家里。好像专门在家等着吃似的。可是当她把东西递给他,他又扭捏了起来,不肯要。他反将碗推给她。她也不要。两人就你推我我推你起来。他在说着什么。她也在说着什么。又是推。突然,她好像生气了,一把接过碗,走向卫生间。她似乎要将东西倒掉。他慌忙抢上去,夺。她不肯放,他就哀求了起来。他的样子低声下气,他妈的可真会做戏。她终于满足了,回心转意了,拿起拳头在他肩头上轻轻捶了起来。他得意地笑了。她要是知道那笑的后面是什么,要是知道他所干的事,一切全是假的,她还会这样拿拳头轻轻捶他吗?还会给他吃?

我们多大程度上生活在假相中?那个窗户,就在他们边上的那一间,有个女人总是对着镜子边化妆边做着各种各样的表情,大概是想探索自己最佳形象吧。有一个老头,总是对他家一个像乡下人的女孩子(大概是小保姆吧)动手动脚,那小保姆大概已习惯了,还什么事也没有似的一边做着事情。有一次我还瞧见她还像孝顺的孙女一样把老头搀出来(他好像生病了),叫三轮车。有一个男孩,总是躲在他父母卧室搜索电视中的那种镜头,当父母推门进来,他就马上调转频道。有一对夫妇分开了睡,他睡一个房间,妻子跟孩子睡一起。有一个女的,经常带不同的男人到家里,有一次我瞧见她光溜溜跑进了卫生间。有一个人躲在自己家里学张铁林神态,眉毛一扬,又一低,唔!点点头。有一次他冲我这边一笑。我一惊。其实他并不是看到我了。他在自己羞涩。但那直逼眼前的感觉也足以让你胆战心惊。我忘不了那个老妪,已经倒在床上了,我总是瞧见她一个人不停地摆弄着收音机,子女进来她都不怎么理睬。也许她被病痛折磨着,子女也爱莫能助。一天晚上,我居然瞧见她从床上挣扎起来,颤巍巍爬上窗户,她的子女慌忙把她死死拉住。我听到了她的哭声,像猫。我不活了呀,我不活了呀!

您这样让我们怎么有脸见人哪!子女们说,我们哪里做得不够,您老人家可以说嘛!

老人没话了，顺从地退了下来。我认识那儿女，他们刚在前几天给老人办寿宴，厅上大"寿"字醒目可见，我后来又听人家说，老人一百岁了。长寿啊！大家说，也是子孙孝顺。为了这，她还得再熬下去，端着幸福美满的牌坊悲惨地活下去。那家，就是她的地狱。

妻子又在问周末去哪里吃饭。好像非出去不可似的。好像家里有鬼，留在家就会撞见鬼（地狱？）。她弄来好多生活类杂志和宣传品。这些杂志、宣传品总是充斥着我们的世界，它会教你如何活，什么是好生活，什么是时尚，什么是成功，什么是现代化，什么是富裕。富裕就是非要这样做，比如有房子、有车、有别墅，去消闲、去旅游、去度假、去打高尔夫，进高级健身房……我从来没这么觉得活得累。以往是怎么过来的？以往每个周末是怎么挨过去的？我一屁股坐到沙发上，摸出遥控器，摁开电视。电视上也都在折腾，综艺节目，晚会，智力竞赛，搞笑小品，电视剧……一个个频道过去，再回来。山重水复。好生活好像已经到了头了。妻子又在问去哪里。

随便。我说。

随便是哪里？妻子问。

不去了吧。我说。

为什么？妻子叫起来。这是我第一次说出这样的话。

我没空。我说。

谁在说？没空是男人的最佳借口。

你没空哦！看电视都有空！妻子一把抢过遥控器，不停按啊按，你到底要看哪一台？

我也不知道要看哪一台。其实我一直没想过要看哪一台。一坐下去就摸遥控器，一摸到遥控就拼命地按，好像有所期待，又好像无可期待。我站起来。唉，你不知道出了什么事！

出了什么事了？她担心了。

跟你说也没用。我支吾。

不说就是没有！

你怎么这么缠人哪！我火了。我还真觉得出了什么事。什么事呢？楼上的她？我看你是活得太舒服了！你没看看人家楼上，我说。

人家怎么过了？人家天天散步！妻子应。

什么散步！全是假的！你不知道那女的有多可怜！

你可怜她，怎么就不可怜我？妻子说。

我一惊。我不是这个意思！赶忙说，那就问孩子吧！孩子说去哪里就去哪里。我说。

女儿才三岁。让一个三岁小孩来决定，自己也觉得滑稽。女儿正在看电视。妈妈，我要吃"脑白金"！她说，电视上正演着"脑白金"广告：今年爸妈不收礼，收礼只收脑白金！

那就去吃猴脑吧！我说。

对了！上次有张宣传单就介绍了满汉全席猴脑羹，去吃！去吃！妻子兴奋得叫起来。

我不知道自己怎么会冒出这念头。再没有比我更知道这类玩意儿的了。中国人特信补，男人要补肾，女人要补血，老人要补钙，儿童要补脑。有一次有人向我推荐一种叫"猴脑灵"的补脑药，还煞有介事拿了块什么软组织，说就是猴脑。我说，你就是拿块猪脑我也不知道，再说，假如我患了痴呆症，你就是说猪脑能健脑，我也信，我不能不相信。也许吧，是百无聊赖了。

我在下面等，她们在楼上磨磨蹭蹭。车发动了熄灭，熄了又发动，她们仍然没有下来。一个好丈夫好父亲就是要有耐心，要等得。我拍着方向盘。她们下来了，妻子还在给女儿整腰带，一边自己扣着外套。她穿一件很时髦样式的外套，硬邦邦的，脸化妆得像罩上一张面具一样。她的手指头还在面具上不放心地修饰着，绝不肯留着破绽让人说。

干什么嘛！我说，又不是去展览，是去吃！

我说"吃"，说得有点恶狠狠。

爸爸正驾座，妈妈副驾座。这是我们出门的常规。女儿照样要加塞中间，总掣肘着我胳膊。妻子就不停地教诲女儿：过来点，过来点！爸爸危险！

还没开出一公里，就要停车，因为女儿要小便。一会儿妻子自己又要去买清嘴含片。她买了清嘴含片还要塞我嘴里要我吃。我不吃。妻子就说，你从来都吃的。我承认，可是我这次不想吃。孩子就也跟着喊：爸爸清嘴，爸爸清嘴。真没办法。我不知道以前是怎么忍受过来的。当初买车时怎么就没想到？当初只想有了车能够跑得自在，可无论你怎么跑都必须载着这堆包袱。想想水从不带老婆孩子出去玩是有道理的。他只用车载外面的女人。他载着她们满世界疯跑，你呼他，他总说：我人在外地呀！哪里？北京，上海，深圳，海南，哎呀我现在在美国哪！你他妈又跟哪个女的在一起了吧？哪里都有你的床，什么床上都可以搞！他就大笑。你也想了吧？要在哪里肏就在哪里肏，要怎么肏就怎么肏！就连车内都可以肏！哈哈哈哈哈……

我想象不来在车内肏的情形。

有时候也觉得自己好像缺点什么。所以吧，才老是去骂水：你这种人没救了！

这不是我熟悉的豪华酒家高级食坊，像原始部落的屠宰场，满是怪石嶙峋，那般刺激。有人在喝彩，昏暗中一群人围在一张桌前，全都站着，在争看什么。女儿问在看什么。不知道。我说。我故意说不知道。我不想这么早就把秘密泄露了。

我们被带到一排猴笼前选猴，它们好像已明白我们的意图，呼啦一下哗变起来。也许这就是选猴这程序的必要性。一只猴子穷凶极恶地向我们发出一声咔！我说，就要这只吧！伙计把手伸进笼子，猴子们忽然互相推搡起来，竭力要把那只猴子往前推。那只猴子就反过身来拼命往里面挤，它翘起了红彤彤的屁股，反显出孬相。我们都哈哈大笑了起来。倒是另一只猴子躲在最深处，它力气似乎非常大，永远占着最好的位置。

我改了主意。就要那只力气最大的！我说。

我们又被带进一间豪华的包厢。包厢全是绢布裹着，像柔软舒适的床。餐桌中间有一个洞，我猜待会儿猴子就是被枷在这里面。想到屠杀就要在如此柔软的环境中进行，我禁不住有些激动。很久没有这种激动了。这就是商家精通服务的地方吧。外面传来了一阵喝彩声，伴随着惨叫，我知道又有一场戏在开场。不知道那一只猴子是不是比我的凶？也许是比我先挑的。

我们的猴也来了。捆着铁链，脑壳上的毛被剃得精光。它被洗得很干净，可它仍然竭力牵动手臂要抓搔身体。好像仍然有无数的虱子。它很快就被枷在桌子中间的洞内。它的目光开始在我们三人中间惊恐地搜罗起来，这就是猴子比其他动物聪明之处，它很明白，因此也就更富有刺激。我发觉妻子牵了牵我的胳膊。这是平时不会有的动作，平时她总是用嘴巴，唤我吃饭，让我拿东西，让我管女儿，叮嘱我把我那侧的孩子的被角压好。可我不理睬她。我不看她。我感觉着她的全身神经都被激活了，紧紧揪住我。我把她的手拂掉了。我也不看它。我故意让对方觉得无可把握，好像一个死刑犯被刑警从后面戳着枪，你不知道他何时开枪。那是真正的恐惧。有时候我也会莫名其妙产生这样把握不住什么的恐惧，我什么时候完蛋？我举起了银锤。我敲。可是没有打开天灵盖。我再敲，只裂开一条缝。女儿惊叫了一声，好像这才明白在干着什么事。妻子慌忙拿手掩她眼睛。我笑了笑。我想着如何撬开那脑壳。越难就说明它越是坚实，越有生命力，就越有吸引力。我又拿起了银刀，猛地插进那脑壳的裂缝。狠狠一撬。猴子一声惨叫。那个叫作脑浆的东西终于呈现在我的眼前了。滑溜溜的。那滑溜溜的感觉好像为我们呈现出世界的另一面，像皮囊的内里。它在蠕动。女儿又害怕地叫了起来。让她怕，她也该懂得什么是怕。她太幸福太舒服了。我啐道：叫什么叫！不会动了，死了，还有什么吃头！

店伙计问我要怎么吃。生吃，还是在火锅汤里涮？各有千秋。他说，火锅吃，香；生吃，鲜。我问妻子。妻子不回答。她在发抖。不就是吃一餐饭嘛！我说。你以为干什么了？我让伙计浇上熟油，生吃。哗！油浇下去。猴头猝然一震。

吃！我叫，拿起了汤匙。那脑组织在我汤匙里蠕动着。它在我牙齿间。脑组织在挣扎，在我牙缝间挣扎。我从来没有想到还会这样。活着真是好啊。我希望这样活着。在对方的痛苦挣扎中，在惨烈的叫喊中。我感受到了空虚。猴子的脑部被挖去的一角，那个空虚的痛。就好像被蛀空的牙齿的痛，那种牵动神经的痛苦，像饥饿，需要什么来填补。哪怕是用打呀，以痛抵御痛。哪怕是再挖它一汤匙。我感觉它在渴望着。可是我偏不。我把汤匙在那伤口的边缘轻轻划，想象着那种被提醒的痛，那是深层的感觉。有些感觉是深藏的。我叫妻子吃。她仍然在颤抖。不知什么时候，她已经背过身去了，跟女儿搂在一起。我忽然感觉要从兴奋的巅顶跌下来。我慌忙又拿起汤匙。可是我不知道该怎么做,狠舀一口，还是不舀？不舀就不能镇住我的慌张，舀了让猴子解除痛苦，我更无以安慰自己。我忽然想看看那桌子下的猴子的脸。我猫下腰。那猴子在黑暗中忽然嘻地冲我一笑。我没想到它会这样。我不知道痛苦跟笑什么关系。

我猛地感到极度空虚。

我忽然发觉自己其实想让它咬我一口。

我戳进汤匙，胡戳乱搅。我听到了桌下的噗噗声，像马蹄奔走。我又叫妻子。她仍然不吃。我舀一大口送到她嘴里。她的脑袋摇了起来，不肯吃。你干什么嘛！来了又不吃！我叫。她仍摇头。我不知道是这样！她辩。那你要怎么样？我叫，你还要怎么样！我不吃！她叫。汤匙被碰掉了，咣当一声，猴脑洒在地上，像不可收拾的豆腐。你以为这便宜呀！你以为这就不要钱！我叫。我不知道自己怎么提起钱来了。我们不缺钱。吃！吃！吃！我又狠狠舀一汤匙。我要撬开她的嘴。她死死锁住嘴。头摇着。她的口红沾在猴脑上，现出假惺惺的意味。猴脑也沾上了她的嘴、她的腮，她的脸花了。她的样子讨厌极了。不就是吃吗？你不是天天都在吃吗？一日三餐。吃活鱼活虾生猛海鲜怎么就不怕？就是死的，就是尸体，也是吃尸体！尸体！

妻子哇地呕了起来。瞧你，瞧你，你什么样哟！我骂。

4

平心论，妻子模样没什么不好。放我们小区也是数一数二的漂亮。可是现在让我说说她到底怎么漂亮，又说不上来。反正是到了不需要去怀疑的地步。从这点上说，又有点像被挂起来的咸带鱼。

曾经有不少人追求她。跟我恋爱时，我还直担心半路被谁劫走了。可是她跟定了我。直到结婚了还有人给她打电话，可她决不跟他们拉拉扯扯。她是一个很明智的女人，没有结果的事就不做，这样的女人就是最理想的当妻子的料。

结了婚，一切就像她那张漂亮的脸，凝固了。我挣钱，她理财，生活就像火车，沿着既定的轨道滑下去。我也迅速胖了起来。我学会了陷在沙发上、窝在被窝里看电视，不停地按遥控，走马灯似的按，其实也没有想看什么。有时候会回忆当初怕她被人抢走的情形，甚至希望有谁再来追追她，让我重温那种失去她的饥饿和恐慌。

当年有一个人跟我同时追她，是个个体企业小老板，一个真正做起了生意的人。而我其实只是捏着小皮包，这里求，那里钻，倒卖些化学原材料，手头并没有什么大钱。大学刚毕业，一下子掉到现实中来，什么都看破了，一门心思放在挣钱上。挣钱，讨老婆。我把偶尔赚了的大笔收入谎报成平均月收入。要不是后来终于找到了卖药生意，还不知道如何对她交代。当时还萌生起不管三七二十一先占有了她身体的念头。现在这身体已经完全属于我了，无可置疑地躺在我的床上。那躺在床上的身体不再令我心惊肉跳。她会当着我的面若无其事地把衣服哗啦剥光了，再换上一套，然后把剥下来的奶罩裤衩洗了飘在阳台上。不知什么时候起，那种事也慵懒起来了，常规姿势，男上位，一套程序，甚至频率快慢、多少下，都烂熟于心了。晚上上床也懒洋洋了，总是会突然去看钟，那口立式大钟。它正对着床头。几乎是不约而同地。这时候，那钟上的分针就会猛地向前一蹿。总会这样，无论在什么时候，只要你一看，分针就猛地一蹿。然后彼此显出惊讶的样子，这么迟了啊！不觉得！好像在说。做出困乏的模样，呵欠。

睡吧。

睡。

拉灯。其实互相都知道对方想什么。总有一种被凝视的恐怖，彼此的凝视。总有一天要把伪装看穿。也许当初要在卧室搁这样的钟，就是为了一上床就有个推托的理由。完全没必要在卧室装这样大的一口钟，又笨，又沉，像一口棺材。那秒针走动之响，催你睡，引你入眠，让你一如既往生活下去。

一看——分针一蹿。

也许这样才讲起身体重要的？这种事不能太频繁了，一周两次到三次，一、三、五、二、四、六，像"文革"期间我父母晚上政治学习。还是两次吧，身体还是要保重。早睡，早起，早起锻炼。好习惯是必需的。可是那些坏习惯才真正养人呢！熬夜，睡懒觉，抽烟，喝酒，骂娘，随地吐痰，打麻将，玩女人……

也许才要聊些无关紧要的？今天在街上看见人家怎么怎么了。谁戴了一个首饰多么多么好看。现在都在时髦什么了。沙发是真皮的高级还是布艺的高级。鸡蛋是全熟吃有营养还是半熟吃有营养。优生态纯净水是不是也不利于孩子生长。有个哈佛女孩叫刘亦婷。谁捧走了"体彩"最高奖。买幢别墅吧……打造着热点，打造着幻象。给莘莘学子打造进名牌大学留学出国的幻象，给少男少女打造潇洒明星的幻象，给情人们打造缠绵悱恻爱情的幻象，给成年人打造事业成功香车宝马的幻象，给女人打造永葆青春永远美丽的幻象,给老年人打造健康长寿的幻象。科技一日千里,生活越来越好,咱们生意的大滚轮在滚动哪,哎呀咱们的防盗锁可要最结实……可一方从外面回来了,另一方也不会掉头去看一下,听任钥匙插进锁孔。还会有谁有钥匙呢?连弹簧都跳得懒洋洋的。那张脸,那个身影。那锁,松了。蓦然间,门开处,一个陌生女人。居然是。头发拉得直直的,进来了,好像一个女贼。一个胆大妄为的入室女贼!飘然进来了。我霍地从沙发上跳了起来。知道这叫什么来着?她说。妻子总是一头卷发,从我认识她时就一直是,是自然卷,几乎得到所有见到的人的赞美。

不知道。我回答。

离子烫!你猜要多少钱?八百块!

八百块!哇你们女人可真舍得花。

那一天整个家变得怪怪的了,一个陌生的女人在我房间里转。她在我的厨房忙碌着,用着我的锅,抓着我的瓢,拧着我的抹布,开启了我的冰箱,动作飘盈;她给我端饭,我只看得到她头发遮脸,我看不到她的脸,我还能闻到她的味道(药水味?),我只看到那拉直得有些怪的头发。恍然间她又飘到了厅上,拍着沙发上的靠垫;一会儿又飘到了房间,打开衣橱,取出女人的内衣,飘进了卫生间。我故意装作小便,也进了卫生间。可是我在解开裤门时犯了犹豫,我不敢在陌生女人面前打开裤门。我在客厅上坐立不安,我听到了卫生间里淋浴喷水头的哗哗声,我又悄悄接近那门,那门是虚掩着,我推开一条缝。我瞧见她的身体从黑瀑布下裸露了出来。那身体跨进了浴缸。我的按摩浴缸。满当当的各种各样洗浴物品顿时变得饶有趣味,那个沐浴露就是用来抹在那个身体上的,那条毛巾刚刚离开那身体。我不敢正眼看,我想逃。可是我也没有逃。我忽然有一股犯罪的冲动。我走近了她。她的背对着我。心在猛烈撞击。我被撞得晕眩。我感觉到自己需要付出一股勇气。我好久没有觉得需要勇气了。我一闭眼,扑了过去。那个身体被我摁倒了,水冲了我一脸。我觉得畅快。我紧紧抱住了她。她似乎有些挣扎，可是马上就顺从了。她静静地让我抱着，揉着。她在哼哼。这是非常规的声音，这是非常规的姿势。她像一匹马。她直直的头发像马鬃。

等一下，蓦地，她说，你到床上等一下。

也许因此我们才要孩子的？也许我生女儿就说明问题？我看了一本生男生女秘诀的书，女性不能达到高潮就不能产生碱性物质，就只能生下女孩的。我也有高潮吗？没有激情。

孩子一出来，我们就成为爸爸妈妈了，不再是丈夫妻子。不是应该交媾的一男一女。不是互爱，而是共同爱着一个孩子。忙得屁滚尿流，孩子哭呀，闹呀，奶呀，米糊呀，瓶瓶罐罐呀，屎呀，尿呀，尿片呀，把我们的生活堵得满满的（我们都不肯要保姆是不是就是一个阴谋？）。我是给孩子攒钱的人，她是给孩子喂饭的人。我是给孩子开车的人，她是给孩子把尿的人。我是在右边给孩子掖被角的人，她是在左边给孩子掖被角的人……想想，这些年我的精液都跑到哪里去了？输精管似乎也有无数的毛细血管，我的精液一路渗掉了。我从没有在外搞女人，也没有遗掉，没有在被单上留下地图，那被单上的地图多么令人难堪！我也担心过。有时候我也想索性先自己解决掉了，也不失为一种好办法。准备好卫生纸，可以做得干干净净。可我终究没有做。那么精子都到哪儿去了？

我又爬进了那个房间。她仍在厨房。好像她总是在厨房，离开了厨房她就没了价值。她穿着睡衣。看她穿睡衣的感觉跟看妻子完全不同。她的身体在睡衣内摇摇摆摆。睡衣松散，松散得像块裹住身体的包袱皮，心不在焉的。那动感的胸部，蓬松的腰头，腹下的斜坡和折皱，还有那拖鞋（她一定穿着拖鞋的）。这就是睡衣吧。睡衣没有装饰，让人看到世界的另一面，隐秘的那一面。有一刻，她朝我这边瞧了一下，她好像发现了我。我赶忙闪到窗户后面去。也许她看到了，她在跟她丈夫说。她丈夫出现了。他总是天天回来同她一道吃饭，然后散步，然后整夜待在家里。他一个老板，难道外面就不需要应酬？一个大男人，整个晚上被绑在家里，他做什么？

他们在说话。看样子不是在说我。他们没有发现。她一边说着一边干着活，她走到哪里他就跟到哪里。她在厨房，他也在厨房；她走到了厅上，他也跟到了厅上；她去冰箱拿东西，他也跟了过去；她返回厨房了，他也又陪进了厨房。他说着，仍然是嘴巴凑着她的耳朵，跟在外面时一模一样。好像这房间是那么空旷，荒凉。他陪着她。有时候他走开了，可是他又出现了，拿个无关紧要的东西回来，有时甚至干脆袖着手，有一次是去洗碗槽开水洗手。他在卫生间就不能洗？

我期待着只有她一个人出现，没有他的身影玷污。我只希望看到她。我等着，等得心焦。我不知道自己为什么要这样希望，好像那时我就会有什么动作。有什么动作？我也不知道。时间慢慢流逝。他始终缠着她。虚情假意！你能来个实质性的吗？等到上了床上你又能怎么样？

到上床时候了。她穿睡衣站在床头。灯灭了。一切都死了。黑暗。我没有走。我凝视这黑暗，黑暗给人无限遐想。我凝视着。我的手慢慢伸向自己的腹下。我知道自己要干什么了。想象着那床上的那个身体，怎么想象都行，要怎么做都行。像个帝王。也许这就是来假的为什么比来真格要更有吸引力吧。床上似乎有什么动静。

她忽然坐了起来。

她怎么又坐起来了？

我不知道。我只看到她的黑影……

听说有一种红外线望远镜。我买了一台。当然是黑渠道弄到的。对黑道，我远比正道熟。

5

我忽然发现自己没有藏望远镜的地方。当然不能搁在公司。虽然公司有保险箱。那些职工是不可信的。他们会在哪个晚上撬开保险柜（或里应外合），或者干脆扛走保险柜。东西并不重要，偷就偷了，要紧的是秘密暴露了。

放车上也不安全。现在盗车贼太多了。

我更不敢带回家。在家里我没有个人的抽屉，没有一个抽屉上着锁。原来都曾配过钥匙的，现在不知道撒到哪里去了，若换锁匙，太兴师动众了。何况，从来没有上锁的抽屉突然上了锁，说明了什么？

我的一切都是公开的。我又不藏私房钱。我以前总这么认为。我没有秘密。所有的抽屉妻子女儿都可以翻。现在想来真是愚蠢，就好比婚前财产公证。

我蓦然发现，在这世上我一无所有。

我曾想到藏在大厅的吊顶上，我家的吊顶是"塌井"的那种。可是我如何拿进拿出？大厅可是公用的。

我又想到藏在卫生间的顶篷上，那样我就可以假装上卫生间，关上门，放进去（恰好卫生间就在大门边上）。取出时也方便。我小心翼翼藏着。然后装作真的撒了一泡尿一样，冲水。出来时，我哑然失笑了。我怎么到了这地步？我从来没有如此掖掖藏藏过。即使在卖假药时也没有。我这是怎么了？

可是当我把望远镜取下时，还是被女儿发现了。这是什么？她问。

没……我支吾，是药。

我知道了，是汇元肾宝！女儿说。

我一惊。汇元肾宝？你怎么知道这？

电视上都在演的，汇元肾宝热卖中！喝汇元肾宝，他好我也好！

她学着电视广告中的女人声。女儿喜欢学广告。什么样的广告都学，学得惟妙惟肖，从"今天你喝了没有——乐百氏"，到"大宝明天见，大宝天天见"，一直到"安尔乐卫生巾，清爽不侧漏"，到"美媛春"。一到这时候，我们总是捂着嘴笑。大人们不能启齿的，从小孩嘴里说出来就化成了搞笑，没有了局迫。可是真的就不局迫吗？我们企图掩饰尴尬，逃避追问。就逃避得了？我能告诉她什么是"肾宝"吗？什么叫"好"？

哎，小孩懂什么！我说。

为什么小孩就不懂？可是她仍问。

小孩不懂！大人的事……我说。说出"大人的事"我又有点后悔了。"大人的事"是什么意思？大人的事就是小孩子不能知道的事，大人的事就是隐秘的事，大人的事就是见不得人的事。我懂！我就是懂！女儿仍在叫，就来拽我的包。我紧拽着包。我恐惧地瞧见她的叫声把妻子引过来了。我连忙说，回头给她买玩具。

现在就给买。女儿说。

现在不行。我说。

不嘛，现在就买嘛！女儿叫。

现在买跟回来买还不一样？妻子说。我不知道她是不是看出什么了。我要来不及了！我说。

你不是反正也要下去吗？我带她上来。妻子说。我知道逃不了。

我被押着下了楼。一路上有人打招呼，跟我女儿开玩笑。去哪里？去买玩具。对，应该狠狠敲诈你爸一下，他有钱！大家说。我更抱紧了包。这包里的东西是不能公开的，绝对不能。即使世上人都知道了，也不能让她们知道。我怎么到了这地步？

我被绑架了。被女儿绑架了。女儿很可爱，人见人爱。都这么说。我们夫妻间也总是这样开玩笑，你给我走，把女儿给我留下！现在看来，那未必就是开玩笑。那是我们在遮蔽彼此的厌倦。人有时候真会自蔽，就连自己也以为真是那么回事。

有女儿的家庭是温馨的。笑是好玩的，哭也是好玩的，发个脾气也是好玩的，打你更是好玩得很。女儿问到敏感的问题，可以哈哈应付过去，不当她一回事。她若吵，就更加好玩。这是一个玩的时代，谁那么傻 B 得认真？

有女儿的家是温馨的，温馨得近乎慵懒。未来无可担忧。有什么可担忧的呢？女的越来越成了抢手货。女歌星比男歌星多，女影星比男影星红，女作家比男作家容易成功，女商人也比男商人受呵护。不是有的女人生意还做到美国曼哈顿去了吗？而男人则必须女人化。男人女人化，女人儿童化。男人玩起了精品屋的东西，女人喜欢用儿童用品，护手霜，儿童香皂，婴儿奶瓶。我们跟小孩一样幼稚。孩子要什么，我们就买什么。孩子喜欢的，我们也喜欢。女儿在小区内小百货挑挑拣拣，从这个店到那个店，我被推着走，像个傻子。我像一个傻子，我抱着一个包，我揣着望远镜。那望远镜的红外线镜头好像在窥视着我哪儿，窥得我发慌，发毛。那个玩具商好像也窥到了我的秘密。他瞥瞥我，又瞥瞥我女儿。女儿已经选中了一个蓝猫。她把蓝猫搂在怀里。

多少钱？妻子问。

五十元。对方伸出五个手指头。

这么一些再生垃圾就值五十元！可是妻子却要掏钱。她几乎不讨价，我一直以为这是她的好品质（特别是在跟人争爱那时）。我会挣钱。挣钱不就是为了花？可我挡住了她。不要。我说。

我要嘛！女儿叫。

那么，便宜点吧？妻子说。

我这已经够便宜的了！对方说，这可是当前最流行的蓝猫啊！

不要不要！我叫。

我要！女儿叫。

还给人家！

女儿却闪到一边。我去夺，她拔腿就逃。我不要！她嚷。我叫不住她。我追她，她把皮卡丘死死攥在怀里，就要哭。我又瞧见了店家得意的眼神。他很清楚我们是非给孩子买不可的，因为我们要掩饰生活的空虚。我们自己很心虚。你们瞧孩子真是喜欢哪！孩子高兴能值多少钱哪！想想看你们一切还不都为了孩子？是不是？还反问我。简直是讹诈！

算了，孩子喜欢嘛！妻子也对我说。

不能买！我叫。又去追女儿。女儿又大逃。我要！她叫。不知什么时候已经围了很多人，认识的，不认识的，小区里的，小区外的。他们都在看我。我不知道自己为什么要这样。我完全应该应付了事的。我还有我的事，还有更更重要的事。我包包里还藏着东西呐。但现在我好像不是在躲藏，而是在自我暴露。我根本不想快快结束，溜走。我看先生您也不在乎这一点钱嘛！那商人又说，我看您也是个大老板，成功人士……

我不是老板！我应。

老板说笑了，不是老板能住这样高级的房子？

我没住这里的房子。

他笑了。他笑得让你发毛。对，我有钱。我有钱被敲诈，有钱被这里盘剥那里盘剥，我必须用钱去贿赂，去当孙子，去当冤大头，去麻醉自己，我他妈的有钱又怎么样！买一个吧！妻子说。

不要纵容她！我吼，就是把钱扔到海里，也不能买！我知道自己有多失态。大家都在劝我。你们知道什么！还是管管你们自己的生活吧！你们的家！家家都是地狱！一个人挤在最前面，我一伸手搡开他，几乎把他搡倒。你这人今天怎么了？妻子叫了起来。你到底怎么了！从上个周末起。你要是讨厌我们母女就直说！她说。

我知道，她一直是记在心里的。其实她一直都在厌倦我，就像我一直在厌倦她一样。我笑了。

爸爸不爱我们了！孩子突然说。

我一愣。

我知道爸爸不爱我们了！

说什么呀，妻子好像预感到了什么，又慌忙制止小孩，一边瞥着我。她又心虚了。夫妻就处在这种状态中。可孩子仍然说：我知道爸爸爱谁了！

小孩懂什么……妻子脸白了。

爸爸去爱别人了！

闭嘴！妻子喝。

就是就是！爸爸去爱别人了！

我猛地给她一个巴掌。

孩子哇地号啕大哭起来。

妻子护住孩子。你跟孩子认什么真嘛！

我又是一巴掌。血从孩子鼻孔流了出来。好像一切无可挽回，妻子再不顾忌，她变得猖狂起来。你怎么这样对待孩子！孩子懂什么？你也下得了手？你，你做什么父亲，做什么丈夫哟……

做什么丈夫？人家还嫖呢！人家还包二奶呢！哼，我已经做得够好的了！已经做够了！

6

我不知道女儿怎么发现我的秘密的。她才三岁。也许我什么地方被她看破了。很可能是妻子。我的行踪早被她尽收眼底。也许是在某一次出门以后，也许是在某一次我的说话中（也许是在某次我提起楼上女人的时候），在我不知不觉的时候，她悄然凝视过我。想到自己早已被人悄然凝视，而且就在身边，而且我还完全不知道，我不寒而栗。

那个房间，好像是为我准备的。它空荡荡的。它那样空着简直不可思议。我们这小区是全市最热销的商品房，当初一开盘就被抢购一空，怎么可能还留着空房？也许那房子是个圈套，是人家专门为我设的圈套。那窗户居然那么容易就被我打开了，我从来就没有碰到任何人。而且它恰恰又在我阳台的正对面。当初我怎么就觉得那窗户后面站着一个人呢？他在窥视我，致使我去探究它，倒成了被人窥视的对象。我怎么就会那么觉得呢？莫不是就因为我疑心，我恐惧，我对自己生活不自信？

我想她一定知道了我和老婆争吵的事，楼上的她。我们在道上吵，她一定会听到吵闹声跑出阳台,看下来,看到我了。我很希望她来问,你们怎么了?我想回答她:"性生活不和谐!"我想看她的反应。可是她没有问。我们在电梯见到了,电梯里没有人,她也没有问。我的心空得慌。

那天我不敢去那房间。第二天我出门,在街上兜。我没有去公司。哪里都没有去。我哪里都待不下。我只想着天黑。天黑了又怎么样?我还是要去那房间,去看她。她坐了起来。她怎么坐了起来?

我想给水打电话。我想跟他谈谈女人。关于女人。我从来没跟他谈过女人。可是他手机关机。我不知道他又跟哪个"鸡"厮混了,说不定这时候正在高潮中。我一面想象着那"鸡"的样子,那种情景,一面鄙夷他们。那是行尸走肉。没有刻骨铭心。我在街上兜。白天怎么这么漫长。天黑了,整个城市红彤彤起来。

水的手机一直关机。

我往回走,悄悄地。我去对面楼。电梯上有几个人瞧了瞧我。我没有退缩。我破釜沉舟了。我不知道我为什么非要这样做。也许,与其是急着要窥视她的身体,毋宁是要急着证实她的凄苦。这世界上另一个凄苦的命运。她在黑夜里坐了起来。她坐着。她被冷落。她可以随意坐起来。坐不坐起来,她丈夫都不理会她。你坐就坐,你躺就躺。即使坐上一个晚上,那个丈夫也不会问一句。他在做关于别的女人的梦。

黑夜遮住了一个男人的花心。

他们不在家。可能他们还在散步。我等着他们。又是漫长的等待。这个漫漫长夜我要等下去,孤独地等下去,和她一起孤独。我站不住,蹲了下去,把下巴顶在窗台上。我的眼睛不敢离开那窗户。他们回来了。我站了起来。他们在讲话。我又蹲了下去。又站起来。他们终于要睡了。他们上了床。她穿睡衣站在床头的样子让我心碎。灯灭了。两个人并排躺着。他们的身体红彤彤。她没有脱睡衣。

忽然,他抱住了她。

我不知道怎么会有这种事!

他居然吻她。

他的手同时在她的身体上抚摸了起来。他侧着身。他的动作非常慢,非常轻柔,从上到下,所有的区域都兼顾到了,有板有眼,绝无遗漏。完全符合教科书上程序。他可真是调情能手。他渐渐把手伸向妻子下腹。她躺着,闭着眼睛。他尝试地稍稍一动,她抖了一下。然后她好像认可了似的安静下来,眼睛闭着。可是他始终侧着身,没有覆到她身上去。他只是用手动着她。他居然在给她手淫!时光漫长。异常地漫长。终于,她一个颤栗。她迅速抓住他的手,按住,不让它再动。然后,她转身抱住了他,把脸温柔地贴在他的胸脯上,喘着气,那神情充满了幸福。这简直不可能!我真想从这窗户冲出去,飞过去,把她从被欺骗中救出来!

可我不能。

她坐了起来。她在摸床头柜上的手纸盒(那一定是个精致的手纸盒,精品屋里的)。然后擦,然后又躺下了。

阒寂。

居然是这样!也许他对她说他不行了,因为病,因为疲劳,因为本来性能力弱。但我不能把你晾在一边,我没有抛弃你,我也满足你。多么合情合理。我为你做。

听说在上海,那些婚姻契约中的妻子定期为丈夫服务。这也是他的服务吗?

他服务得那么到位。那么久。他侧着身子。他的手不停地动着。他的动作细碎而均匀。她始终没有脱睡衣。有时候我怀疑她是否还醒着,她好像已经睡下去。他是否也要沉沉睡去?他蓦然动了下胳膊。他没有睡。

这是漫长的苦工。面对着天大的美女也没有了兴致。像竭力把一块大石头往山顶上推。只要一松懈,就前功尽弃。他乏力了。他换了一边手。他不停地变幻着姿势,像一只忙忙碌碌的狗,疲于奔命,死心塌地。

决不半途而废。不到最后决不撒手,决不撒下她。

他是不是后悔自己要这样做?让她知道他会这一招?自讨苦吃?

我没有走。我没有回去。我像只丧家狗。我呆呆站在窗前。后来我蹲下了,坐下了。窗外,一辆车开远了。后来不知什么时候睡着了(也许根本没有睡)。蓦然有一种很惨的感觉,好像一夜之间什么都被抢光了。我闻到了早晨的凄凉的气息,我听到了人声,脚步声,我听到了锅盆瓢碗铿锵的声音。她又在厨房忙碌了,得到满足的主妇该会怎样感激,为丈夫奉献呢?

不,这成什么事嘛!简直是在污辱她!一个更大的欺骗!

我又在电梯见到她。她仍然提着大包小包,一个塑料薄膜袋气打得满满的,一袋装满了葱、蒜和油菜。我从壁镜窥视她。她神态满足,好像刚从丈夫的胸脯上仰起来。她还在满足着呐!假如她知道一切全是假的,她的丈夫是那样,他在应付她,她会不会对自己的这种神情羞愧万分?她一定会震惊,会绝望。她会去自杀。当然我会拉住她。我一定会拉住她。然后她会茫然四顾无依靠。她会悲惨地靠在我的肩膀上。天!难道我对她有所企图?难道我是抱着这样的企图?从一开始起。我为什么就不怀疑他那样做是她的原因?是她不愿意,才使得他不得不靠自慰来满足?我只怜悯她。

她浑然不知。她仿佛还穿着睡衣。我仿佛瞧见她睡衣之下的身体。赤裸裸的,陌生的。我从没看见这么赤裸裸的身体。这赤裸裸的身体的手上还抓着葱、蒜和油菜。

买东西?我问,犹豫而果敢。

是。她应。塑料薄膜袋里蠕动着一只粗大的河鳗。

吃鳗鱼?

是。

就冷场了。电梯外隐约有打桩声,好像很近,又好像很远。

你们好像挺重视营养?

她笑。生活好起来了嘛。她说。

打桩声闷闷的。

营养真的有用？

有吃总有用吧。

漏不中补哟！我说。

笑。把东西换一边手。那换过手来的是一把油菜，摇着黄色的花。

电梯门开了，一群人进来，嘈杂了起来。

我简直恨她！

她在杀鳗鱼。那鳗鱼装在一个不锈钢锅里，她用酒醉鳗鱼，一手拿红酒瓶，一手执锅盖，紧张地。酒一倒，立刻盖锅盖。几颗酒星溅到她脸上。她抹了抹。锅盖在震荡。似乎平静了。她仍然不放心，在上面加压了砧板。他们用的是很厚的木砧板，大厨用的那种。她开始整理东西，东西撒了满台面。突然，锅盖一跳，鳗鱼钻了出来。她惊叫。想用手挡，可那鳗鱼已经冲了出来。很快就冲到了地上。她叫喊着，去抓。他从厅上赶了进来。他堵前，她截后。可是它却游向侧面。他们就连忙去抓。它游这边，他们就抓这边，游那边，就到那边。它速度缓慢，简直有点慢条斯理。缓慢而从容，有力。也许正因缓慢才从容，才有力，一副全不在乎毫不畏惧的样子。有时候它还抬了抬头，挑衅地望了望他们。她就又大叫了起来。那毋宁是在玩笑。她笑着，惊叫着，跳着，好像那鳗鱼钻到了她心头，她是因为痒才叫。俄尔又做出极度恐惧的样子，扑向他，抓住他，躲在他后面。她简直像个骚货！

有一天，她买了一口砂锅。

有一天，她提的东西中隐约有几样中药，其中几样我认出来了：肉苁蓉、五味子、蛇床子、枸子仁。她还是在给他补。

一个黄昏，我听到楼上有人叫：王老师！原来她姓王。叫的是女声。她们在房间里叽叽咕咕什么，神神秘秘的。出来时，那女声说了句：王老师，不要洗，记住了，千万不要拿去洗，就这样放进去！

那指的是什么？

我又爬进那房间。她仍然在厨房。厨台上放着一些中药，还有砂锅。她把一个紫色扁圆的东西放进砂锅里。好像那东西还挺黏糊，放进去后她用水狠狠冲了手。然后放中药，加水。武火煮。然后再文火。她做得非常认真，像在行什么宗教仪式。她始终守在旁边。

突然，好像出了什么岔子。她慌忙去端砂锅，手被烫了一下。她又抓了抹布再次伸手过去。砂锅里的东西被倒在了别的器皿内。似乎是砂锅爆裂了。她瞅着它的底。她丢下砂锅就往外跑。我连忙也奔下楼去。我从楼里出来瞧见她的身影闪进一家食杂店。她是去买砂锅。可她马上又退了出来。又进一家，又退出。已经九点了，店纷纷开始打烊。她跑到街上去，拦住了一辆人力三轮车。我们门口总是停着许多人力三轮。她要坐车去买砂锅，连夜地。就为了这砂锅。我不知道为什么一定要砂锅。我在药业浸淫这么久，我也老教人用砂锅，其实为什么非用砂锅，毋宁是一个仪式。她的样子简直神经兮兮。我也拦住一辆。跟紧前面那辆！我说。车夫意味深长笑了笑。我知道他笑什么。想什么了！我说，她自杀了，你负得了责！

我不知为什么会说她自杀。

车夫认真了，紧踩起来，我瞧见他衣服下隆起的背肌，汗淌了下来。也不知走了多远，前面的车终于停下来。她很快冲下来。是一家日杂店，在高高的阶梯的上面，可那门已经关了。她冲上阶梯，在门上拍打了起来。简直不像她从来的样子，她简直像个泼妇。里面终于响起了一个声音，很厌烦的。干什么！

给我砂锅！她说。果然是。

半夜三更要什么砂锅！

我要熬药！她说。

门裂开一条缝。一道光射了出来。神经病！里面骂。

谢谢，谢谢啊！她说。

熬什么药这么急！里面说。

补药。她说。

补药？里面叫。我以为对方会火起来，不料却问道：什么补药？

一种秘方……

什么秘方？对方问，感兴趣了。我瞧见了她，也是一个女人，胸前按着一个砂锅，好像在说，你不告诉我，我就不给你！

补肾霸。她说得很小声。

她居然给他补肾！

她搂着砂锅下来时，原来的人力车已经走了。她拦出租车。街上已经没人了，也没什么灯光。她站在黑夜的风中。我想过去，想佯装我们是巧遇，我们同打一辆出租车（可惜我没有开车）。不，我们不打车。我们就站在夜晚的风中。可是她一定非要回去不可。她要给他熬补肾引。那砂锅搂在她怀里，像她的孩子。她没有孩子，她永远不可能有孩子。她搂着的是她的丈夫，不，是搂着她自己的命！

这时候怎么就不会有谁突然出现在她面前？那些流氓、黑社会团伙都到哪儿去了？那天晚上，我做了一个梦。她正在厨房做药。她家的门虚掩着，她丈夫不在家。我冲了进去。我从背后抱住了她。我用胳膊肘把那砂锅砸到地上，砸个稀烂。所有中药都砸个稀烂。她企图抢救，但她被我紧紧控制住，动弹不得。她反抗。你还他妈的做什么补肾羹！你知道你丈夫的肾为谁而虚吗？我叫，你知道吗？他在给你做，在你欲仙欲死时脑子里想着别的女人，你还忠于他！你有什么必要忠于他！你这个不争气的女人，你这个麻木的女人！她浑身筛糠似的颤抖起来，张大了嘴，好像喘不过气来。可是我不饶她。我仍说。她全然垮了。她跪在了地上。我骑了上去。她像一匹马。我抄起了她的睡衣。她的睡衣拢到了她的脖子上。她的裸体。那睡衣挂在她脖子上像狗套。我鞭打她。她的头痛苦地扭动着。地上满是药，完全不可收拾。我让她痛，她让我痛！（她的赤裸裸的身体的手上还抓着抹布）……我射了。

这是多久以来的第一次？

她仍然在给他补。有一天晚上，楼上的脚步声纠缠了起来。突然，她叫道：又身体不好，又不吃！叫我怎么办！

有一天，她忽然不见了。

7

我们这座城市举世闻名，一是因为它是全国最大的中药集散地，宫廷秘方，祖传单方，黄帝内经，阴阳五行，几乎人人都可以出口成章。一是因为出了个"本·拉登"。此"本·拉登"非彼"本·拉登"，是中国有名的黑社会头目，因为杀人如麻，所以有了这称号。我就曾亲眼瞧见他把人家的肝剖出来，说要做药。就在大街上。他的喽啰押着对方。起初还以为只是威胁，那刀在对方胸前比画着，像是在画画。对方哀求着。他还做出专心倾听对方的样子，问着，好像还挺有商量的余地。对方的语调也平稳了下来，好像还感觉到了那刀划在肋骨下被硌得痒痒的，有点想笑。忽然那刀就戳了进去，血就迸了出来。"本·拉登"熟练而迅速地闪开。血喷到围观的人的身上，脸上。被杀的人顿时就不动了，脸上还残留着企图笑的表情，好像还没明白发生了什么事，只是渐渐没了血色，那血全流到地上去了，满地是血。那肝还在发热。从开始到结束，不足三分钟。

"本·拉登"终于在这次"严打"中落网了。

枪毙"本·拉登"那天，刑场上人山人海。当"本·拉登"被拉下刑车，人群轰然暴乱了。人们扑向他，抡着拳头，喊着：一枪毙了他太便宜他了！千刀万剐了他！

要不反正就是一个死，谁还怕？有人议论。挖出他的肝，吃了！

武警拦不住，朝天开了一枪。可是无人畏惧。武警只得彼此串起了手臂，硬将人群挡在外围。有人向"本·拉登"投掷石头。"本·拉登"

被砸到,猛一回头,目露凶光。大家一愣。一个小孩站在高高的山坡上宣布:"本·拉登"还很活!

大家又向前涌……

这天水来了。那晚从桑拿房甩手离去,我就没有见过他。想起那晚的事,恍若隔世。他没提那事,仍然炫耀他的风流账。他又"吃"了许多"鸡"。他用的是"吃",中文真是绝了!行尸走肉!我说。

你不行尸走肉,他应,你吃的是不是"鸡",是不是"鸡"的"鸡"。你高级!

我一愣。我吃了么?我笑。

你没吃,你在意淫!

我心一个咯噔。爱就是性,性就是想象,不然,就无非也是那样的肉,有什么意思?他又说。

胡——扯!

世界多么大,想象多么大,任你随心所欲,翻过几道墙都行。可我奉劝你,翻过几道墙都得保住自己家这道墙!

我一惊。别听我老婆瞎唠叨。

他扑哧笑了。被我猜中了吧?咱们这么久的人了,谁看不清谁的屁股?趁你老婆还没发觉聪明点吧,好好活。活着,偷着,偷着,活着。

去去去!有话就说有屁就放!我啐道。

他笑了。这下是我瞒不着你。他笑得很贼,有一种沉瀣一气的意味。我很忌讳。有个生意要不要做?他问。

什么?我说。

肾。他说。

补肾药?又是这玩意儿!是延年护宝还是汇元肾宝?或者是万艾可?我揶揄道。

是真的肾。

活体肾?

是"本·拉登"的肾！他说，做了个拉灯的动作，拉登（灯）！

我一跳。

"本·拉登"的肾，准能卖个好价钱！你没看到那天枪毙的时候，还是那么凶，目光如虎。换个人早跟死狗一样了。我笑了。是狗肾还好办，这可是人肾！你开医院？搞脏器移植？你是院长？

我说你不明白了吧？水说，得意地，院长算什么鸟？医院又算什么兵器？医院姓什么？姓"公"！进了阿公的程序，再多的钱也是别人的了，拿外面就实打实是自己的。

自己的？你想挣就都能挣？我啐，这世上的钱多了海了。我先让你弄台透析仪器。

什么呀！他叫了起来，吃啊！

吃？我猛地感到恶心。

你是怕……

滚。我说。

放心，保证安全！是上了保险的。有特批！

滚！

你他妈的怎么了？

滚！我从来没有对水这么凶。

我简直没料到。我卖了这么多年药。我想象得出用猪脑假冒猴脑，用野菇冒充灵芝，用面粉做药丸，用甲醇兑药酒，甚至喝人尿，吃经血，可从没有想过吃人肾，一个活蹦乱跳的人身上取出的肾。什么时候推出这药方了？也许也是什么祖传单方宫廷秘方。也许是我这些日子无心经营了，对市场生疏。我只风闻有医院盗取人体器官的，我没料到会从死刑犯身上。

我想起那天"本·拉登"行刑后，人们哄然追赶那辆丢着尸体的车，车窗严闭。人们成群在后面跑，好像疯了。

这世界疯了！

我非常想见到她。

可是她不见了。我只看见她丈夫在房间里。他仿佛坐立不安,像知道她去哪里了,又好像不知道她去哪里。晚上她也没回来睡。他一个人睡。我想这是他巴不得的,可奇怪的是他总是仍要把她的被子张开,铺成筒状,然后他自己在边上躺下,侧着身体。他在给被子手淫。

他仍然出去散步,一个人。下雨仍然撑着伞去,留着她的伞位。有一次下大雨,他仍然还跑下去散步。我被困在家里,乱按电视遥控。我猛地从电视挣脱出来。我走出阳台。我看到了他。电视播音员的声音还在耳边回响:

> 发生在我市的全国最大人体肾脏盗窃案侦破工作又有了新进展,又有一个犯罪嫌疑人被拘留,这是因本案被拘留的第三人,在此之前被拘留的是案发医院的一个护士和购买肾脏的一个家庭主妇……

(图像)

她!虽然那脸部被打了马赛克。

她的丈夫在楼下的大雨中散步着,他撑着伞。他半个肩膀被大雨淋透了。

忽然有一天,楼上响起了乒乒乓乓声。我跑了上去。一群公安在他们的房间里搜查。一片狼藉。那些药撒了一地。那些人警惕地看了一眼我。我简直挑衅地回应他们。我不知道自己怎么这么大胆,有什么必要这么做。他们把我挡在外面。我瞧见那个丈夫愣愣地站在一旁,就在我的面前,这么近。这个人,这个干着那种事的人,这个被我从远处窥视到干那种事的人,现在就这么明明白白这么切近地在我面前。我顿时感到有点不真实。他也看到了我。他看了我一眼又低下了头。他知道我已经知道了发生的事。他是不是也知道我知道了他们的一切?他像完全被压扁了。这让我很惬意。想想吧，这就是她所托付的人，这个家伙。假如他无理而野蛮一些，我还能认可她的托付，甚至是，爱，即使是被欺骗的爱。我真想为她哭。都没办法了？那些人走后，我对他说。

没有。他说，口气平实。

你就那么没用？

也许真是我没用吧，他说，实在是……

那你就让你老婆永远待在里面吧！我说。"你老婆"这称呼让我很不舒服。我忽然愤怒起来。她那么为了你，你就让她永远关在里面！

我实在是没有办法啦！他说，能托到的关系都托了，可是没有用。

也许我就有用呢。我说。

他的目光在我脸上一轮。

知道那肾怎么来的吗？

她没说。他说。"她"明显是指他妻子。他们也没说。他们只说，医院丢了肾脏，是一个护士干的。那护士是我妻子的朋友，多年前的一个学生家长。

那个护士？那个很优雅的女人，总是把手揣在衣袋里。

她怎么能这样？他急躁起来，明摆着就会被发现，钱到手还没抓热，就要被发现。简直疯了！总是说，人家有权，咱们没权；有权有权做，没权没权做！她就这么做！我爱人她也疯了。她根本就没告诉我，这是什么。我就觉得味道怪，想吐，可她就是说这很补……

荒唐！简直。她怎么也相信这玩意儿了？

我猛地想起那天，那个黄昏。王老师，不要洗，记住了，千万不要拿去洗，就这样放进去……

那是"本·拉登"的肾！我说，残忍地瞧着他。我希望他呕出来。也许是过于吃惊，他没有呕吐。不可能，简直！他叫。

你不知道并不等于别人不知道。我说，尽管我也说不准是否就是"本·拉登"的，也许根本就不是。可是我能说得准我能救她。我知道我该怎么做。

你知道？他问，声音发瓮。

什么？

你知道那是谁的肾？

"本·拉登"的肾！

他这才猛地呕吐了起来。那个华侨也混蛋！他叫，要不是他去告。他是专程回来换肾的，都住在医院了！他突然抓住我的手。你帮帮我，帮帮我！求求你帮帮我！现在只有你能帮我了！他叫，几乎要跪了下去。他乞怜得像一只狗。这就是他，这个干出那种事的男人！她的丈夫！她一心为他着想的丈夫！她信赖的丈夫！我简直要为她哭。我真想一脚踹开他。我凭什么要帮你？凭什么要帮你！凭什么！

8

我和水的关系非同寻常。因为他，我才有了今天的事业。严格说，是他救了我。那时我还提着人造革公文包到处钻，像没头的苍蝇。转手化工原料，转手西瓜，什么都干。大学刚毕业，自觉得已经脱胎换骨。我肯跑，肯磨，有文化。可是还是被人耍了。那一次我做了生平最大的生意，搞了一车皮新疆哈密瓜，货到时买方却跑得无影无踪，整车皮哈密瓜眼看就要烂掉了。我跑到那家伙单位（他是停薪留职在外跑业务的），哭着求大家帮我找他，可是没有一个知道他的下落。这时水像救一条落水狗一样地救了我，帮我推销了部分哈密瓜。那一次，他跟我说了一句话："这世界，生产不如倒卖，倒卖不如造假。"醍醐灌顶。我就做上了保健品营销。

最初的生意也是他帮忙跑的。让我卖人肾也是出于这用意？我就是这么无情无义。我看透我自己了。我们就生活在这种情义的网中，我们就是在这种黑网中运作。也许是我现在忌讳了？忌讳自己的过去，后悔自己下了水。我有钱了，富起来了，开起了真正的公司，可是我一直对那一切很忌讳，对自己很憎恶。

我找水，他很惊讶。我从来不吃后悔药的。我们都了解对方。你变了，他说，是爱的缘故吧？

闭上你的肛门。我说。我故意骂得有创意些。

你是变了！他仍说。

难道我真的变了？我是否疯了？

你可别害我呀！最后他半开玩笑半当真说了一句。

不幸说中了。我就是要掌握那罪证。我要用那罪证作为要挟。我什么都不要了。好像我一旦救出她，我就什么都得到了似的。

我真的疯了？

我终于在拘留所见到了她。她变得更加瘦，瘦得让人觉得自己稍微丰腴一点都是罪过。只有我一个人进去。我让她丈夫在外头等着，谎称只有我能进去。他未必就能相信，但不听我的他又能怎么样？只有我能救她。在不久的将来我就要为此承担代价。那些被我要挟的人一定不会放过我。也许将来，不久的将来进来的就是我。谁没有尾巴可揪呢？谁的屁股干净？那审判是必然合理的。那个领我进去的人当然并没想到，只惊讶于我给他的打点不薄，对我分外客气。我让他领我们从另一个通道出来，撇开她丈夫。他有事先走了，我对她说，坐我的车吧！

我骗了她。

她上了我的车。

这是她第一次坐上我的车。我忽然感到陌生，没有实感。我倒着车，她掉头为我看着车后，提醒着，小声地。我第一次听她这么小声说话。我有点局促，有点慌张，像一个贼。她是我的赃物。不，她是我的猎物。我终于可以对她说了。我终于有了这机会。一切我都已经准备好了。我已经等好久了。我不会再犹豫了。即使让她再次受伤，即使是屠戮！她仍在掉头瞅着车后，丝毫没有察觉。我忽然有一种异样的满足。我承认我生性中有一种对残忍的渴望。许多年前我还是大学生,有一次,我被当作抢劫犯追赶到一个胡同里,后有追兵,前有堵截,我逃脱不出。胡同里无处藏身。我敲门,没有人肯给我开门。我藏在一个门当旁,竭力缩紧自己。我不知道自己为什么要躲,不亮出身去据理力争。我只想到躲。我恐惧。我不知道自己还是不是活着。我只能掐自己的大腿,我感到了痛。我狠狠掐。那痛刻骨铭心。只有痛,我才不再恐惧,我越残忍就越不恐惧,残忍才感觉到自己活着。我要死啦!我活着……

(那以后我就喜欢掐人。恋爱时,我掐女友。往死里掐。当年作为我女友的妻子就总是被我掐得哇哇叫。后来就掐女儿。)我一踩油门,车轰然飞奔起来。她猛地抓紧了椅座。

你害怕?

她笑了笑,摇头。

你丈夫从没这样开过?

她摇头。一脸无知。有时也真恨她那么无知。她一点也不知道。有点热。已经是中午了。就要到夏天了。毯子要盖不住了。

看来人肾也没有用。我说,还是肾亏。

她脸猛地通红了。她慌忙把脸转向窗外。几只海鸥飞上车顶。已经上了海滨大桥了。这座桥是我们这城市现代化的标志,其大,其长,据说在世界悬索桥中也排名前列。如今钢索上还留着一块通车时缠上的红标语,"跨向世界"几个字还依稀可见。她好像瞧着那几个字,很认真地瞧着,好像没有听到我的话。

知道你丈夫为什么肾亏吗?我说。

她忽然抓住车门。停一下,她叫,又掩饰地说明:我东西忘了!

忘了?

忘了。

忘哪里?

里面。

她说。我笑了起来。怎么可能呢！忘在里面。天方夜谭！蓦然，我感觉到了什么，好像在黑暗的底层开了一个口，那个光。难道她是在寻找借口？难道她是在逃避？难道她已经知道了？难道她早已知道？这，这简直太可怕了。她是知道了她丈夫的事了。她是在知道的情况下还跟他的。不，不可能！根本不合常理！哪个女人能这样？而且像她这样的女人。不可能！可是我很慌张。我说，算了，不要了！

我有要紧的东西在里面。她说。

什么要紧的东西！你最要紧的丈夫都那样了！我说。

让我下车！她叫。

难道她真的知道？下去有什么用！我说。

我东西忘了！她仍说。

你知道不知道你丈夫是什么样的人！他背着你在干什么！

我要下车！她仍叫。

你知道不知道！我叫。不顾一切全倒了出来，好像不说就没机会了。你知道不知道他背着你干什么？每天早晨，当你在外面忙碌的时候，给他做早饭的时候，他、他、他在自己，手淫！对着她说出这词多么困难，同时又多么地快意。

我要下车！

她开始抠开门扳手。我抓住她。我抓她，摇她，我搂她，狠狠地。你知道不知道！可是她仍在挣扎，拼命地挣扎。她挣扎得像泥鳅。我抓不住。你知道不知道？我看到了！我全看到了！你还跟他，你居然还跟他……我几乎把握着方向盘的手也撒掉了。一辆大卡车突然从左蹿向右。凶狠嚎叫。它的身子歪歪的，载满了沙土。没有车牌。我给你讲个故事吧！她说。

几分钟后我一个人回到了家。女儿在午睡，妻子在卫生间洗澡，卫生间里水声在响。家里很静。妻子出来了，裹着浴巾，站在午后的光线里。从今往后我要习惯这个形象，包括哗啦脱光衣服换睡衣的样子。

饭吃了？

没有。

我去给你做。

我开电视。仍是一台一台乱按。等着。好险！好在已经过去。就是将来要被报复，他们也只能追究别的，售假，超范围经营，偷漏税，即使是假药致人死命，也是为了多挣钱，为了这个家，为了过上更好的日子。那一切无痕迹。

9

我给你讲个故事吧。后来，她说。

很久以前，一个丈夫背着他妻子手淫。那妻子全知道。

起初简直不知道该如何面对了。他们已经很久没有夫妻生活，他不行。她想也许是他事业劳累的缘故，他办了一个规模颇大的公司。她理解他，她照样感到生活幸福。他们也因此没有孩子。现在她没有勇气跟他这样生活下去。她更不知道他在向往着哪个女人。总有一天，一个女人会浮出水面，他会提出离。虽然她也想到过跟他离，可一想到他会提出离，她又有点怕。（这世上有好男人吗？）

她给他买了一盒汇元肾宝。她当然不相信这类东西，她只是想暗暗提醒他。让一个没有实质性生活的人补肾，其寓意是不言而喻的。假如他不承认，他抗议，可以退而说是为了强身健体。这东西电视上街头巷尾到处都在做着广告，连小孩都会学几句。

他没有申辩，默默地吃了。可是他也并没有戒。

渐渐地，她发觉他晚上不再出门了，一下班就回家，和她一起吃晚饭，然后整夜待在家里。外面的世界多精彩，可是他哪里也不去。一回到家就把手机关掉。人家把电话挂到家里，他就推三推四，竭力躲避。她不知道那些电话中有没有女的，有一次她接到一个奇怪的电话，听到她的声音，对方就不说话了。他就让她把电话挂了。他说不说话的电话接了干什么？接着，说话的电话他也不接了。他让她去接，说他不在家。有时候是个必要的应酬，他就匆匆到场碰个杯，推个理由就走。（他可真会撒谎！她想。）有时候她也劝他去吧，他说，你不知道那有多烦！

他一直没有提出离。

他们的生活安然无恙继续下去。他开始傍晚陪她散步。他跟她说话，总是把嘴巴凑在她的耳旁，絮叨叨说着。每天如此，风雨无阻，一直坚持下来。那是他们一天里的谈话时间。一对夫妻，能够每天保证有这么一个谈话时间，她也满足了。还有就是每晚睡前，他坚持抱一抱她。

可是一天晚上，在抱了她后，他忽然提出要为她做。她不肯。

他说可以用手帮她做。

她坚持不让。

他说自己已经不行了，要不让她得到满足，他会更恨自己无能。说到无能，他就悲伤起来。她就又只得去宽慰他。她不知道他的悲伤是不是真的，他是为自己无能悲伤，还是为自己不能跟使他有能的人做那种事而悲伤。她怕引起他的怀疑，捅破那张窗户纸。她推说所以不愿意，是因为怕他太累了。她觉得他简直像是拿自己的无能作为要挟。

她不得不答应了。

你能理解那是一种怎样的感觉吗？有点黑，有点冷，有点惨，你好像远远站在一旁，你能够清晰感觉到快感的弧线，比真正的行事更直接的快感。你不得不承认。那是快感的捷径。那是一种压缩得像芯片一样的冰冷的快感。那是一种强奸。她觉得自己就像一个妓女。不，一个买春者，明明知道对方并不爱你而和他，和他缠绵。

他每次都有新姿势。她看一本杂志说，做这种事的姿势在一年中不重样也做不完。

有一天，她恍然明白过来，正是因为这样，他们的关系才能维持下来。她哑然失笑了，哈！他要是真有别的性伴侣，还用得着自己满足自己吗？要是他真不爱她，他在床上完全可以不为她做。只是，他们不会有孩子。

她曾考虑过体外授精（科学已发展到如此先进地步），或是，抱养一个。她开始担心起他的身体了。她不知道没有了他，她该怎么办。她不安。她这才发现自己是多么依恋他！她想给他补。男人到了这年龄，也到了需要补的年龄了。她给他买补品，听到什么补，就给他补。市面上出了什么补药她就买。她的所有热情都放在给他进补上。她本来是不相信那些劳什子的，现在她明白了，那些补品之所以常销不衰而且价格昂贵的原因了。她甚至为自己总是那么不费力地买下任何补品而怀疑那药的功效。她不安，她恐惧。给我最贵的！钱没关系，我有钱！她说。

她为他买人肾。

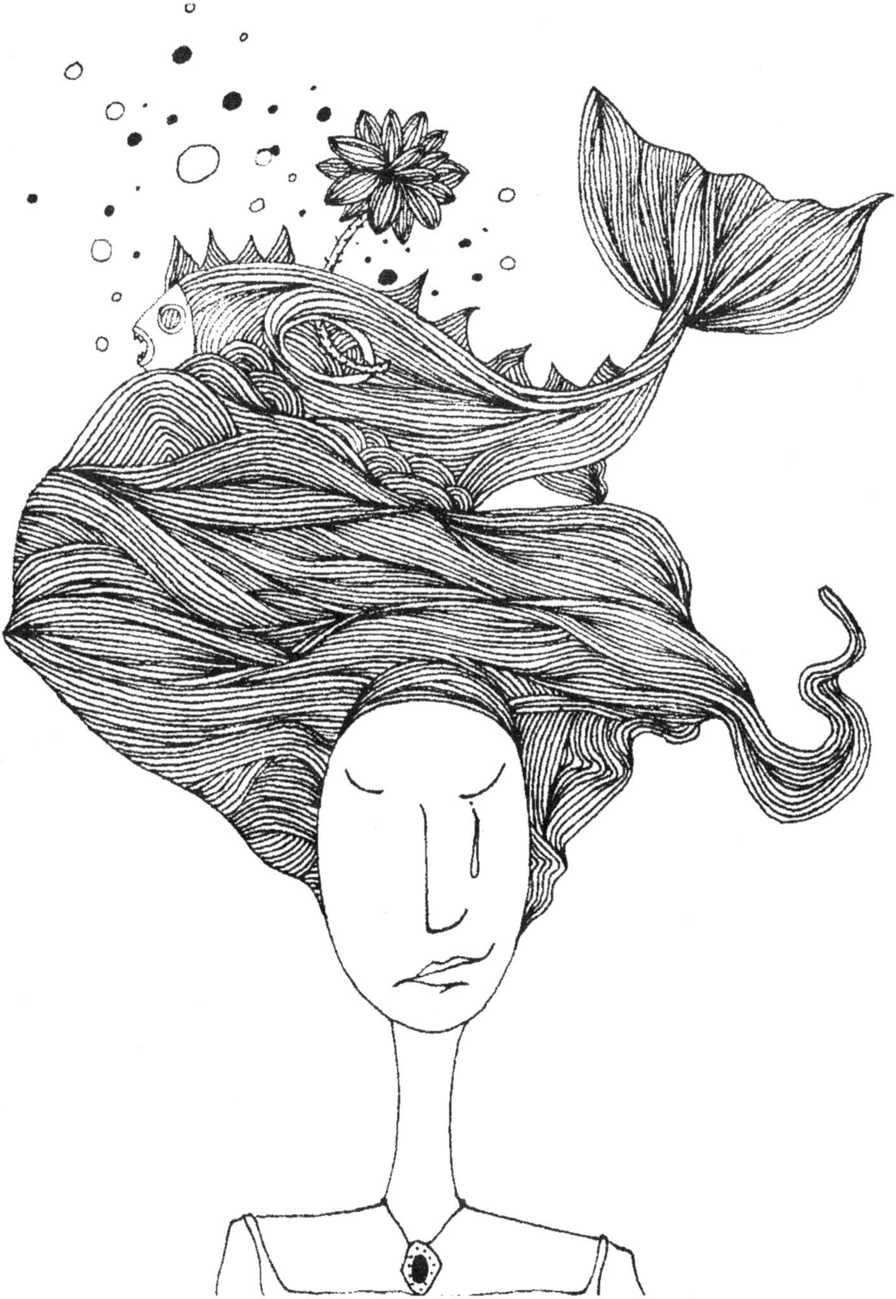

第四章 【我们的骨】

你想好了吗?
你可以选择合上。
你确定要进入吗?

第四章 我们的骨

1

他坐在沙发上看电视。《新闻联播》。他习惯于从电视上了解世界。

她在厨房刷碗。哐哐响。这是他每天看《新闻联播》时的伴奏。电视里邢质斌说一句,厨房那边就哐的一声响。有时候人家才说到一半,她也一声哐。仔细琢磨,似乎还是她的节奏对,倒是人家把话说长了。久而久之,她的洗碗声居然成了一种调节。虽然聒噪,但没有它,脉搏还走得滑溜溜的,不到点儿。

这是晚饭吃完的时候。他看新闻,她洗碗。有一种慵懒的安逸。电视上在历数改革开放以来的经济成就。中国人的生活好起来了!喜欢吃什么?他忽然听到。原来是她在问:明天喜欢吃什么菜?

明天是周末。他愣住了。不知道。正如电视所说的,生活好起来了!但是若要问怎样才算过得好?还真没想过这问题。随便。他说。

随便?随便是个什么菜呀?她说,幽默地。她从厨房走出来,手里拿着抹布,站在他面前,等他回答。这还真是个难以回答的问题,可又实实在在,需要回答。她又问了一句。

随便就是随便。他说。

就随便,你好歹也说个菜名呀。她说。简直在逼他。他烦了。我怎么知道?刚刚吃的东西还没有化成屎,你叫我能说什么?烦死了!他简直粗鲁地叫道。

她怔了一下,也火了。你烦?我就不烦了?一年三百六十五天,天天要考虑吃什么,进了市场,就跟进了考场一样。她把抹布往沙发上一甩。

她是教师。这比喻还挺贴切。看来是在脑子里绕了好长时间了。她说着就哭了起来。这问题确实让人困扰,也许以往还将之当作乐趣,毕竟吃什么可以选择了。现在才发现,其实是苦恼。吃什么?怎么吃?家里烹调得不好,就到外面下馆子,吃了中国菜吃外国菜,吃了满汉全席又吃家常菜,这世界上的东西好像都吃光了,日子好像已经过得到头了。最后又回到家里来了。可是,回到家里又吃什么?

也奇怪,生活好起来了,问题却变得难以解决了。倒是原来,缺吃少喝,吃什么都觉得好吃。两口子经常把一点点的东西让来让去。也争吵,那是为了对方不接受而吵。那么困难的时候都过来了。他后悔了。把抹布捡起来,送她手上,以示赔罪。

她却哭了起来。与其因为怨恨,毋宁因为被劝慰了。所有的冤屈都爆发了出来。她奇怪自己怎么会有这么多冤屈?她执拗地抗拒着,不肯接抹布。他就自己拎着去厨房。厨房的东西还没有洗完,他就洗了起来。她在外面不哭了,好像在听他如何洗。这些事一直是她做的,他确实做得不利索。他就更觉得自己不对了。

她进来了。抢过他手上的抹布。他就在一旁帮着传洗好的碗筷。她就偏不把洗好的碗交给她,闪过身,自己放到消毒柜里去。他笑了。她也笑了。

她笑起来很灿烂。他仿佛又瞧见年轻时候的她了。那时候他倒没有时间欣赏她的笑。她也常是紧锁着眉头,一脸焦灼。他们要致富。她是教师,就业余办班补课,他也利用自己是杂志社美编的优势,业余给人家画扇面。过得很潦草。这生活,现在才精致起来。他发现她其实很漂亮。

漂亮什么？她说。老妈子一个！说着又笑了。他们和解了。但是问题并没有解决。明天吃什么呢？

他们是我的父母。作为一个晚生代作家，我已经习惯于认定他们这一代人迂腐。他们总是说，过去多么苦，现在多么好，你们还要再怎么好？好像总是很满足。他们活得安安稳稳。没想到，他们也会有被绊倒的时候，而且，是在最基本的问题上绊了一脚。

也许，基本的，也是关乎我们的。

那时候我不住在他们身边。我在京城上大学。我是后来才知道他们的事的。顺便说一句，我父母其实并不老，五十来岁，老三届。"文革"，上山下乡，恢复高考，改革开放，是跟他们紧密相连的关键词。还有那句：把被"四人帮"耽误了的青春夺回来……他们什么时候竟老了呢？

2

他们终于决定一同上市场。现场刺激食欲，喜欢什么就挑什么。

从能吃什么就吃什么，到想吃什么就吃什么，毕竟中国人的生活水平提高了。

第二天一早，他们就出家门。迎面的人都朝他们点头，问好。他们一直是受人尊敬的，有文化，又有经济实力。吃了？大家问。

他们一愣。这是很平常的问候。要在平时，他们一定也回一句：吃了，您呢？可是今天，他们却回答不出来了。中国人问安，怎么不问别的，就问吃呢？好像要把自己的胃翻出来审视一般。胃里有一种异样的感觉。早上吃得很潦草，挂着一笔账：中午这餐会补偿的。

按常识，东西最全的是大型超市。这些年流行大型超市，只要进里面，吃的，喝的，用的，什么都齐了。也许是因为礼拜天的缘故，超市里人山人海，货物也琳琅满目。可是当要认真寻思买个什么，又发现，并没有什么可买的。他看很多人其实也只是在徘徊着，最后无可奈何地抓了些东西。但自己可不能这么做。自己是负着使命的。严格上说，是负有证明自己生活好的使命：咱们过得好！

食物区里最有生机的是海鲜区，各种各样的海鲜，叫得出名的，叫不出名的。但无论是叫得出名还是叫不出名的，似乎都吃过了。一见它们，胃里就涌出它们的味道，就排斥了。他们匆匆避过了那里。

最热闹的是卖肉的地方。剁肉声此起彼伏，刀们也此起彼伏。一个壮年肉贩，把整个半片猪身推了过来，乓地放倒，剁。他敞着怀，露出肥肥的胸肚，真是百分百的屠夫！他想。那屠夫叼着烟，烟气熏着他的眼，他的眼睛半睁半闭着。半只猪的轮廓很快就消失了。他剁着，一刀一刀下去，好像很随意，不禁令人担心他会不会剁到自己另一只摁着猪肉的手了。可是那下面的手却很灵巧，进进退退。一个发狠进攻，一个灵活闪避。配合默契，准确，有一种表演的意味。精彩！与其精彩的是熟练和准确，毋宁是有力，狠。他的兴致被吊出来了，就好像把葱花放进熬到高温的油上，吊出了味道。生活有时候就需要这种狠。

那屠夫忽然停住了刀，咣地撂下，用操刀的手去抠肉里的东西。那手上青筋暴起。他瞧见屠夫从里面抽出了一拉子骨头。他的眼睛一亮。

那个骨头似曾相识。但是他又记不起来。它跟筒骨相连。直到那屠夫把它跟筒骨分开了，他才看清楚了，那是瓢骨。她似乎也有所触动，拉了拉他的胳膊。两口子已经很久没有拉胳膊了，他感觉一阵酥麻。时光被拉回到二十多年前。那时候他们刚结婚。她就经常这样拉他的胳膊。他们相亲相爱，可是拿不出什么来爱对方。他就拿这种肉骨头来爱对方。他们不知道那骨头的学名，就按着市场上的叫法，因为它样子像饭瓢，就叫它瓢骨。

那时候的肉骨头不是随便就能买到的。肉需要凭票供应，不需要票的，就只有骨头了。于是骨头也成了抢手货。他们通过一个当医生的亲戚，开了病员证，可以优先购买骨头。但是他们往往也只能买到这样的瓢骨。筒骨，甚至猪头骨之类，早就被有门路的网罗走了。瓢骨干瘪瘪的，只偶尔挂了几丝肉。但是即使是这样，他们也能充分利用。熬了，喝汤，把挂在骨头上的几丝肉刮下来，把能嚼烂的骨头嚼了，吮骨髓。那味道无异于天下最美的食物。现在他看了看她，她也看着他，好像又体味到那味道似的。她仿佛还瞧见了他嚼骨头时沾了一嘴边骨渣的狼狈模样。她笑了起来。

好久没有见到这东西啦！怎么会一直没有见到呢？好像现在的猪都不长这瓢骨了似的。也许是没有留心了。都觉得什么也不好吃了。可其实不是没有好吃的，而是好吃的东西被忽略了。

他瞧瞧她，她也瞧瞧他。她从他的眼睛里读出了意思：买！

他们叫住了那肉贩。

肉贩惊诧地瞅着他们：瓢骨？似乎听不懂他们指的是什么。难道现在，连这骨头的名字都取消了吗？他戳了戳那骨头。

肉贩拿起了筒骨。他以为他们要的是筒骨。现在纯粹的肉已经不再让人感兴趣了，比如上排肉，往往是最滞销的品种。倒是筒骨价格一直在攀升。不，要边上这个。她说。

对方怪讶地瞥了他们一眼，把瓢骨丢给他们。

她接了，把它们端端正正放在购物篮里。这一斤要多少钱？她问。虽然钱对他们无所谓，但是她还是习惯性地问了一句。

不要钱。不料那肉贩应。

不要钱？

不要钱。

他们简直不相信。

这要什么钱呀？肉贩说，一挥手。你们要就拿走吧。他的眼神中充满了轻蔑。敢情他把他们当乞丐打发了。

什么话嘛！他叫，问你多少钱，你这是什么态度嘛！

对方愣了一下。那神态，好像没想到施舍也要讲究态度。什么什么态度？不是说不要钱吗？

人家就是问你钱！他说。

我说了，不要钱！

那我们不要！她说。从购物篮里把东西抓出来，放回案板上。她的样子，与其是在退还，毋宁是在谈判。她把东西放在案板的正中央。

不要就不要。不料对方说。这东西谁要呀？对方一操刀，把那瓢骨刷地一下刮到地上去了。他又开始切肉。马上有人挤了过来，叫着要某块肉。他们很快就被挤到了边上。他们根本不想买那些肉。他们只想买瓢骨。可是那瓢骨已经可怜地躺在地上。他们很快就要被排挤出去。他们抗拒着，几乎是可怜地。他们很久没有这种可怜的感觉了，自从手头有了钱，有了财产。可现在，好像这财产全被人家抢走了似的，什么也没有了。这财产就是那块瓢骨。他们渐渐看不到它了。这世界是别人的世界了。

3

为什么会把这样的骨头视为全部财产？我想不明白。现代社会，一切以价格论价值，没有价格的东西会是重要的东西吗？

我的父母绝不是不食人间烟火的人。他们跟所有的人没有两样。他们也爱财，也贪小便宜，比如喜欢买打折的东西。便宜没好货，好货不便宜，爸，妈，我们又不是没有钱！我曾这样劝他们。他们却说，能省的为什么不省？

这下为什么又不省了呢？

他们简直是逃出超市来的。满脑子空白，在街上乱走，漫无目的。走到快中午，觉得肚子饿了，才恍然发现，自己没有实现给自己的肚子许下的诺言。

他们决定去餐馆吃。餐馆总有一种犒劳人的感觉。餐馆服务员拿出菜单，全是各种熟悉的菜。所有的餐馆都一样。海鲜，鱼类，肉类，菜类，面食，汤。什么汤？

青蛤田鸡汤，三鲜豆腐汤，榨菜肉丝汤……

肉丝？肉有什么好吃的？有骨头汤吗？

有。服务员回答。有海带排骨汤。

不要。

还有山芋筒骨汤。

他们眼睛一亮。有瓢骨的吗？

什么？服务员问。听不懂。难道这个词真的已经从这时代消失了？

就是筒骨上面那部分。他说，竭力耐心比画着。可是那服务员还是不懂。她跑进去叫出厨师。厨师手里还拿着一把瓢，他就指着那把瓢形容着。厨师明白了。他说，没有。那东西，现在谁还要？

怎么会没人要？她说。

不出料。厨师撇着嘴说。现在用筒骨，即使一根冰冻的筒骨，从早上熬到晚上，也还能出料。

滴点醋！他说，滴点醋就出料了。

厨师笑了。我知道，滴了醋也没有筒骨会出料。

这是事实。可是他不同意。你不懂得吃！他说。

我不懂？厨师不高兴了。我是不懂得吃，我只懂得做。当然是你懂得吃喽！

我就是懂得吃！他火了，梗着脖子。

厨师也想发火，但是他忍住了。那您就吃吧！厨师说着就往里面走。神经病！嘟哝了一句。

谁神经病？他叫。

我没说你。那厨师应。我说我自己，行了吧？

他们愤而出来了。我看他真是神经病呢！他说。

就是。她也说。她本来是个息事宁人的女人，往往是他喜欢跟人争吵，她来劝。可是今天，她好像不是她了。

现在这世界真是有毛病了。她说，你看看那些菜，有什么好吃的？也一道一道的，还取个好听的菜名，有模有样似的。

他说：还不如我们当初酱油调饭，一点虾米，蘸蘸酱油，味道多好！

对了，那我们就吃这虾米蘸酱油吧！她提议。

于是他们在一个杂货店买了虾米。酱油家里已经有了。那中午他们就这样吃了一餐饭。一边吃，还一边挑剔现在的虾米没有过去的好，太咸！酱油也没有过去地道。是什么化学原料做的吧？他说。现在科学发展越来越邪门了！所以癌症那么多！他这样说，觉得很解气。仿佛是故意跟这时代较劲似的。他们就是要较劲。

所以我们还是天然的东西，少少地吃一点。她也说，过去都不会这个毛病那个毛病。好像过去吃那些东西，吃得少，并不是他们无可选择，而是他们选择的结果。他们喜欢吃，其实那时候他们吃得很无奈。

吃完，收拾停当，坐下来，忽然感觉到有点委屈。彼此没有说话，睡觉去了。她进了房间，他在沙发上睡。

他没有睡。他想起自己当年和妻子一块吃瓢骨的情景了。那还是年轻的时候，他们围在炉灶前。她把瓢骨洗了，放进锅里，加水，滴上一些醋，熬汤。酸溜溜的味道弥漫在整个屋子里，他们的眼泪都被酸出来了。但是很温暖。再熬一会儿，再熬一会儿。终于揭开锅盖了，浓浓的香气扑鼻。那汤上是泛着油的，那是营养所在。捞出来，把挂在骨上的几丝肉刮出来，专门放在一个碗里，留着炒菜。汤可以放着下饭。只有骨头本身没有用。再熬一遍。然后，他啃骨头。他啃下瓢骨的边缘，嚼。味道浓得涨到鼻腔里。那时候他的牙齿还很好，能啃很多东西。但是他在啃骨头时犯了矛盾：如果现在就把它啃了去，那么接下去就不能再熬第三次汤了。因为能出料的地方都被他啃掉了。他不舍得了。妻子说，啃了以后照样也可以再熬的。那岂不不卫生？他说。哎呀一家人，卫生什么呀！你还跟我讲卫生呀？那好，我炒菜试味道，你嫌不嫌我不卫生？妻子说。他笑了。夫妻之间有什么卫生不卫生的？要说不卫生，亲吻是最大的不卫生。可那才是爱。

再熬出来时,汤白白的,味道不那么浓了。加点味精,那味道又有模有样了。

那味道,是什么味道呢?那味道,什么也代替不了的味道。

4

他们决定再去超市。

他们换了一家超市。晚上的超市跟白天略有不同,热闹劲好像都溢到了门口了。门口搭了台,有人在唱歌,举办着抽奖比赛。

一个推销商拦住了他。先生,您看这彩电。

他没有理他,径直往前走。

先生,您看都不看,怎么知道是不是您喜欢的呢?您看,这色彩,高保真。

他不管。那人就跳到他前面,挡住了他的路。

她说:你这人怎么回事?我们不要!

不要?这么好的彩电你们不要?你们还要什么?那人还纠缠。

我们家已经有彩电了。她说。

我知道你们家有彩电。那人还说,我还知道像你们这样的老同志家里有什么样的彩电。为什么不更新换代?

他停住了脚步,瞧着那人。那人还以为他动心了,得意了起来,就又要说下去。只有她知道自己的丈夫怎么了。她连忙说,我们不要更新彩电,我们不需要。

不需要?现在生活好起来了,消费观念也要跟着改变呀!不要等着东西用坏了才舍得换。现在人家都是见了好的就换。您看,这色彩,全平的……

那人说着就要去拉他的手。他猛地一揉,那人跌跌撞撞险些要跌倒。

他也不知道自己怎么会有这么大的力气。虽说自己是搞画画的，平日练些书法，但是那不是练拳呀。倒好像练了多年功夫，蕴藏着多年杀机似的。

那人好容易稳住脚，不解地瞪着他：不要就不要嘛，动什么手？你打人啦！

她连忙说，我们哪里有打他？只不过你挡了我们的路了。

那家伙道：挡你们的路又怎么了？我们摊摆在这地方，我们还挡了人家大超市的路了呢！你们比大超市了不起？大超市什么都有，你有吗？

我们有！她说。

有？有这纯平彩电吗？

我们才看不上你这破电视呢！

这么多的电视都看不上？那人道，这么好的电视还嫌破？不高档？你们还要怎么高档的？超大屏幕？背投影？有人围了上来。那家伙得意了。电影机？家庭影院？整个电影院都搬回家？他叫道，简直是在耍泼了。够不够？你们看得上看不上？

看不上！他应。

那你们还要什么样的？

我为什么要告诉你？他应。

不告诉，就是没有！那人道，你根本就不知道这世界上还有多么好的东西，你根本不知道！

他一愣。平心论，他并不是那种对时代发展孤陋寡闻的人。他甚至还很关心。只是他一直觉得没有必要去追逐潮流。他一直以为自己很有平常心。平静得很。现在他发现自己并非如此。他被刺激了。

我知道！他道。

那你说说！那人道。

要说说，还真说不出来。平时那些时髦东西总是在眼前晃着，在耳边聒噪，让你觉得自己沉溺其中，其实你一样也没有记住。

我当然知道！但是我们不要！他应。

不要？对方冷笑了。哼，我看你是得不到！这世界上只有得不到，没有不要的！你得不到！

他满脸通红，就要冲过去打那家伙。她连忙拉住了他。边上的人也觉得那家伙太过分了，纷纷数落那人：人家知道不知道，买得起买不起关你什么事？不要听他的，不要听他的！又对他说。倒好像他真的是这么回事了。他真想索性去买它一台彩电，挑这摊上最贵的一台，买了。用实际行动说明自己的实力。可是，这样岂不证明了那彩电的价值？他觉得很难。

而自己认为有价值的，在众人眼里又是一钱不值！你敢公开说出来吗？一定会遭到大家的耻笑。他们感到了心虚。

他们是被大家推着进了超市的。一些看客也跟着进来了。就在他们边上，他们觉得边上有无数的眼睛在瞄着他们，看你到底要什么。要什么？我还是要瓢骨！我们没什么不对，没什么可羞耻的！他们互相肯定着。管他们呢！他们算得了什么？我们为自己活着！

他们坚持着向肉摊走去。也许是已经晚上的缘故，案上很空，已没有了瓢骨，摆着几块肉，全是净肉，已经用保鲜膜包装好，打上条码。也没有人在卖。只有一个女工在做着卫生。

哪里有瓢骨？他们问。

女工听不懂。

骨头。她只得改口。

没有了。

哪里有？他问。

那女工愣了半晌，忽然向边上一指。顺着她指的方向，他们瞧见了一个垃圾桶。里面还真搁着几块瓢骨。他们就猫腰去捡。装进包装袋。他们直起身来时，发现有人在用异样的眼光瞅着他们。他们马上意识到，他们一定把他们当乞讨的了。他们中间是不是有刚才在门口的看客？即使有，又怎么样？我们是要买！我们是要去付钱的！是不是？

付钱的意义变得特别重要。按规定，必须先到计量处称重量，贴上条码。他们向那里走去。

需要排队。排队的感觉很好，让他们明确成为一个购物者。可是他们被拒绝了。这东西没有卖。计量员说。

怎么会没有卖？他们故意装糊涂了。

就是没有卖的。计量员说。

我们要买！他大声说。

不行。对方说。

给我们打个价吧！她说。简直是哀求。

计量员说，不是我们不打价格，我们这里没有它的单价，根本打不出来。

他们没话了。狼狈地退了出来。为什么还要打条码！他骂了起来。简直多此一举！

好像如果不打条码，他们就可以蒙混过关似的。其实他们未必不知道下面还有关卡，比如收银处，还有门口划条子检查的。但是他们没有办法了，只是能混一关算一关。他们不像稳重的长辈，反像个没出息的混混儿。

条码又怎么样？她也说。难道条码就能代替东西了？本末倒置。

她忽然停了下来，有了主意。他们回到肉摊上去。那女工已经不在了。那两份净肉还搁在那里。她把其中一个包装盒上的条码揭下来，贴在他们的瓢骨袋子上。那条码上并没有注明货品的名称。她做这事时简直像个顽童。她自己也觉得荒唐。做完，慌慌张张躲到一边去，捂着嘴自己笑了。好像一个不更事的孩子。

她愿意自己是孩子。

他也故意做出要逮住对方的样子，张牙舞爪。好像他们都是孩子。

然后她扪着胸口,好像在忏悔。她对自己说,我这不是在做坏事,而是在做好事,因为我并没有损人利己。我这是相反,损己利人。

在选择揭哪块肉上的条码时,她费了一番踌躇。两份肉,一份量多,一份量少,量多的价格贵。最后她选择了价格贵的条码。他也很赞成。他不愿意把这瓢骨的价值弄低了。而在她,觉得这样让自己多损失一些,会心安理得一些。当然他们这种损失并没有人知道。谁也不知道,即使是损己利人,也不会得到赞扬。我们自己知道就行了!他们这样对对方说,像彼此舔着受伤的伤口。

他们跳过了计量程序,到了收银处。收银员是女的,一副疲惫的样子。她拿出装着瓢骨的袋子。他们听到了刷卡机哔的一声。他们几乎要欢跳起来了。可是当对方把它装进印着超市名字的购物袋时,一个瓢柄部分凸了出来,卡住了袋沿。女收银员就用手去按。一按,就怀疑了,拿出来看。没料到她如此疲劳了,还这么认真!他真有点恨她。

这东西不是。女收银员说。

什么不是?他想抵赖。

货品跟条码不对。

你怎么知道?她也说。这条码上又没有写,你就认得它了?她故意说得很俏皮的样子。

我当然认得。女收银员还真说。这种东西,是非卖品。

非卖品?

就是没有卖。

没有卖……我们买就不行吗?她说。

不行。

为什么?

因为是非卖品嘛。

为什么会是非卖品呢?

我怎么知道?女收银员应,翻了一下眼白。这下又看出来她的疲惫相了。

非卖品我们也要。他坚持道，好像要趁着她疲沓进攻似的。

那怎么行？

怎么不行？

这账没法算的。

怎么会没法算？她引诱地戳了戳那条码。

那不是这个价格呀！女收银员说。

那你说，多少钱？她说，就把钱掏出来，放在收银台上。他们早已经准备好钱了，团成一团。

他们瞧见那收银员去拿钱了。只要一展开那团钱，就说明她有收的意思了。他们的心在跳。可是对方并没有去展开钱，而是抓了直接还给他们。他们不收。好像他们不收，对方就会无可奈何收下，放进了钱柜里。可是那收银员却把钱丢了过来。钱碰到了她的手，她仿佛触电似的赶忙闪避。那钱就又丢到了他的手上。他一顶，那钱又被顶回了收银台上，像个可怜的谁也不要的弃婴。

干什么嘛，你们这是！女收银员嚷了起来，不耐烦了。那疲沓相又出现了。他简直恨她疲沓但又不疲沓。

你这是干什么呢？他反问。我们这是在买东西！我们有钱！

女收银员火了：有钱也没有用！你以为你们有钱就行了呀？你以为有钱就什么都可以啦？

他也火了。现在还不就这样？有钱能使鬼推磨，什么做不成？

唉！对方说，就偏偏不需要钱的东西，做不成！

他们知道对方指的是什么。什么都要钱，怎么就偏偏这个不要钱？她说。

我怎么知道？收银员道。你问我们经理吧。

问经理就问经理！他说，我还怕你们经理不成？我花钱买东西还不行了？

经理来了。经理也说，不行。这是规定。

规定就不能改了吗？他说。

规定怎么能改？

错了也不能改了吗？

错了，经理笑了，至少现在还不能改。

荒唐！她说。

经理说，好吧。我承认我们工作有失误的地方。没有管理好，让你们白忙了一趟。你知道，中国人的素质就是这么差。这是谁这么做的？缺德简直。经理高声叫起来。

她抖了一下。她这辈子还没被人骂过。你骂谁？她叫。

经理一愣。又不是骂你，你这么神经干什么？

你骂谁都不行！她说。

经理似乎明白了什么。哦，你是不是觉得在骂自己了？我还真怀疑是你们自己做的了！你们这么大的年纪了，还做这种事！

什么这样？他们应，企图抵赖。经理说，那你们就不要这么急了，既然不是你们做的。

经理这话又让他们不甘心起来。好像就此逃避，就是丢弃了尊严了。让人这样骂自己而不敢还口。我们做了什么了？我们有什么错？

就是我们做的，又怎么样？他说。

果然是你们自己做的！经理说，这是什么行为你们知道不知道？这是扰乱市场，扰乱公共秩序，说得严重点，是偷窃，是犯罪！

我偷窃？我是自己吃亏呢！

自己吃亏就不是偷窃呀？经理说，而且鬼知道你们抱有什么不可告人的目的呢！只有到公安局立案侦查才清楚。要不要进进公安局？

公安局？他们一辈子没有跟公安局打交道。不，曾经有过，有一次，她的学生在社会偷盗了，被公安局抓了进去。难道他们也要这样被抓进去？

他们要逃了。喂，你们把钱带走！经理叫。他们不理睬。他们听见后面在大声叫。撂下那钱，把钱花出去，多少让他们心安理得些。虽然他们并没有拿走瓢骨。他们已经不在乎买没买到那骨头了。可是保安拦住了他们，把钱塞在他手里。你们到底怎么回事嘛？你们这样做，到底有什么目的？

5

我们有什么目的呢？他们问自己。扪心自问，他们并没什么不可告人的目的。他们只是要回味过去。他们忠实于自己的心灵。忠实于自己的心灵就必须不忠实于现实，难道忠实于心灵有错吗？就该上公安局？

都是你！都是你！出什么馊主意！他埋怨妻子。

我馊主意？是哦，我那是馊主意？你有什么好主意？我是笨蛋，你不是笨蛋？她也动气了。

我是笨蛋！他也说。要不怎么会拿着钱买不了东西呢？他猛然发现自己手里还抓着那团钱。他把钱一甩在地。我有钱，我挣了很多钱！我这钱挣了，做什么呀！他叫。

他拿拳头砸自己脑袋。她连忙阻止。他更加不听了，更要砸。恨不得把自己砸死。

她也撒了手，叫道：好，好，你砸！你砸死了，我也死！我们一起死！我们这样死了也白死！

我的鬼魂会去抓他们的！他说。

抓他们干什么？她说。他们有什么错？说白了，他们有什么错？

他们没有错。确实。他们不把不能卖的东西卖给你们，他们有什么错？倒是你们错了。你们企图用钱去买不能卖的瓢骨，你们买不了。你们有多少钱都买不了。有多少钱，都买不来你们喜欢的东西。你们才发现，自己原来是一贫如洗。

那天晚上,他睡得很晚。他坐在沙发上回忆着当年喝瓢骨汤的情景。那时候可以用钱买瓢骨。那时候还没有沙发,坐的是木板凳。她身体不好,又怀了孩子,需要营养。需要这骨头汤补。但她又不愿意自己一个人喝了。要让他喝。他不喝。他们推让着。推让往往最后变成了争吵。他说我能啃骨头你能啃吗?她说,你怎么知道我不能?他说,担心你牙齿松动了!人家说,孕妇的骨骼是最脆弱的。她就说,我不怕。他说,你不担心,我还担心我儿子呢!你以为是为你自己吃呀?是为我的儿子!她说,儿子又怎么样?我肚子难受,我吃不下!我恶心着呢!他就说,那就倒掉算啦!她愣住了。倒就倒,倒就倒!她就应,你把你的骨头扔了我就倒!他当然不舍得扔。我扔又怎么样!扔又怎么样!他叫,把骨头挥起来,摇着胳膊,可是半天那骨头也没有离开他的手。最后他用那骨头去敲她。她哭了,他也哭了。

他多想再来吃一次瓢骨,即使是再来吵一场。

他听见房间里面的哭声。他进去了,妻子在里面哭。怎么了?他问。

我梦见了儿子了!妻子说。

也就在那晚上,发生了一件事。他们家遭贼了。他半夜起来上卫生间,一开灯,撞见那贼正在撬他们家的另一间房门。他本能地吓了一跳,可马上冷静了。我家没什么可偷的,都一贫如洗了,他想。倒是这小偷的光临,让他觉得自己家还有一些价值。

那贼发现了他,也吓一跳。就要往回蹿,他却叫住了他。他把食指竖在嘴前,提醒他不要吵醒自己的妻子。你要是觉得有什么值钱的,就拿去好啦!他对贼说。

那贼愣了。忽然意识到会不会是什么阴谋,又要逃。他又说:我这么一个老头子,你捏死我就像捏一只蚂蚁,你怕什么呢?

贼觉得也对,停住了脚。他就返进卧室,拿出钥匙来,为贼开了他要撬的门,然后让他进去。那贼不敢进。他又开了灯,他还是不敢。他明白了,自己家里的物品太多了,这是老年人喜欢积攒的毛病。这也许让对方感觉有什么暗道机关了。其实有什么呀？全是垃圾！

他自己进去了，拉开抽屉，拿出里面的钱。那是他们放在家里备用的。几百元。他把钱递给贼。贼不敢收，不信任地瞅着他。

你嫌少？他又转进去，抄出几张存折来，定期的，他同时拿了身份证，告诉了他密码。那贼愣愣的，猛地望了望周围。也许是害怕圈套。可是他却仍以为对方在嫌钱少。

我知道，我知道。他说，我就是这么穷了，就这么一点钱。可这好歹也是一点钱啊，也可以混着吃口饭……

那贼没反应。他感到这是对他的轻慢。对方把他手上的存折当草纸了，把他当乞丐了。他急了：你到底要还是不要！他叫。

那贼猝然一跳，夺门逃走。他追了出去，贼已经不见了踪影。他坐在家门口愣了好久。一直到天亮，她醒来了，瞧见他不在，找到门口，发现了他。

倒不如做贼好。他说。

什么？她没有听明白。

倒是做贼主动。他又说。要就来，不要就走，你还得求他了。他不愿意，照样一走了之。倒不如做贼。

她一惊。你怎么会有这念头？

其实她也伤心了一夜。她梦见自己被人抓去游街，戴着高帽，像"文革"时候一样。但其实"文革"时候，她是给别人戴高帽的。她和他，跟所有那时代的年轻人一样，都是红卫兵。

是真的。他又说。我觉得自己贱了。我们都是被人欺负。

她点头了。其实他们并没有怎么受欺负。像千千万万的普通中国人一样，过着日子，竭力把日子过得好些。但似乎要说这样过着很冤，也未尝不可。他们忽然觉得不能忍受这个冤了。好像这冤屈一直沉淀在心底，一经搅荡，顿时沉渣泛起。

你看那个老王，他凭什么就比我们混得好？他说。他凭什么就当领导,来领导我?

对!她也说。我们学校那个小张,每次都捡了好班去,她花一分力,就有十分收获。还不就跟校长有关系?狐狸精似的……

你那校长呀,也不是好东西!他说。我见他第一次,就看出来了。那眼睛白仁多,黑仁少,整一个色鬼!

你知道?她说。她奇怪丈夫以前并没有说他知道的。他们天天在一起,他从来没有这么说校长。难道原来的那个丈夫不是现在的丈夫?原来的世界,不是真实的世界了?原来我们的生活,所谓的好生活居然是这样的。以前怎么就忍受过来了?

我怎么不知道?我什么都知道!他说。她愿意丈夫原来真的是全知道的。男人应该比女人深刻,比女人冷峻。或者说,他们中间至少应该有一个没有被蒙骗,他们过得还不算可笑,不算太冤。

你看楼上那个暴发户,他又说了,整天小车在我们窗户前开,又不开走,马达轰轰直响,震得人心脏都要停了。暗示他,他还装不懂。他以为我不知道?他以为我们就不敢直说?他叫。他以为我们就这么软弱?我拿厉害来给他看一看!我这就去他家,跟他闹一闹。我这就去!

她吓了一跳,又赶忙制止。不是因为不愿得罪人,而是因为,这世界太险恶,陌生而险恶。难说会发生什么不测的事。

要卑鄙,要下流,要打小报告,要要流氓,我也会!他叫。

你不要这么说吧!她说。

我要!他坚持。像夏天的蝉,越捏越叫得凶了。

她感觉发虚。自己这些年是怎么过来的?好像没有在这世上活到这岁数似的。她好像很能干。她在单位是一个教学骨干。她教的学生有很多考上了重点中学。她有教学法宝,特别是指导学生作文。作文一拿高分,语文成绩没有上不去的。现在想想,她的法宝是什么?杜撰。杜撰生活事实,更明确些说,是从范文中搬过来的生活事实;再个呢,抓立意。竭力拔高立意,跟当前的形势挂钩起来,这样意义就深远了。管他学生是理解了还是不理解,管他是不是编的,甚至管他在逻辑上能否让人信服:反正我写出了如此重大的意义了,难道不对吗?难道谁敢说这意义不正确吗?不敢说,就只能给我高分。只要成绩上得去,考上了重点中学。先上再说。品格被败坏了吗?将来补吧。

然而补了吗?没有。一旦堕落,就走入了不归路,永远实用下去了。车到山前必有路。现在得过且过,能快活且快活。会遭到惩罚也罢,轮到我的时候再说吧!

她曾经心虚过吗?有一次,她就对学生说,不要跟着初考指挥棒走!结果呢,学生们哄堂大笑,回家跟家长一说,家长也紧张了,到学校反映,学校同事也说她是怎么搞的,疯了?最后,她也屈服了,赶紧说那是她的口误。也许她还真应该错,错下去。那样她现在就不会心虚了。

6

他们又要去买瓢骨。

我不相信,就没有市场卖的!这偌大的中国,就没有让我花钱的地方!他说。

他们想,超市不卖,不等于传统农贸市场不卖。超市是总体管理,不好通融,农贸市场是散户经营,那些小商小贩不可能不贪小便宜。难道给他们钱还不要?

他们去了一家农贸市场。

他们看见了瓢骨,两块。我们要瓢骨。他们说。也许是害怕立刻被拒绝,他们说得很含糊,不敢说买字。

听他们说出"瓢骨"这名称,对方笑了。他的脸圆圆的,笑容可掬。看来他是听得懂"瓢骨"这词的。看那年龄,就知道是从那年代过来的。

你们还记得这名呀?果然他说。现在早废了。

他们知道。那现在叫什么?他问。

现在叫筒骨。他说。

筒骨？

对。

可它不是筒骨呀？

无所谓啦，对方说。反正有名字也用不上。

真是怪事！他说。这世界上怪事越来越多了！

对方又笑了，瞄着他们。哦，我明白了，你们还对这瓢骨情有独钟呀。

这师傅可真善解人意！他们想。终于找到一个理解人的人了。想当初，这瓢骨还用病员证供应呢！她说。

是啊，是啊，对方说，那种时代一去不复返啦！生活好起来啦！

好是好……她说，可是也不见得，比如这瓢骨，怎么就没人要？

对方听出来了。你们要，就拿去吧。

要卖多少钱？她问，战战兢兢地。与其是在问多少钱，毋宁是在强调你要卖。不是问价格，而是在恳求对方给个价。

不卖！可是对方仍然说。你要，就拿去吧。

对方说得很慷慨，还不在乎地挥了挥手。这挥手，在他们看来，简直是在打发他们。

不行，他说，我们要买！

不行！对方说。

我们有钱。

对方又笑了。你们有钱？买这算什么有钱呀？

什么意思？

什么什么意思？对方说，这又值多少钱？你们有钱，有的是消费的地方。

不，我们就要消费这瓢骨。

对方愣了。好吧，你们一定要算，就随便给一点吧。

终于肯收钱了。多少钱？他问，几乎贪婪地。

对方为难了，搔着脑壳。要不然，就给一元吧！

一元？一块骨头一元？

哪里呀，对方叫，你以为它是什么呀？全部，一元。

全部？这，也太便宜了吧？还不等于没有价？

本来就没有价嘛！对方说。你们看，它还有什么可吃的？

有！他们说，齐声地。

对方一怔，明白对方是怎么回事了。那是你们觉得，我不能乱卖的，要不还不成了非法商人了？他说道。

这肉贩看来不是非法商人，那种唯利是图的人。但是他们倒很希望他是。你就当一回非法商人吧！她想，居然说出来了。自己也不知道自己怎么会这么说了，也许是过于迫切，利令智昏了。

肉贩沉下了脸。您这是怎么说话的？什么意思？他敌意地瞄着他们。他认为这对顾客是在捣蛋。自己却还跟他们讲七讲八。肉贩不说了，自顾切肉。她也意识到自己的荒唐，连忙说，对不起，我不是这意思……我们只是想要这瓢骨。

要就拿走呗！肉贩说。

可是价格……

就那样了。

太少了！她说，一块瓢骨才五毛钱！

还要多少钱嘛！对方不耐烦了，叫道，你以为这是什么？骷髅罢了！

骷髅！他们猝然一抖。猛然好像被推到死亡边缘。

我们就是要骷髅！他说。

喂，喂，这么一把年纪了，说这种话，可不吉利哟！对方说，不知道的，人家以为是我诅咒你们了……你们走，你们走，走走走，不要害我！

他们不走。他叫，我们就是要骷髅！

骷髅！这词让他们有了赴死的决心。

对方急了，从肉案那侧跳出来，推他们。他们坚守着。仿佛走了，就一切都完了，就要堕入了万劫不复。这万劫不复不是死，而是生，浑浑噩噩地苟活着。他们在抗拒着生，他们在死与生边界抗衡着。

而那肉贩害怕了。好像他面对的不是两个人，而是两个鬼。不是两个人摆在他面前，而是两口棺材。他不明白这两口子也年纪一大把了，怎么会有那么大的力气？难道是练了什么功，有了定力？最后他没办法了。好好，你们说吧，要付多少钱才可以吧！

他们猛然面面相觑。终于成功了！几乎要跳起来。可是他们很快也犯难了，现在这瓢骨值多少钱？

这是他们的梦。它应该是无价之宝。他们想给它开出天价。那么天价是多少呢？何况他们也害怕对方再次不答应了。还得讲究实际。这些年，我们已经被灌输了讲究实际的方针，以合作的精神。以合作代替争端，对话代替对抗。不然也许就什么也得不到了。他们商定：按当年工资收入参照现在的工资涨幅算。工资涨了三十倍了。当时一块瓢骨卖五分钱。乘以三十，一元五，两根。三元！他们说。

好吧好吧！对方说，挥了挥手。他已经彻底惨败了，多少都无所谓了。你们拿走吧！他说，你们可不要去工商局告我欺诈。

不会的。她说，怎么会？

走吧，走吧！

他们给他钱。对方随便把钱撂在肉案上，看也没有看。

7

他居然不看钱！他说。

管他看不看呢，反正我们已经付钱了。她说。

他们高高兴兴抱着瓢骨往家走。这瓢骨有多么贵重！有多贵重呢？

一块一元五。一元五有多贵重呢?就是一个人乘公交车一个单程,要回来,还差五毛钱。

这是他们乘上公交车时忽然想到的。时候是夏天,公交车开空调,一个人要两元钱。他们在车门口摸钱,把瓢骨搁在付款柜上。那司机就叫了起来:拿起来,拿起来,也不看看有多脏。什么东西嘛!

什么东西?他应,你说是什么东西?

不就骨头嘛!司机说。

骨头是骨头,他说,可是你知道是什么骨头?

再什么骨头也是骨头,司机应,能值多少钱?

你这怎么说话的?她说。

什么怎么说话。这是事实嘛!司机说。

你说它们值多少钱?

你说吧!司机也不示弱。

多少钱呢?他们想:三元钱,总共。还不够他们买车票!他们不做声了。

我们买得太便宜了。他忽然说。

我们太老实了。她也说,应该提得高一点。虽然现在的收入跟过去比,是这样,但怎么能以收入来比呢?这二十多年来,物价涨得比工资高多了。

但怎么能以物价涨幅算呢?她又提出。这是能按物价来算的吗?

不能。确实不能。

他说,这么随随便便就买来了,还不也等于白送了?

我们接了,就等于接受人家施舍了!她更把问题提高到原则上。

我们要什么施舍?他叫,笑话!哼!

我们不能接受!他们几乎同时说。他们决定,把瓢骨连同袋子丢在车上,毅然走了。但回到家,心又空落落起来,好像丢了什么似的。假如没有买到那瓢骨,还不会有这感觉。无非是想办法去买。现在它得到了，又被放弃了。他们想：到底我这样做，该不该？

假如单从购物的角度看，不该。可是那瓢骨不是物。可也正因为它不是物，失去它的空间难以填补了。他们听见自己在对自己喊：我要吃瓢骨！

他们也有点后悔了。自己为什么就这么较真？把自己逼到死胡同里了。现在谁还这么较真？

最后他们想出个变通的办法，跑到附近一家超市，随便买些什么骨。排骨也可以。没有，就买上排骨。那卖肉的不肯单卖上排骨，要他们连肉一道买走。他们买了，拿回家，把肉切掉，扔了。他们从来没有这么浪费过。

他们把骨头拿来熬。熬汤。放点醋。浓浓的醋味出来了。瓢骨汤出来啦！她故意叫，端出来，好像当年的情景。

他觉得她有点像巫婆。

当年他们吃瓢骨前，依稀就有这么一种仪式的。妻子端着装着瓢骨汤的搪瓷盆子，在饭桌前转一圈，像芭蕾，又像在施展巫术。低贱的骨头汤变成了纯肉汤。

现在他们是把肉汤变成骨头汤，正相反了。这骨头汤要比肉汤香多了！有沁入每一个味觉孔的力量，滋润着胃黏膜。什么上排汤，排骨汤，筒骨汤，哪里有这瓢骨汤半点好吃？他叫。

也许是因为这恰恰是上排汤，而不是瓢骨汤的缘故，他特意要这么说。这么说了，才能把真正的感觉驱逐走，才能把幻觉确定下来。你看那上排肉，木木的。咬着都卡牙。他又说。那时候你还说，瓢骨肉怎么了？挂骨肉胜过上排肉，瓢骨汤胜过上排汤。你还这么说！

我这样说了吗？她说。

你不承认了？他说。那时候他总是不肯头遍喝。他说他不想喝，理由就是：这又不是上排汤！

她承认了：那时候，谁不渴望有上排肉吃有上排汤喝呀！单位里一聚餐,见肉端上来,所有的眼睛都会发亮,像豹子似的,所有的勺子都急煞煞猛扎进去,捞!恨不得一下子捞到两块肉。可又怕不好意思,就又勺子一荡一荡的,嘴里说着话,彼此装作在说话。其实彼此勺子都在汤里使劲呢!铿铿作响,如兵器相接。她说,笑了。

老实说,那时候,是穷。他说。可那时候多年轻啊!再重的兵器也拿得动,不要说勺子了。我们白天工作,晚上还得接下去政治学习,工作之外,还得去劳动,学雷锋,义务劳动,备战备荒,挖防空洞,疏通河泥。有一回你还晕倒在河床上了!

他大笑。她也大笑。那一次够狼狈的。但是现在回忆起来,"那过去了的一切,都成了美好的回忆"——普希金。

还不就是因为贫血吗?她说。回来一喝瓢骨汤,就好了。咱们就是因为那一次我晕倒,才给办了病员证的。区领导见到了,说,这么努力的好同志,必须给她照顾。就让单位给开了介绍信。

他撇嘴:那介绍信顶什么用?要不是我找到当医生的七叔公,人家会给你办证吗?

她承认。你就会弄虚作假!她说。

他倒很愿意承认当时自己是弄虚作假。甚至,曾经是不法的,曾经是那么坏。我不弄虚作假,有现在的你吗?他说。

确实没有。她承认。也乐于承认。

……记得第一次,咱们拿着证去买骨头。你不放心我一个人去。咱们一起起床了。数九寒冬,大清早(不大清早去就买不到了)。我们喝了碗开水,暖暖胃,出发了。战战兢兢,好像弄不好就会被查出问题来,就会被逮走。——他回忆着。他们的脸霎时绿了,好像在面对着一场惊险故事。那是他们的。他把她肩膀拍了拍。

其实原来并没有那么严重。那是他们幻化出来的。好像当时真的那么惊险,那么恐怖。恐怖得让他们手脚酥软软的。

他说:咱们走到肉柜前。不,是我一个人走上去的。为什么你没有上去？不是不去，而是不能去。去了，怕目标太大了。而且还需要你在后面接应不是？假如被怀疑了，被揭穿了，要逃，后面也好有个照应。

为什么他们会被怀疑？他们做了什么坏事？反正是坏。越是坏，越有神秘性，刺激性，越有力量，越令人神往，也越能拯救现在的他们。他们虚弱，需要用坏来拯救。

他继续幻忆着……那上面果然有几块骨头。有的挂着肉多一点，那是筒骨，里面有骨髓；有的是猪头骨，夹着各种各样可以吃的东西，猪脑呀，上颚呀，眼窝肉呀。我们都不敢问。那哪里会卖给我们？我们就瞧着搁在最边上的一块瓢骨。我要……这个……我说。

那肉贩抬起头。我的妈哟，那眼睛可真凶！屠夫似的。简直就是屠夫！我吓一跳。他盯着我。我不敢说。但回去更让他怀疑。我就又壮着胆说了一句。

一块五分钱！他说。没想到这么轻松就化险为夷了。我简直不相信。我连忙点头，像鸡啄米似的。他就把骨头丢进我的菜篮子里。对了，还有菜篮子。那菜篮子哪里去了？早没有啦！谁让你扔掉了？现在早就不用这样的菜篮子了，用塑料袋了。抓塑料袋的感觉哪里有抓菜篮子好？现在从上到下都在说要抓菜篮子工程，可是真正的菜篮子却不见了。

你扯到哪里去了？言归正传，言归正传！她说。好像她是在听故事，她急着要听结果。

好，言归正传。他说。我抓起菜篮子就要逃。突然，你叫了一声：钱呢？

哦，我忘了。完全忘了！一慌张。我忘了付钱了。你看看你看看，差点捅了娄子了。要是他把我当作企图不付钱的，不全完了？一切都要被捅了出来。越是怕，越是撞上鬼了。我赶忙掏钱，付！趁着他还没有警觉，快快把钱交给他，哪怕给多一点。我掏出了整钱，想着，他能找多少就找多少吧！可是他没有少找我。既没有发现我的破绽，也没有多收我的钱。好啦，过关啦！成功啦！偷成功啦！赶紧逃吧。我抱着篮子，不，抱着瓢骨。也不，这不是瓢骨，是钱哪，一扎扎的钱，是金块！我抢银行啦！我一回头，瞧见了你……

我那时瞧着你，正急得不行呢！她说。

我知道，我知道！他说。

这么大的事！不得了的事！她说。你知道，我边上有一个人一直奇怪地看着我。我怀疑他就是警察。她说。我是躲在柱子后面的，探着头。我就装作没事的样子，在对面的菜摊上逛，从这根柱子绕到那根柱子，终于甩掉了他。我暗中做了跑的预备动作。你一出事，我就冲过去，掩护你，让你逃掉！

是哦，我知道。他说。可是你要被抓住了，怎么办？

抓我又怎么样？我又没有做什么，我又没有犯法！

你是从犯，他说，我是主犯，你是从犯。

从犯就从犯。她说，做出无赖的样子。她是教师。她从来没有过这样的表情。

哈哈，你也够坏的！他说。

你自己呢？她。不坏，还有今天？早被饿死了！

她说，敲着装着上排汤的碗。那碗被敲出了洪亮的咣咣声，汤水荡漾，上排骨现了出来。不是瓢骨。喑哑了。黯然了。

那瓢骨现在居然不卖了！原来必须惊险地用偷的办法得到的瓢骨，不仅没有随着物价的飞涨而涨价，而是一钱不值了！你要拿就拿吧，像垃圾。

我们再去偷吧。她忽然说。

什么？他好像没有听清。

偷！她说。

他吓一跳。他倒吓一跳！

她神色坚定，毫无玩笑成分。

他觉得她有点陌生。像第一次见到她时那样陌生。

那时他多爱她，可以为她肝脑涂地。她所有的话就是圣旨。她的所有想法都是对的。是的，去偷，去抢，被偷被抢的东西，一定是有价值的东西。

8

时候已经年末了。行动就定在年前。

他们想去他们二十年前买瓢骨的那家市场。但是早已经拆掉了。城市建设突飞猛进，几乎把他们的旧梦铲除光了。这让他们更觉紧迫，好像要抢救什么。

他们找了一家有很多柱子的农贸市场。模拟着当年的情景，走场，像排戏一样。他们要在这里找回感觉。

市场很拥挤，供应丰富。所有的人都在忙着采购，准备过年，唯独他们，好像跟过年没有关系似的。抑或，这就是他们过年的全部内容？偷不到瓢骨，下一年就过不下去了。他们在人群中神情落寞。大年三十这天，购物者更多了。人们好像要倾所有的钱购物，把自己送上来年。像末日到来似的。近乎疯狂。他们决定在这一天动手。

他们出发了。仍然一起出发。还特地准备了一个菜篮子。如今很难买得到那种菜篮子了。他们最后是从一家戏剧道具店买到的。买的时候，店家问他们是哪个单位的，他们笑而不答。又问排的是什么节目，也不说。除了演戏，才用这种东西。他们已分不清戏里戏外了。

其实人总是摇摆在戏里与戏外的。被两边的力量撕扯着，看哪边的力量大。他们也曾一度被火热的人群，不，是被节日祥和的气氛所触动：难道我们就这么被排斥在这世界之外吗？我们怎么会弄到这种地步了呢？抖抖索索走在路上。西风烈。她摸摸丈夫的袖子。丈夫的袖子松蓬蓬的。叫你加件毛线衣你不听。她埋怨道，凉了不是？

我不冷！他说。死要面子像个小伙子。当年他还是小伙子，穿得少，一方面是撑年轻，另一方面也因为穷。

看你多会撑！她说，一辈子就这么寒碜碜的。她数落起他来了。难道我们就这么一辈子寒碜碜的？钱挣了那么多，干什么？

她把丈夫的手揣进自己的口袋里。要平时，他会不好意思地挣脱出来，怕被人家看了笑。但是今天，他没有。他不怕别人笑。他们早已经被别人耻笑了。

我不喜欢穿衣服。他说。

那你喜欢什么？她反问。

他茫然了。自己到底喜欢什么呢？我喜欢当乞丐。他说，几乎是恶狠狠地。

我也是乞丐！她也说。

我们就当一辈子乞丐吗？我们这辈子活得冤不冤？到了需要去盗窃的地步。盗窃这种事，是我们做的吗？但是另一个声音又在朝他们喊：这不是盗窃，这是反抗！用的是高音喇叭。振聋发聩。三十多年前他们都曾被这样的声音洗礼过。

现在，他们就怕找不到瓢骨。没有瓢骨，一切就前功尽弃。但是似乎不可能。如此供应充足的节日，如此盛世，怎么会没有猪肉？有猪肉，就必然有猪骨头，有瓢骨。但似乎又是可能的：社会前进了，科学发展了，也可能用基因工程让猪不长那些人类所不喜欢的东西，比如内脏，比如肥肉，现在不是有瘦肉猪品种吗？当然也可能让猪们不长瓢骨，让食料百分百吸收在有用的地方。

但他们多思了。市场上还是卖瓢骨的。有，三块，丢在柜台的一边。恰好是在最边上的摊位，是他们得手的最好时机。她退回到一根柱子后面，瞧得见他这边，却又不容易被他这角度的人发现。他回头朝她笑了笑，开始行动。他向那瓢骨伸出了手。摊主没有发现。他在忙着应酬客户。是不是其中也有不重视这瓢骨的因素在？但是他不能让自己这么想。这么想，就没法干了。他要让自己觉得摊主是被蒙蔽着的。我就要得手啦！小子哎，你就要破大财啦！你还一点也不知道。人很挤，生意很忙。

摊主还在飞快地砸肉，飞快地算钱。还不时地抬头找什么，原来在叫老婆，埋怨老婆怎么向酒家送了货，去了这么久。他就把菜篮子悄悄放在柜台下面，对方看不到的地方。只要一伸手，把那三块瓢骨往这边一扫，就成功了。可是对方的老婆回来了。

他赶忙闪到一边。

她没有发觉。可她回来了，就多了两只眼睛了，自己就难以得手了。他又回头瞅自己的妻子。她也着急得直跺脚。

也许永远就没有机会了。明天就是正月初一了。今天是最后一天。最后的拯救。他们奇怪，这一年，这十几年，这二十几年自己都是怎么过过来的？

忽然，那肉贩又叫了起来：没有零钱了！那老婆又抓起一张百元大钞，向外面钻去。她的背影消失了。天无绝人之路！他在心里叫。他再回头瞧妻子，她也在替他摩拳擦掌，好像一个小孩。不，是女杀手。

他点头。

他猛地把手一伸，一扫。哗——！他没有想到会有这种响声。他更没有料到这声音如此之响。那摊主猝然转过来。其实摊主未必就知道他在拿瓢骨，是他自己把自己暴露了。他脸色煞白，目光惊慌。他飞脚就跑。

摊主大叫，从柜台内跳出来，把整个肉摊连同钱盒都撒下了。

他逃。她迅速迎了上来，挡住摊主。就像她当年那样，她觉得。其实他们当年并没有这样过，这么严重，这么轰轰烈烈。

她瞧见他很快蹿到前面去了。和那摊主的距离迅速拉开。丈夫动作灵活，在人群中穿梭。完全不像现在的岁数。好像是年轻的时候，在追求自己的时候。那时候，对方穿过人群，把电影票交到她手里。

可是那摊主也很强壮。正年轻，正当年。很快从人群较少的右侧抄过去。她叫了起来。他也发现了，马上一折。她叫他折回来。她冲上前去，接过菜篮子，就跑。她把篮子搂在怀里。他们互相应接着，配合默契。边上的人看呆了。也许是被他们的技巧征服，也许是被他们的年龄大家愣在那里，甚至为他们闪开一条通道。他们一过去，大家又抢着在后面看。那摊主的路被堵住了，直号叫，惨绝人寰的样子。人们才记起这是个受害者。有人叫，打110！打110！

9

我是被当地派出所招回来的。

今年本来不准备回家，想趁放假时间赶完我的一部后现代小说，类似于阿瑟·A. 伯格《一个后现代主义者的谋杀》，一个被解构了的侦探故事。没料到发生了这样的事。而且是发生在我的斯文的、德高望重的父母亲身上。我发现，我的想象力一钱不值。

他们怎么会这样呢？

我不知道。

我并不是因为他们被抓住而被叫回来的。而是他们不肯被派出所放回来。派出所发现他们拿的只不过是一钱不值的瓢骨，要把他们放出来。甚至都没有批评教育。可是他们并不领情，居然要求把自己关进去。

你们没犯什么事。派出所所长说。

那你们当时为什么抓我们？

因为你们拿了人家的东西了。

不得了？他们叫，这是什么性质的？

谈不上。所长说。

那是偷！她说。是盗窃！

所长笑了：也不能算盗窃。那不过是几块骨头，人家也不要的。

他不要，我要！她说。

我当天下午就飞回了家。好容易才把他们劝回去。我说，爸，妈，我回来了，你们总不能把我一个人扔家里吧？他们回家了。有我在的家，顿时充满了温馨和活力。平时就他们两个人，你面对的只有我，我面对的只有你,我能想象得到那种孤单和苦闷。在这样的环境下,不胡思乱想才怪呢!现在好啦,让我们把注意力集中到当下,集中在纯粹的日常生活层面上——这是我们这时代所有活得好的人的秘诀。

买了很多吃的东西。他们其实也很愿意过世俗的快乐生活。母亲说我瘦了。母亲总是觉得儿子瘦,即使儿子已经胖得需要减肥了。然后她就讲起当年给我的营养不够,我小时候没东西吃。说到这,我马上警觉了,害怕他们又想到那敏感问题上去。那敏感问题,还真是绕不开。一个人,含辛茹苦了几十年,这记忆,怎么能绕开呢?

母亲还是提起了瓢骨。

我说,其实这瓢骨是有价值的,这里的人不知道。根据最新科学研究成果,瓢骨是所有骨头中含钙量最丰富的。将来补钙产品一研制,它就要抢手了。

我不知道自己怎么如此妄言。也许只是为了姑且安慰一下他们。将来真怎么样就顾不上了。谁管得了将来呢?从某种意义上说,人生就是一程一程的安慰,或者说是一场一场的诓骗。

父亲果真相信了。他说,我说嘛,我们这里就是落后。高脂肪、高蛋白、高糖,要犯富贵病的!

父亲用的是批判的口气。这让他挽回了面子,毕竟,他是一家之主,我从小敬畏的父亲。

他又开始教育起我来了。母亲却插进来,道:别教育别人啦,我们自己就很像样?

我怎么不像样了?

你当年就像样了?母亲仍说。女人有揭老底的脾气。

我当年怎么不像样了?父亲辩。

那过去了的,都成了美好的回忆。

母亲说。父亲愣住了。好好好,我不跟你争。你是老师,你有文化,会作诗,我只不过是个画匠。

我什么都不是，母亲却说。我是个乞丐！

她还在说自己是乞丐！

好了好了，我连忙说，大过年的，高高兴兴。你们看，春节联欢晚会开始了！

母亲不看电视。她为我铺了床，然后早早睡了。零点。电视上一片沸腾，外面也在大放鞭炮。新的一年开始了。母亲忽然抖抖索索抱着自己的被子出来了，说要用被她睡暖了的被子来换我的冷被子。

你妈就是这样！父亲说。

是的，过去她总是这样。现在还这样。我是一直被我的母亲这样呵护着长大的。我几乎流泪了。这哪里是那偷东西的母亲呀？

我在新年和亲情的温暖中睡着了。睡得很熟，很安稳。我是被一阵电话铃声吵醒的。是派出所来的电话：我的母亲又去了派出所。

父亲也醒了。你妈就是这样！他又说。

我不知道他指的是什么。我不知道我母亲是怎样的了。乞丐？小偷？杀手？贤妻良母？教师？良民？或许是疯了。也许她本来就是这样……

我觉得软肋被杵了一下。

我和父亲赶到派出所时，母亲正逼着值班民警承认那瓢骨是有价值的。好吧，值班民警说。你觉得有价值就有价值吧。

那你们应该怎么做？她问。

没怎么做呀。民警说，我们免于处罚。

那不行！她说，认真地。犯了罪就应该被审判！

也许审判才是走向新生之路？

民警笑了。那你说，是什么罪？

盗窃。

好，民警说，盗窃罪是以所盗物的价值论处的，就那么几块骨头，你，说，要怎么惩处？

什么就几块骨头?

就是那么几块骨头嘛,又不值钱。

你说什么?她尖叫起来。

那民警并没有意识到什么,又说:是不值钱嘛!值不值钱是由人家商家说了算的。人家说,这骨头是一分钱也不值。一钱不值。

一钱不值?!她号叫了起来。它一钱不值?难道我们这么做也一钱不值?难道我们所做的全一钱不值了?我们经历过多少事,受过多少苦,多少冤?难道这苦,这冤,就一钱不值?就白受了?你看看……他们掐着手指头,数了起来。这么多苦!他们说。那是我已经耳熟能详的故事了,无非是:

> 出生时:兵荒马乱。
>
> 长身体时:三年自然灾害。
>
> 读书时:"文革",上山下乡。
>
> 结婚时:穷困。
>
> 孩子出生了:上大学,作为时代幸运儿,苦读,拼搏,把被"四人帮"耽误了的损失夺回来!
>
> 工作时:脑体倒挂了。忍辱负重,下海,终于致富了。
>
> ……

这是长辈给晚辈痛说革命家史。这是一个民族苦难的传说。这个苦难的民族一直渴望过好生活。

我说,妈,你不要再说啦!

你不要插嘴!母亲喝道。要没有我们受那么多苦,有你现在?(好像我必须是苦难的产物。难道苦难是我们的宿命?)要没有这瓢骨,有现在活着的你?!

这,这是什么时候的老黄历了,我说,都什么时代了嘛!

什么时代了？她叫，你说什么时代了？你以为什么时代了又怎么样？你以为有钱又能怎么样？问题一样。你也一样。你也逃不了！

我愣了。

10

我不知道什么是瓢骨。这时代，已经没有多少人知道什么叫瓢骨了。我没有见过这叫瓢骨的东西，即使我喝过它的汤，我的壮硕的生命是由这下贱的骨头汤哺育而成的。也许它真的很神奇？我还真想见见它。

我去了那个父母偷瓢骨的农贸市场。我终于看到了它。那形状是我从来没有看到的。真的像瓢，它翘翘的，永远放不平。它其实就是肩胛骨，支配着前肢活动，并和肋骨、胸骨、锁骨一道保护着胸内脏器。

我记起来了，曾经有书上说乡下人用猪骨头舀饭。当时我理解不了，有能够用来舀饭的骨头吗？原来有这样的骨头。动物，无论是低级动物，还是高级动物的我们，身上的骨头千奇百怪，看着都会硌得发疼。因为它搁在适当的位置了，不觉得它的存在。假如有一天感觉到它了，身体就出毛病了。

我忽然想买它。

我对肉贩子说，最新科学研究成果发现，瓢骨里含有最丰富的钙物质，我要收购去制造补钙制品。

我居然真这么认为了。你们开个价吧！我对肉贩说。

肉贩子似乎不相信。但是对方已经像拢包裹似的把瓢骨拢在了一起。你能证明你说的是真的吗？

你就看我这身体，我说，我就是吃这骨头长大起来的。

对方笑了起来。也不全是吃这骨头的吧，就没有吃肉？还有饭，还有很多很多东西……

我摇了摇头。你知道人体最主要的物质是钙吗?

对方懵懵懂懂地点头。

你还算有文化。我说。

边上的肉贩子也聚集过来了。

可是,一个说,你没法证明你就是吃这瓢骨呀。

那时代有什么东西吃?我说。我怎么也谈起那时代来了?

确实没有。对方承认。可是,你还是没法证明吃这东西就那么有用呀。

没有用,人家为什么要偷它?我反问。

谁?

你们知道前几天偷这瓢骨的事吗?

知道。

他们就是我的父母亲。我说。我怎么能这么说?

对方眼睛一亮。与其是警惕,毋宁是激动。他又把瓢骨拢了一下,拢往自己身边。你是说,他们是你父母亲?

是。我说。

你就是他们的儿子?

是。

他们是你爹,你妈?对方又说,他们的思维好像在绕着圈。

是。我说。我母亲怀我的时候,就靠吃它的。

你怎么知道?

我有记忆。

你还没生出来就有记忆?

我身体里有记忆。我说。

记忆?他们玄秘地笑了。

你怎么能证实你说的记忆是真的?怎么证明你身体是真的用这东西补的?

当然，我说，我自己都不相信，能做这生意吗？

那不一定，也可能专门为别人做的，现在蒙人不蒙己的事多啦，像鳖精、地沟油……

我为什么要蒙？我叫，我是真实的呀！

真实？真实值多少钱？

就值这瓢骨的钱。我说。

瓢骨的钱？他们叫，现在谁还相信瓢骨的价值呢？

我信！我说。

他们愣住了。算了吧！他们忽然又大声叫起来。与其是不信任，毋宁是在相信前做最后的确认。好呀，那你就买吧，你要出多少钱买？我们开多少钱你都愿意买吗？

是的。我说。

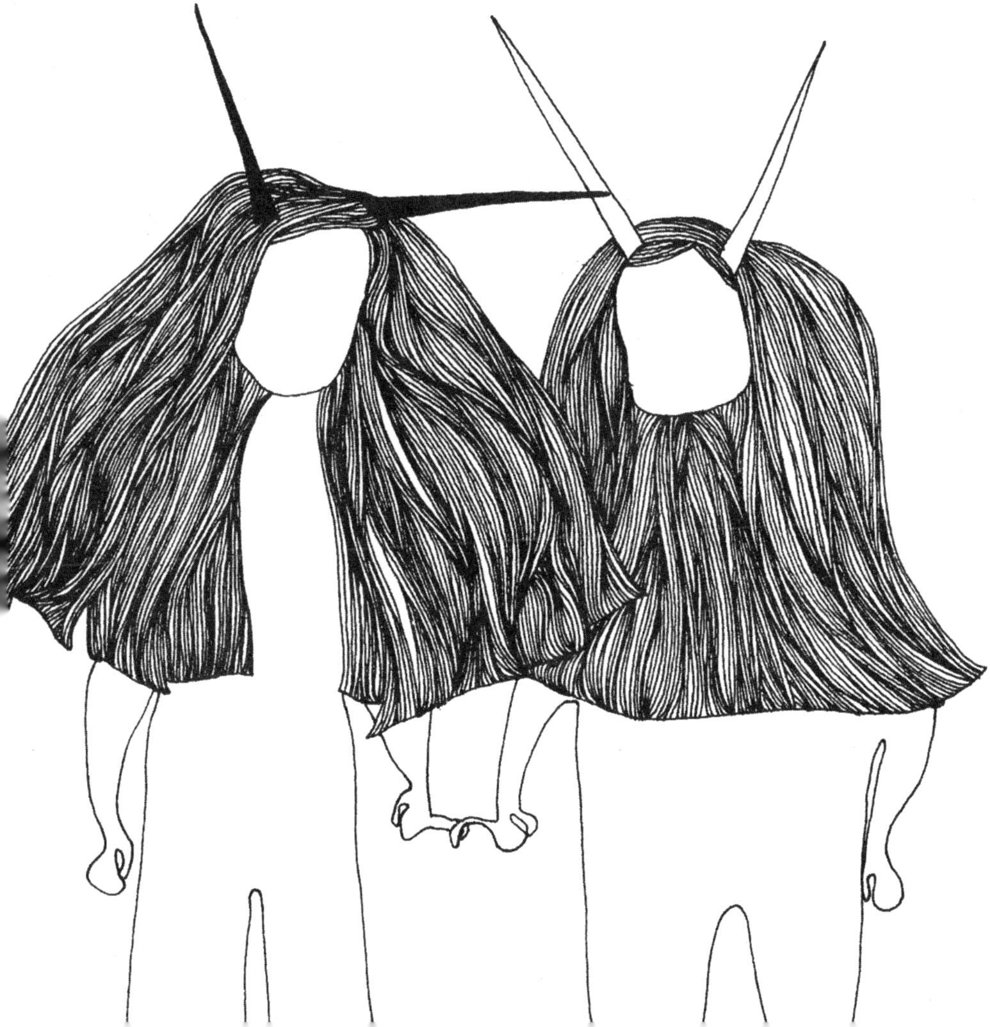

第五章 【旅游客】

你想好了吗?
你可以选择合上。
你确定要进入吗?

第五章 旅游客

1

她来电话：我想你！我披上外衣就往外跑。总是这样，她一召唤，我就马上跑去，疯了似的，不顾一切。我们离得很远，她在这城市的东边，我在西边，我需要横穿整个城市。叫出租车。我催促司机快，快！有一次，一个司机问，你不会去接危重病人吧？那该叫120，我可不愿半路搁在我车上。我知道他的意思，他忌讳。我说不是去接病人，而是我本身就是病人。他在前视镜盯了盯我：你？什么病？我笑了，戳了戳自己的心脏：这里病。

终于到了她家。她已经等在门口了。抿着嘴，盈盈望着我。她向我伸出手，手指搭着手指，把我缓缓牵进屋里。一步一退，一退一顿，像个仪式。夜深沉，恍若梦中。

她叫娜拉。她总是在半夜想见我。她说，我想死你了！我说，你现在才想啊？我可是一整天都在想呢。她说你当然有脑子想了，你是体力劳动者。

她称我是体力劳动者，因为我是电脑工程师。工程师应该是脑力劳动者啊，她说不，只是技术活，只要掌握了技术，身体去做就行了，而她自己才是真正的脑力劳动者，她是作家。

反正她要怎么说就怎么是，她要怎么样就怎么样。她要你来，你就得来,不来就是不理她了。可还没说几句话,她忽然又叫:哎呀,时间不早了,我要开始写作了!也就是说,你得走了。风尘仆仆横穿一个城市,乘了这么久的车,就待这么一会儿?

谁叫你这么久才来!她说。

还久啊?出租车都成了救护车了。

我不管。我想见你时你就要立刻出现。她说。

那我就住这儿了。我就说。

她捶我:流氓!

我知道她会这么说。她是绝对不允许的。但是我真的渴望跟她长时间待在一起,什么都不做,她不写作,我也不需要上班,我们待一起,要多久就多久。那只有去旅游度假。可是时间呢?我有年假,她却没有。她写作。她总是很忙,没完没了地忙,跟工厂开动了机器一样,有时我觉得像是吸鸦片。第一次见到她,是她的电脑故障了,人家向她介绍了我。她叫:我要马上修好!迫不及待。倒好像她是指挥官。可她的硬盘根本读不出来,机械损伤,也就是说,硬盘里的数据要全部报废了。那怎么行?她叫,好像丢了性命。这里有我的全部心血啊!三十万字,你快帮我!我说,好吧,我试试,你先放这儿吧。其实我也喜欢文学,我很知道那硬盘里东西的重要性。不行!她却说,要马上,马上!你马上就给我救出来!简直像催命鬼。我索性说,还得试试看能不能救出来呢,这是世界技术难题!她愣了。求求你,你一定能够救出来!一定能够救出来……她啜嚅,毋宁是在祈祷。

后来她说她是抱着很低的希望了。但是我却成功了。置之死地而后生。她竟激动地抱住了我。我们很快相爱了。

她也渴望有个闲下来的时候。找个很远很远的地方,她说,谁也不认识我们,甚至,荒无人烟!好啊!我说。我也很喜欢。当然这喜欢里也隐含着企图:两个人,既然一起出去了,就可能发生一些事情了,比如住在一起。

她终于可以让自己一个礼拜不写了。不容易，找个不写作的理由，我不知道她需要多大的自制力。我就也去调了年假。去哪里？网上找，电话打，去旅行社问。其实我并不关心去哪里，只要跟她一起出去，去哪里都一样。她是我的旅游胜地，唯一的风景。

有个方案挺不错：九寨沟情侣度假套餐——

最纯最美九寨沟，最真最爱情侣行，配送九寨沟游览全攻略，避开旅行团，私人空间尽情享受，携手与爱人共享真爱时光……

什么情侣度假！她却说。

噢，我忘了，她忌讳这词。她一直不肯承认我们是情人，因为她有丈夫。她丈夫在北京做生意。明白地说，我们是婚外情。只是平时因为她丈夫不在，我常会忽略了这个现实。但是她似乎并没忘记。她很敏感。她说我们只是很好很好的好朋友。怎么个好法？非常好，非常好，非常非常好……再怎么好也表达不了我们的亲密。好到想咬你！她说，就在我下巴上咬了一下。

娜拉喜欢咬我，但是从不肯吻。也许是咬不关乎爱，甚至还能表示恨？有时候我觉得她简直是自欺欺人。比如她不让我碰她。请把你的爪子拿开！她总是说。或者叫：怎么老爱动手动脚？咸猪手！我说我爱她。她说，这不是爱，是需要。

有区别吗？

男人跟女人不一样。她说，男人可以有性无爱，女人可以有爱无性。

你说什么？我叫，有爱无性？这么说，你有爱，你是爱我喽？

她被我抢了白，猛地脸涨得通红。谁爱你了？谁爱你了？想得美！不理你了！

她真的生气了，好几天不理我。我常常自作自受。现在也是，提什么"情侣"，她本来就如惊弓之鸟，这下被惊飞了。一起去旅游，会让问题变得具体了。

2

我没想到这么严重。我只知道我爱她,她实际上也爱我,爱就是最大的理由。当然可能也因我没有结婚吧,我没有转身面对自己配偶的时候。她有,何况她又是女的。

女人跨过这道坎,比男人难得多。

我所以不结婚,是因为害怕被埋进那个坟墓。瞧着结了婚的男人那种阉猪样,我的小腹部总会被剪了似的生疼。老婆盯旁边,孩子缠脚边,老婆叫:他爸,你看,又不听话啦!指的是孩子。孩子正被母亲拴在胸前,控制着。孩子挣扎,去掀母亲下巴,母亲避着,仰着脖子,像一头引颈的母猪。吓!孩子他爸就冲过去,凶着脸,背心短裤,短裤裤腿被振得一抖一抖的,他已发福,手臂肌肉已松弛,拿着小竹批。把手拿出来,他叫,打!

猥琐得可以,太可怕。我还看见一个在随带的皮包里恶狠狠掏了半天,掏出一支圆珠笔,用食指和拇指夹着打孩子。孩子哇地大哭了起来。他还骂:肏你妈的!肏你妈的!

这是我在旅行社营业厅看到的。大家都笑了。你还不就是肏他妈嘛!要不他怎么生出来?可是那父亲没有笑,恨恨地。好像他不是来办旅游手续,而是来泄愤似的。也许他老婆不让他晚上出去,要他待在家里,抬头不见低头见。看她,她有什么好看的嘛!现在好容易要出去旅游了,却还要拖着她。倒不如不去。可是不去又不行。你是不是外面有人了?想跟她去?又会被责问。我庆幸自己能够跟爱的人一同去旅游。我去找娜拉,向她赔罪。我说我还可以去找别的方案,普通的方案。她说不去了。

去吧,我说,去开开心。

跟你去不会开心的。她说,不跟你一起去。

怎么了?

不安全。她说。

我笑了。我知道她指什么。我说，安全的，你别怕，我保证不会动你的。

我怕我会动你。她居然说。

她说着还做出虎视眈眈的样子。我很吃惊她居然这么说，难道她真的是这样？

她旋即笑了。

算了，去北京了。她说。

北京？北京不是她丈夫的地盘吗？

是呀，她说，我要去探亲。

怎么忽然变探亲了？我知道她跟她丈夫感情不好。有什么好探亲的？我说。

他是我老公啊，她说。

她居然这么强调。她一直是不愿意在我面前提她老公的。我愣了。你这是怎么了？我问。

什么怎么了？

不是说好我们一起去的吗？

不行！我不能跟你去！她说，口气忽然变得很坚决。好像她是在说话中让自己思路清晰，意见坚决起来的。

我要是跟你去了，就等于跟你私奔了！她居然说。都什么年代了！难道她是这么老套的女人？我急了。你是不喜欢我，我知道。

我不敢说"爱"，她忌讳这个字。可怜的咬文嚼字的作家哪！

不是。她说。

是！

不是。

是！我说，你不爱我了！

我终于还是说出了"爱"。我想尖锐地扎她。

果然她跳了起来。好像被泼了脏水似的。你说什么呀！她叫。

你不爱我！你根本不爱我！我更叫。

你小声点！她惊慌地瞥了瞥邻屋。邻屋躺着她大姥姥。娜拉的姥姥和母亲都去世了，大姥姥却还活着。大姥姥已经一百多岁了，活成千年老龟。白天请一个保姆照顾着，晚上保姆回家了，老人家就睡觉。我以往都是晚上去，所以她一直没发觉我。其实白天她大部分时间也在睡觉。她的眼睛瞎了，身体也瘫了，东西也吃得很少，只有耳朵还灵着。

大姥姥屋里发出个声响，是喉咙里的痰。是海茂回来了吗？她问。

海茂，是她的丈夫。是我，我回答。

娜拉紧张地拉了我一下。你说什么呀！

我也不知道我为什么会那么说。也许只想恶作剧，她一直不承认我们的关系。我只是面对着这老人，她太老了，像神灵，面对她，我有一种幽深触到心底的感觉。

哦，真的是海茂啊！大姥姥说，什么时候回来的？

刚回。我仍然说。我感觉到娜拉又把我的手拽了一下。她脸已经涨得紫红。你瞎胡闹什么呀！她说。

过来我看看。大姥姥忽然说。

我愣了。这我没料到。她脸色煞白。大姥姥，现在没空的，他刚回来，有点事……她支吾。她看了一眼我，好像不甘愿被我占了便宜似的，一瞪眼，扭过脸去。

怎么过来一下都没时间？大姥姥仍坚持说。

没辙了。其实去一下倒没什么，大姥姥眼睛已经看不见。只是她的耳朵并不聋，还很灵，怎么就会判断错呢？

3

大姥姥躺在床上。我第一次看见她，但是我不知道她长得什么样。

一个人老了，特别是一个女人老了，她长得什么样已经不重要了，性别也已模糊。我们只知道她是个老人。

她居然出生在十九世纪。曾听娜拉说，她原来也很青春美貌的。我竭力想象她原来的长相，一袭旗袍？甚至还很优雅？但是不管你什么样，你只要有了丈夫了，你就会被撩起旗袍，摁着肏。你必须顺从、迁就，因为他是你的丈夫。只要那个叫丈夫的男人要，你就得给，不管你喜欢与否，生病与否。除了来例假，因为他们忌讳经血不吉利，才放了你。我怀疑这禁忌原来是女人们吓唬男人、保护自己的阴谋。弱者女人用阴谋保护自己。

大姥姥很早就死了丈夫了。她嫁的是个鸦片鬼。鸦片鬼把她当工具用了几年，又撒手撇下了她，死了。她没再嫁。现在她摸着我的手，她的手很粗糙，是一双长久没有被滋润的手，冷而糙，像蛇皮。莫不是因此才判断不出来我是谁？她把我整个手臂摸个遍，居然认可了，抓在我手腕上，问：现在回来了？

嗯。我回答。

不走了？她问。

嗯。

可别走了，夫妻在一起，才是夫妻嘛！老人家居然说。

我们都愣了。我没料到老人家会这么说。我甚至怀疑她是故意的。难道她没有摸过娜拉丈夫的手？莫不是我半夜溜来，早被她洞察？她那闭着的眼皮很透明，神秘莫测。

远水不止近渴，画饼不能充饥！她又说。

说得让我心里发毛。我怀疑，她那眼睛不仅能看见，而且能穿透一切。

娜拉害怕了，慌忙支个理由想逃出去。别这么急！大姥姥说，来，把你的手也拿来。

娜拉不敢。

来！老人家固执地叫。

娜拉仍然没有伸出手。那手缩着，好像躲避着测谎器。

老人家急了：你还认不认我这大姥姥？

娜拉这才递过手去。大姥姥抓住了，也摸着，突然把这手压在我的手上。她慌忙躲闪。在平时她还可以不当一回事地让我碰她一下，但是现在却是被抓着确认，她害怕了。我明显感觉她的手在发抖。我倒忽然生出一丝得意。

你们好好过。大姥姥说。

好！我应。

她恨恨地瞪我。

我猛然握住了她的手。我瞧见她简直惊愕了。我赖皮地笑了。她的手被我抓着，像惊悸的小白鼠。她怒不可遏甩掉我的手，走了，也不管她大姥姥在大声唤她。大姥姥紧紧地咳嗽了起来。她却也不回头。我连忙把大姥姥扶起来，拍她的背。老人家终于平息下来了。你要好好待娜拉！她说。

我点头，心里猛地有一种咬破酒心糖的感觉。

我跑出去找她。她并没有走远，就在门外。你充当什么孝子贤孙？她说。

我一愣。关你什么事？她又说，这是我们家的事！

我的心猛地一沉。哦，是，是她家的事。她从来没有这么对我说话。以前她有事，就叫我，好像已经理所当然了，从来没有说是她家的还是我家的。现在我猛地被她一脚踢出了门外。你家？你有家？我叫。

这就是我的家！她应。

你一个人的家吗？我反问，你的家，你家人呢？

在那边。她指大姥姥。

还有呢？我故意追问。

还有我丈夫，她果然说了。他在北京！他去北京谋生去了！我留守看家，不行吗？

她显出很温馨的样子。我就讨厌她这种矫饰。是不是写文章就需要这种矫饰？读小学时老师总叫我们用华丽的辞藻。她甩甩头发，冷冷地瞥着我，好像我只是站在她家门口，她挡着家门，手把着门扇，就要关门。是的，我只是一个外人。我感觉顷刻间一切都失去了。还不就那个小本子？我说。

是的！她干脆说，这是合法！

合法？我叫，合法占有？

是的！她叫。

那么合法强奸呢？

也是！她叫，简直不讲道理。她不像个作家，倒像个愚昧的村妇。她一扭头就钻进自己的房间，她的书房兼卧室。他几乎不在家，那只是她一个人的窝。

4

她的卧室有一张奇大无比的双人床。是她自己设计的。只有她一个人睡，她为什么要设计这么大的床？难道是为了给他留个牌位？

她曾说她一个人睡，从来没有睡暖和过，到早晨脚还是冰的。女人需要男人的热量。她一个人如何熬得过那漫漫长夜？莫不是因此她才要半夜写作？有一次我问她性怎么解决，她说，不去想它呗。掠了掠头发，一脸轻松。太可怕了！不去想就不存在了吗？也许是吧，阴道本就是闭合无缝的。没有空虚，不必探究。太可怕了。我们生活中有多少不能探究的问题？我们的存在本身就是建立在麻痹之下的，我们的身体本来就有一种阿片样物质，那是与生俱来的体内毒品，要是没有它，我们一刻也不得安宁，我们会感觉到血液每时每刻在身体里奔走，神经像闪电一样布满全身。有了它，我们就觉得我们平平静静地活着是理所当然的了。

他几乎不回来，回来也只住一天两天。过年也这样。有一年大年初三，她打手机给我，我问她在哪儿，她说在街头哭。我很吃惊。她说他已经走了。后来我们约去酒吧喝酒。仔细想想，我们就是在那时候开始相爱的。两颗孤独的心，不用其他理由了。取暖，她喜欢这么说。

现在她坐在床上。我第一次瞧见她坐在床上。坐在床上的她显得像那么回事，一个贤妻，不，是旧式婚礼上盖着红盖头端坐在床上的新娘子，等待着合法的强奸。

她显得很焦躁。又很无奈。她说，好了，你走吧！我求求你。她向我作着揖。我感到心痛。她从来没有这么低姿态地求我，我看出了她内心的惶惑。你走吧，她又说，我要休息了！

她说得急煞煞的，急煞煞要纳入她的规范：她已经是人妻了。

一个女人成了人妻，她该变成什么样呢？我曾经寻思那些人妻，她们是不是昨晚刚被自己的丈夫奸污过？她们常会三三两两凑在一起，数落自己的丈夫，是不是也包括被奸污的幽怨？但是她们还得继续扮演家庭主妇的角色，挪着因下身不适而有点蹒跚的步子，操持家务，相夫教子。我曾经听见一个女人对另一个女人说：就是做那事啦，那半路死的！中指一戳。我知道她指的是什么。她这么说时并没有羞涩，因为对方也是被同样对待的人，这很正常。只要是人妻，那裤子里面都有着屡屡被虐的伤口。她也不愤怒，只是无奈，甚至好像只是怨恨她丈夫别的事，比如好吃懒做啦，不顾家啦，老把烟灰抖到被头上啦。

我曾为满街有主的女人感到惋惜，她们长久被占有了，只能属于自己的丈夫了。难道她们不憾然？一个人一生只能和一个人做爱，是多么地可悲。因为你不是我的丈夫，所以无论如何不在我考虑之列；因为你是我的丈夫，我就无条件地给你，不管我喜欢不喜欢。当然你要问她们，她们也可以回答你，她们确实不喜欢跟别的男人做，因为她们的潜意识已经被规诫了，她们已自己切断了通往真实的路。

这里面要是有爱还好些，但是你有爱吗？

你怎么知道我没有爱？她辩。

她居然这么说。那么你也爱我吗？我反问。

我没爱你。她说。我知道她会这么说。她应该庆幸她从来没有承认对我的是爱。不管我多么爱她，也不会得到她的爱；不管她丈夫多么不爱她，她也仍然把爱给他，要去他那里。

那么好，我说，那么我问你，他要是爱你，为什么他不跟你做爱？

我这么揭她，简直恶毒。我知道。我瞧见她的脸刷地白了，嘴唇哆嗦。但是我无可选择，只有这样才能遏制她。那是她曾经跟我说过的，她丈夫即使回来了也不跟她做。丈夫不跟妻子做爱，那妻子的身体只能荒废掉，发霉，烂掉，生锈。

你怎么知道是他不做？她说，是我不肯，还不行吗？

她说"还不行吗"，明显是一种狡黠，使她的话也可以被解释为一种假设。可是她还是感到虚弱，又再进一步，叫：是我怕疼，还不行吗？

要是妻子不让做，那么丈夫也只能熬着，因为你有了妻子，你就不能再找别的女人做，你就只能不做。

那么好，我说，那么他呢？你不让他做，你爱他吗？

爱，又怎样？他也不愿意做，还不行吗？她说，他爱我，疼我，还不行吗？又是"还不行吗"！这是一种反问，她的谎言在她的这一下下反问中变成了事实。你们男人以为有洞就可以往里戳，不管什么时候，不管什么样的尺寸，你们以为女人的阴道是灶膛吗？什么样的木柴都可以塞进去……

我吃惊。她怎么这么说？说得这么粗野？也许她也觉得了，她又说：这是我们两个人的事，你管得着吗？

他们两个人？是的，是他们两个人。何况他们是合法的夫妻？这世界上无论谁跟谁，都可以凑成两个人，你不能说他们不是两个人。即使她曾经跟你是两个人，也可以把你排斥出去跟另一个人成为两个人。

我真的要休息了，她又说，你走吧。

你走吧，你走吧！你快出去！她忽然大声叫，出去！好像恨不得把我扫地出门。她的家里不能出现我。我是魔鬼。我还没有反应过来，就被她推出门去。我已经被关在门外了，她仍然在号叫着：你出去！快出去！那号叫，毋宁是说给自己听的。我听见她的大姥姥在叫：你们怎么又吵架！

可见她丈夫回来时，他们总是吵架。

老人剧烈地咳嗽，咳得憋过去似的。我想提醒她去看看老人，可是我不知道我该怎么称呼老人家。她是我什么人？我是什么人？

我什么都不是。

5

这个楼道，我非常熟悉，多少次半夜三更进出，没有灯光，我都不会摸错，不会踩空楼梯，但是它跟我没关系。她把我撤销了。

我后悔我们为什么要想去旅游。假如没这劳什子念头，我们还能浑浑噩噩混着。虽然很多时候她让我很无奈，一种不到位感，包括她一直不肯跟我有肉体关系。到了肉体融合才能最到位。我曾经这么跟她说。

那是你们男人的想法。她说。

难道你们就真不需要？难道你是性冷淡？

她说性不是太重要，归宿感更重要，如果能给她归宿，她可以不要性，这本来就不是很强烈的东西。所以很多女人会那么安心地做贤妻良母，而不觉得自己性上有什么欠缺。并不像你想象的那么可怕。她说。

男人生性是野狗，女人则是家猫。也许吧。可她难道就真不想吗？她为什么喜欢咬我？不让吻，可是有一次她让我吻她的额。半夜我要走了，她躺到床上去，让我吻她的额头，说晚安，晚安！我说。她眯地一笑，嗯，点头，像乖孩子。Bye！她说。然后我关了灯，离去。听着你清脆的关门声，有一种家的感觉，真好！过后她说。

家的感觉？作家的说法就是特别。那是她刻意设计的梦幻场景。

现在她不理我了。她家的门紧闭。我敲门，她不开。我找到一个能看到她卧室兼书房的角度。她在写作。她一直这么写着。她不会写昏过去？曾经我问她，她说，昏倒不是问题，应该是"疯"，写疯过去。

写作是一种残酷的审视，文字是逼人的，没有思索清楚的东西是形不成文字的。她说，就像你的数码程序，错一个码都不行。是吧，怪不得很多作家诗人是疯子。那么她怎么就不会想到自己生活的可悲？怎么不疯？

我打电话给她。她接了。可是又挂了，把话筒放一旁。我又打她手机，她看了来电显示，掐了，从此关机。

我去敲门。不开。门上有猫眼。她把自己跟外界隔绝了，难道她就不需要人家？我忽然希望她出个什么事。我这么想真是对不起她。

她那么安安静静地坐在那里写着，写着，我不得不佩服女人的忍耐。男人痛苦了要去喝酒，去撒野，女人却能平平静静，一点事没有似的。我怀疑那不是女人善于忍耐，而是善于遮蔽。不去想它呗！她不是说吗？

夜深了，她仍坐在那里写着。仍不接我的电话。那门也仍关得死死的。更糟糕的是，我的假期一天天临近了，如果不预定旅程，她即使同意去，我们也去不成了。

一天，那门打开了，一个穿白大褂的被她迎了进去。待我跑过去，那门又关了。

好像她大姥姥生病了。什么病？老人家这么大年纪了，这可不是可以掉以轻心的。医生在给她大姥姥检查着什么，她在忙里忙外，我发现，他们家多了一个人，一个男人。

白大褂走了，我又打电话给她。通了，也许她以为是医生。我问：大姥姥病了？

她说，是。

什么病？

老年病。她说。她的语气很冷静，好像接线员。就这样吧，她说。就挂了。

不容我多说一句。我又打给她，她说，你别再打了，他回来了。

哦，那男人就是她丈夫。衣冠楚楚，很商务。大姥姥病了，她当然要把他召回来。我第一次看见她丈夫。我们交往这么久，她从来没有把他的照片给我看。有时候我会寻思：她的丈夫是什么样的？既是老板，可能有点脑满肠肥吧？果然是。我还猜想他没心肝，资本家嘛，唯利是图。但是我错了。他不仅回来了，而且还给她带了一台最新款式的手机。她后来告诉了我。他从不拒绝她的物质要求，要多少给多少，很大方。这其实也很好理解，稳住后方嘛，何况他又那么有钱。说不定他给别的女人更干脆呢，还说不定，他是为了补偿。

匆忙回来，还记着给她买最新款式手机，这功夫可真练足了。她很满足，把手机挂在胸口上，一下一下磕着她的胸脯。她就这样带着她丈夫出来了。

他们上了出租车，我跟着他们。出租车停了下来。他出来了，大模大样地就走掉了，看得出来他是坐惯了有司机开的小车的。她连忙出来去追他。她把手插进他的臂弯，可是很快就脱出来了，他走得太自我。她只得抢前几步，又去钩他。

她在他的边上，显得小鸟依人。她做出很幸福的样子。女人需要这种幸福感，归的感觉，她要让人家看到她有丈夫。可是她其实走得跌跌撞撞。她拽着他，她像他的累赘。

她拉他逛百货。我也陪她逛过百货，买东西。只是她不可能这么挂着我的胳膊。但是服务员还是把我们当作一对了。她喜欢逛花团锦簇的床上用品柜，特别温馨，特别有家的感觉。想象着把这一切装点到自己家里，该多么好！但她说话经常会穿帮，一不小心就说"我家的"，而不是"我们家的"。她始终没有说"我们家的"。

现在她也带他去逛床上用品柜。她一定很顺溜说着"我们家的"吧？

她不停地跟他说着什么,他听着,没有表情。后来她把胸口上的手机托起来,好像把话题引到了那他买的新手机上,他才笑了一下,但也是笑得懒洋洋的,含意模棱。

她难道就不觉得无趣?

他们回家时,她又拿手去牵他的手。这可是个好办法,因为手臂的伸缩性,他的手就没那么容易脱掉了,而且又被她搭着钩。她的手指搭着他的手指,还摇荡了起来,像一对甜甜蜜蜜的小情侣。牵手,牵手。但是只要你细心看,这摇晃的动力完全只在她这边,他只是随着她动。她的幅度大,他的幅度小,甚至只是一种小摆动。有一次脱钩了,他的手立刻就垂了下去。她连忙又去寻找他的手,抓,抓,抓,终于又抓到了,又荡啊荡。

她为什么偏要这么做呢?那毋宁是在表演,表演爱。她当然不知道我在看,她至少是表演给自己看。也许她想以此告诫自己:我是有丈夫的女人了。甚至她所以把他召回来,主要也是因为这。大姥姥的病似乎还没有到了非要把他召回来的地步。

他们走进了他们的家,门关了。拉上窗帘,关灯。我蓦然一个揪心。他们接着要干什么了?谁都知道要干什么了。他回来了,她是他的妻子,她理所当然要接受他。强奸?当然也未必是。我想象他上了床,她也上了床,然后他开始动她。她被动时是什么样?她感觉这是应该了?符合道德了?但是跟没有感情的人做爱,道德吗?

她配合他。有酥麻的感觉吗?这个男人是她的丈夫,这个给她幸福的男人就是合法者,归了,归了……她欣慰地闭上了眼睛。我不能想了。现在已经做到什么程序了?他已经进入她了吧?我简直要冲进去。

可是我能进去吗?我是什么人?我只能站在她家外面,这黑暗中,我只是个隐身人,只能在她丈夫在的时候遁形,我只是个梁上君子……

突然,刷!那窗帘拉开了。我大吃一惊,慌忙缩到更黑暗中。一个人影出现在窗口。从身材看,不可能是她。那是她的丈夫。衣裳平整,动作慵懒,他在窗口抽烟。我忽然哑然失笑了,唉——他们怎么可能做呢?他们是老夫老妻了,会有什么兴趣?而她,对他没感情,又怎么可能有快感呢?

6

她把他召回来是个失策。反而把自己的路堵死了。

他要走了。她对他说:我要去北京。

他说:去北京干什么啊?

看你啊。她说。

不是刚看的吗?他回答。

她无言了。为什么不能再看?人家想你嘛!她想说。但是她说得出来吗?再说,说出来了再得到,有意思吗?

你也得让我有个探亲的地方,也得让人家觉得我有丈夫!最后她说,怨恨地。

他怎么说?我问她。

他说他很忙,她回答。她不再说话了。他走后她又打电话给我。我知道她是郁闷了。

男人总是说忙,忙是推脱的最好借口。我说。

也许他真的忙呢。她说,一个公司,事情当然会很多。

我真恨她又回到为他辩护上来。那只是她自己不愿意承认,她自己在骗自己。得了吧!我说,你难道还看不出来吗?

看出来什么?她问,很慌张地。好像害怕什么被我发现了似的。

我忽然生出一丝残忍:你去了人家怎么方便嘛!

你什么意思嘛!她说。

就是这个意思,我说,人家在北京有人了,你去,不是妨碍人家吗?

你胡说什么呀!她叫道,你这个人嘴里就没有好话,真恶毒!

不是我恶毒，是现实残酷！我说。

什么现实？她反问，你看见了？

我确实没看见。

没看见的东西你怎么知道了？胡说八道！她大声反驳道，仿佛是要用这声音赶走我这诅咒。

你怎么就肯定我是乱说？我也说。虽然我没有证据证明她丈夫在北京就是有女人了，但我并没有错，有几个老板、富人不包二奶的？这世界上有不好色的男人吗？普遍原理。

你怎么知道他就有？她说。

你怎么知道就没有？你怎么知道他就对你还有感觉？

她不说话。

我再告诉你个基本原理吧。我说，男人就好像火力发电厂，它需要刺激源，可是单个的刺激源会使敏感度下降，输出电阻过大，直到疲劳了。这时候就需要新的能源，也就是新的刺激源，像太阳能呀、核能呀这样新鲜的东西……

哎呀你别跟我摆谱啦，我是科学盲，从中学起，理科就不及格！她叫，我没时间跟你胡搅蛮缠，你别再烦我了！我忙死啦，累死啦！

她又说累。忙？她也忙！是不是她和她丈夫两个都忙，就什么问题也没有了？她有什么忙？整天在家里，就是写作，也不至于老写吧？我还要上班，还有那么多实际工作要做。她说你懂什么。我这是没开始没结束，没完没了，醒着都在想，睡了也做噩梦，你怎么能理解这没日没夜的忙，累！

你以为就你们男人会累，女人就不会累！她忽然又说。我不知道她指的是什么。

她嘤嘤哭了起来。是不是她已经察觉到她丈夫什么了？现在这世界什么事不可能发生呢？只有你没有想到的，没有不会发生的。也许她还已经掌握到证据了。只是她没有捅明。这种事，去捅明干什么呢？哪方去捅明了，哪方就被动。可是她为什么也不对我说呢？

她什么也不说，只是哭。我不知道该怎么办。有什么就说嘛，只哭不说，算什么呢？

你让我安静一下，好吗？最后她说。挂了电话。

直到第二天她无声无息。我再打电话，她不接。又这样！我去她家。她开门了，头发披散，眼睛红肿，看样子，已经很久没洗脸了。她穿着睡衣，皱巴巴，零乱，像个零落风尘的妓女。我们找个地方吧，她说。

好啊！我说。

现在。

现在？

找个没人的地方，她说，我想叫。

我也想。谁不想呢？我们总是被各种各样的眼睛盯着，压制着。你已经有了固定的身份了，固定的角色，无论你做什么，都要考虑跟你的角色合不合适。你得核算一下成本。我们是文明的现代人，衣冠楚楚，像被套上一个模子。我们住的是装修得好好的房子，进要脱鞋，大小便应该上卫生间对准便器拉，有痰应该到特定的地方吐，公众地方不能抽烟。我们是父母的儿女，长辈的晚辈，在她，还是人家的妻子，将来还要做孩子的母亲，怎么敢造次？

那晚上我们喝了酒，到郊外，一个没人的地方，号叫。我没有想到她的声音会那么尖，好像不是她发出来的。我惊讶。

她号叫，然后号啕痛哭了起来。我慌了，安慰她也不听。好像长期以来的冤屈都在这时发泄出来了。我直觉她一定有什么事。虽然她一直说没有事，我就是不相信。我越来越觉得她跟我很疏离，原来那个她并不是她。

夜很深。深夜它不说话。

她忽然跑了起来。我也跟着跑了。没有车，没有人，我们像两个孤魂野鬼。她跑一阵，停了，我也停了。她又开始哭。我说我不再提去旅游了，我们不去了，好吗？

她说：你是不是嫌弃我了？

我说没有呀，只是旅游这劳什子让我们多了那么多事。

你想省事吗？她却说，你想抛弃我了！

我说没有，怎么会呢？我想要你都想得不行了，怎么会抛弃你呢？她不信，就又哭。我也哭了。

她说：谢谢你陪我哭。

那么柔弱，令人心痛。我猜她丈夫不会陪她哭，她也不会对着她丈夫哭。她只对我哭。

我们去旅游吧。她忽然说。

我简直不相信我的耳朵了。

可得找个有创意的，她又说，挥挥手，显出很轻松的样子。好像她纯粹是奔着开心去旅游的。那个痛苦的她蓦地不见了，云开雾散。倒把我撂在阴影中。没心没肺。

有时候我挺不满她这种没心没肺。

7

不管怎么说，我们可以去旅游了。我又开始找，去哪里？去哪里……

去海南？

不好，她说，没创意。

去西安？

去过了。

那么去敦煌？

也没创意。

那去张家界？

你怎么就不会想出有意思的？她说，没一点吸引力。

世界这么大,居然没有打动她的。难道她就只为了吸引力才去的?难道我没有吸引力?把鼠标都点烂了,电话都打坏了。我又找到一家旅行社。

旅行社小姐眼睛弯弯的,带着笑。先生您是几位呢?

两位。我说。

我们有国内游、国外游,国内游的我们可以向您推荐武夷山,这是我国唯一被联合国评为自然和文化双遗产的旅游胜地,国外有欧洲五国游、九国游……小姐说得像倒豆子。

去欧洲,出境手续办来得及吗?我问。

请问您有护照吗?

没有。我说。唉,我们这之前怎么不会想到去办护照呢?不然异国情调,该有创意了吧?

那恐怕来不及了。小姐说。

遗憾。

您可以去香格里拉,小姐说,也一样神秘浪漫的。

香格里拉?真有这地方吗?我问。

我听说所谓的香格里拉,只是一个英国人的杜撰。他说在神秘高山和蓝月亮峡谷间,有一个使人陶醉的世外桃源。

有啊,小姐说,就是在我国云南的丽江啊。已经考证出来了,"香格里拉"这个词出自英国小说家詹姆斯·希尔顿《消失的地平线》这一小说。

这我知道。

据考证他的灵感来自当时的《国家地理杂志》。这杂志介绍了纳西学之父、人类学家瑟夫·洛克在云南西北探险的经历。他在丽江生活了二十八年,拍了很多以丽江为中心的滇西北神奇风光。令人称奇的是,小说中描写的香格里拉与滇西北地区,特别是丽江的实际十分吻合,甚至是地名也吻合。丽江县的老君山山脉沿金沙江到梓里铁链桥一线广大山区,清末就称为香格里,其东部称东香格里,西部称西香格里。而希尔顿书中"香格里拉"的"拉",也与当地的习惯用语相近……

小姐滔滔不绝地说着。显然她是训练有素的旅游推销员。她说得言之凿凿,总之是要你相信。好吧,我信就是了。其实旅游不就是玩感觉,似假似真。

这里还有奇特的风俗,小姐又说,摩梭人的"走婚"。

"走婚"?

是的,小姐说,在全人类都普遍实行一夫一妻制的今天,在泸沽湖却仍然保留着一种奇特的"走婚"制度。

我恍然记起,我的几个同事就开玩笑说过这事,说光是为了能"走婚"就值得去丽江住下,不停地换老婆,多好!

这挺稀奇。应该有创意了吧?我抱了一大叠宣传材料回来。什么乱七八糟的!她却说。明显指的是"走婚"。

这又有什么?

是没有什么!你觉得没什么,并不等于我认为没什么。我看你是巴不得去"走婚"呢!

她怎么这么说我!难道在她眼里,我是这样的男人吗?难道她真的觉得我是个花花公子?她以前说我对她只是需要不是爱,难道她真的这么想吗?有时候觉得她看我挺恶毒的,难道是以小人之心度君子之腹?

什么嘛!我说,要是真是这样,我为什么要来缠你?搞得这么苦,我随便找一个人,满世界女人多得是,又不是没处找……

好啊,你准备去找了!不料她却紧紧抓住我的话,叫。简直不讲道理。那么你去找好了,也免得把我拖得这样人不人鬼不鬼的,私奔,背叛!

又是这话!我讨厌她这样子,一本正经。她一道德,就反衬了我不道德。她那么讲道德,那么她为什么还要我去找有创意的?再有创意也不会去,那不是在要我吗?我叫:难道你就很道德?人家"走婚",至少是以感情为基础的,而你们呢?没有感情还凑在一起,你们以为自己很文明,文明之都,哼,北京!

我不知道为什么攻击起北京来了。我知道没道理,但是我不可遏制。你以为北京有什么了不起?我叫。

没什么了不起可人家容易来钱呀!她说。

我愣了。钱?我简直不敢相信,她会这么说。她一直貌似很独立的。女人哪!天下的女人都一个样。

她也愣了一下,可是她马上像是更下定决心地又说了下去:至少我老公能养我,我需要他养。要不然我拿什么养活自己?你以为稿费能养活我?

确实,她的稿费不能养活她,她还没有出名。(她这种思想境界怎能出名呢?)可也不能见钱眼开呀。可是她却越说越理直气壮了,手一挥一挥的,动作轻佻,像个痞子。你知道婚姻的实质是经济关系吗?她说。

那你可以找个更有钱的人养呀!我挖苦。

是,可以!她回答。

那你不是成了妓女了吗?谁有钱就跟谁,跟他睡觉,不爱也跟他做爱。

她嗷地叫了起来,我知道这话把她扎狠了。是呀,我就是妓女,我不仅跟我老公,还跟你,我就是妓女!她叫,去抓自己的脸。我这不要脸的,妓女!

我慌了。如果因为别的原因,她去死了我也可以不管,但这是因为我,严格地说,是我把她拉到如今这境地的。我是罪魁祸首。我去控制她的手,不让她抓自己的脸。她拗不过我,就又放声大哭了起来。

我跟他没爱,我也跟你没爱,我不要爱了!她叫。那边大姥姥也大声咳嗽了起来,好像要憋过去了。我提醒她,她止住了哭。

不再哭的她,好像被缴了武器。她垮掉了,样子让我心碎。我这是怎么了?本来我们应该相濡以沫,却如此自相残杀。我抱她,把她的头搂在自己的胸口。她的身体柔软了,我明显感觉到,她瘫倒在我身上,像一只午后的猫。我吻她。她忽然敏感地逃开了。

她远远地对着我，她的脸白得像尸体。

她的身体也像僵尸，好像跟我隔着两个世界。咫尺天涯。

多少日子来，我们离得那么近，却又离得那么远。为什么？为什么爱她这么苦？即使是狗男女吧，这世界上这么多狗男女，他们都过得好好的，为什么我们就不行？

8

有时候真想放弃算了。她有什么好？我竭力去想她的坏处，让自己讨厌她。

我真的还想过把情感转移到别人身上，随便什么人，转向她，把她当作防空洞钻进去。可是不行。全世界这么多女人，我就独独爱她一个。

有时候她也会问我：我真有这么好吗？有。我说。我真的觉得她是最好的。她倒笑了起来，说：你简直不顾事实，不像个读理工的。

是吧，她倒像读理工的，那么冷峻，简直冷峻到了无趣的地步。开个玩笑，她就要当真，比如我说我们在一起，她就立马说：谁跟你"在一起"！

我说：这不，你在这里，我也在这里，我们俩不是"在一起"吗？

那你给我走！她就说，你马上走！

她就要赶我。好像不把我赶走就会铸成大错。我说，人家不过是开个玩笑嘛！

这种玩笑少开！她说。

她脾气粗暴，乖戾，一点也不顾我的感受。有时候我怀疑她是真的不爱我，只是你要维持，你就忍受我吧，不然你就走，我还不想要呢。

有时候她会说：能不能只你爱我，我可以不爱你？

什么话嘛！不可以。我说。

不可以？那我也不要你爱我。她说。

没办法。只能我单方施予，这没有回报的爱。我爱她，呵护她，甚至纵容她，谁叫我爱她呢？

把她哄得舒舒服服，然后才有我要的。也许爱真是需要阴谋。诓她，哄她，需要技巧。但爱一旦要用技巧，就大打折扣了。

她舒服了，说：你真好！

我说，好就让我吻一下。

她伸出了脚。

要吻，吻这里。她说。

我以为她开玩笑，就装作真要舔的样子。我以为她会缩回去，不料她竟然没有缩，反而闭上了眼睛。我真的吻了下去，她呻吟了。天地幽暗。

我的吻变成了舔。我舔着她的脚，我的感情成了汩汩黑流，我感受到了黑暗的快乐。我从脚趾舔到了脚面，舔到了小腿……我直奔大腿。她猛地惊醒，挣扎，可是她的腿已经被我紧紧攥住了。她穿着睡裙。大腿毕现了。她腿不大，仍然很嫩，像青蛙。也许感觉到了腿上的凉意，她挣扎得更加厉害了，但是我已经揪住了她的内裤。她的内裤很精致，镂花的。她穿着这么精致的内裤给谁看呢？难道是给自己？或者她已经预感到哪一天会出现这样的情形，甚至，根本就是在等着。

那内裤被我扯下了。几乎是她的挣扎造成的。她猝然安静了。听说被强奸的女人一旦被冲破防线，就会马上安静下来。我成了强奸犯？好吧，我就当强奸犯吧！

我爱她。可是我的爱却要通过强奸的方式来表达。可她忽然趁我不备，挣脱了出去。她迅速拉上内裤，放平睡裙。她闪在一边，背撞到了墙。她的房间那么小，中间又横着那个硕大的床。我追她。她很快被我逼到床边角落了。可是她爬上那床，翻到另一侧去。慌乱中她撞倒了挂衣架，哗地一响。那边的大姥姥又咳嗽了起来。她的动作马上凝固了。我想过去，她叫：你别过来！

我停住了。我爱你。我说。我的样子一定很可笑。性是爱的必然结果，自然而然，爱了，就拥抱，就吻，到了状态就做爱，水到渠成。现在我却要刻意去表达，竭力去达到目的，费周折，即使最终达到了目的，我也成了流氓了。至少也像躺到床上想睡了，又要起来去关灯，睡意全无。

我知道，好在她还说，我知道你爱我，可是我不能！我有障碍。

还是老问题！有障碍，说明你不够爱我，我说，你的爱不足以让你冲破障碍。

你要我冲破障碍吗？她问。

当然！我说。

你受得了吗？她叫。

为什么受不了？我应，我就要你全部。

那么你全部给我了吗？你能全给我吗？你能娶我吗？你能给我一个家吗？你不能。那么你有什么资格要求我全部给你？

我愣了。确实，我不能。她的话照见了我的卑劣。

那么她呢？其实我们只是在交换，盘算成本，男人想确认他是不是买到了，女人则想确认她卖得值不值。我的精液回流了，黯然地，像惨败而归的部队。

她似乎也觉说得太尖刻了，走过来了，对着我。

对不起。很久，她说，你去找小姐吧。

我震惊。

9

她并不是在开玩笑。她是说真的。她说得那么抱歉，那么痛楚。

难道我们的关系到了如此不堪的地步？她无论采取什么手段都要把我推出去。

是不是嫖娼比婚外恋还道德些？也许只因为，这样她可以逃脱干系，做个良家妇女。所以吧，早在两百年前就有人提倡保留妓院，为的是良家妇女不受侵害。也所以吧,这满街有那么多妓女,它们是社会安定家庭稳固的柱石。男人在这里得到了性满足,然后就能平心静气地回去扮演他的家庭角色社会角色了。

不要爱,把爱分成两部分,一部分是责任,一部分是性,把爱转化为性,问题就简单多了。就不会再纠缠她了。她是这么想的。她不是在开玩笑。她是说真的。她的神情是那么抱歉。对不起,她说。看着自己深爱的女人这么痛苦,我感觉自己简直罪孽深重。

难道你就不需要爱?我问她。

她摇头。不要了,不需要。你饶了我吧,让我平静地活着。

平静地活着?是的,所有的人都在平静地活着,我的那些朋友也是这样。他们活得很好。他们不谈情说爱。谈什么情?爱个屁!累不累啊?他们说,要解决,找小姐去呀,做完就算,干脆利索,简简单单,清清爽爽。我要对他们说我和她的事,肯定被他们笑死。

无处诉说。我在 QQ 上说了一次。对方说:难得你还有激情。是不是性不能解决呀?去嫖呀!

也是这口气。看来娜拉应欣慰吾道不孤。

也许我应该从自己方面找原因,寻找解决。我应该退。我真应该像我身边那些同事学习。以往,在他们咋咋呼呼谈论小姐的时候,我就像一桶自满得不再淌响的水,在一旁静静想着她,独自享受着自己的世界。他们不能理解的。他们做爱像编程,他们不能理解什么是感情。

我们一起去桑拿时,我不找小姐,至多只是找个做正规按脚的。他们说我可能有问题。他们要是知道我却在这里这么苦苦追求,该做何感想?

他们一定会笑,笑我舍易求难,笑我傻。有一次,他们看报上一个婚外恋闹得拼死拼活要离婚的,他们说:现在怎么还有这么傻的人?什么年代了?还离婚?再结婚?咮!

傻,是我们这时代绝对摈弃的,它意味着你被打入另册。这是一个智力的时代。好吧,我不当弃儿。我也可以吃得开的,我什么比不上别人？只不过，这场爱让我变得弱智了，恋爱中的人，智力处在最低下状态。

我去找小姐了。娜拉，是你叫我找的！是你把我逼到这种境地！你会后悔的！

发廊门口一溜坐着小姐，袒胸露乳，她们的肉被红色灯光照得粉粉的，让你想吃。只要你要，她们就给你了，这乳，这腿，这阴道，你拿去用就是了，你不会被拒绝。只要你不想到那该死的爱，事情就这么简单，便捷。不像她，你千辛万苦还不能得到。其实想想千辛万苦都为了什么？实质还不就是这？那些千方百计向女人献殷勤的男人，疲于奔命，其实还不是为了裤裆里的那个东西？看他们兜着那么大的圈子。我曾经有个邻居，操办婚事，被女方这条件那条件苛刻烦了，站弄堂口，戳着自己下身，骂：他妈的，还不都是为了这个屌！

我叫了一个小姐。她比娜拉性感。这是肯定的，这是她们的资本。要是纯粹讲肉，比娜拉好的肉多得是。她一进包间就劈里啪啦脱了起来，一边叮嘱我也快脱。我说，别脱。她很诧异。

是的，不脱怎么能搞呢？可是在我的性幻想里，我还从没有期望过把一个女人脱光了搞的。小姐已经脱光了。她白刷刷像死猪肉的身体让我索然。我叫她重新穿起来。她犹疑地问：你搞不搞？

搞。我回答。

她穿上了。我把她抱住。只是抱着。她搞不懂我怎么了。她站着。我把脸伸过她肩头，贴在她耳鬓上。她没有反应，没有出声。而在娜拉，有一次，在我深夜离开她家，欠身在吻她前额时，忽然一阵冲动，在她耳鬓磨了一下，她蓦然发出一个不可名状的声音，一种战栗，一种叹息，发自肺腑的，终于透出来的，带着疲乏。那声音我至今不忘。

可是在这里没有出现。我为什么偏要希望出现呢？

我要小姐发声。她茫然地把头仰后，看着我。我说，你叫。她好像明白了，发出了一声叫。很职业化的，让我失望。我就把手兜到她的衣服底下去，兜住她的乳房，希望以此激发她的感觉。我并不想动她，我对她的身体没有欲望。

可是她叫得仍然没有感觉。

她又把头仰后,看我。如果是娜拉,我相信她这时候是不会睁眼看我的,她的眼睛应该是闭上的,醉了似的,甚至稀里哗啦全垮了。而小姐不会,她是在工作。

我明白了,我为什么不能舍弃娜拉,就因为不能舍弃她那声音。那声音魂牵梦绕,折磨你,把你的心捣成烂泥。你会为她去献身。这就是爱和嫖的区别吧,就是情人和妓女的区别吧,就是感官和感情的区别吧,一个人爱上另一个人,重要的并不因为对方的硬件,而是软件,甚至是不可捉摸的感觉,那声叹息。

我没有再让她叫。可是她好像摸到了路数似的,连声叫了起来。同时她伸手把我的东西抓住,紧密地扯着。我感觉到包皮很痛。我把她推开了。

她说,没关系,没有动,怎么搞得起来?

我说不要了。爱是不能做假的,男人阳痿,女人没有爱液,会痛。也许大家都这么做,可是我不行。因为要爱,所以我不行!我简直想哭。她仍然过来动我,我喊:不要啦!

真的,我不想。如果是娜拉,即使没有碰她,我也会勃起的。这就是吸力吧。吸力?还有人相信这虚无缥缈的东西吗?可悲的是我还信着。我还信着爱,我自觉得无比高尚。我摔下小姐,轩昂地走了出来,我听见后面她们在议论:哼,阳痿还这么神气?

10

大姥姥没了。

说没就没了。昨天还在守贞操,今天就没了。

我倒觉得这生命太长了,不知道怎么打发。娜拉却说。

我知道她是指自己。是,假如像她这么折腾的话,这饱受折磨的一生真是太漫长了。

　　大姥姥熬了她漫长忠贞的一辈子，终于圆满了，圆满得像个艺术品。可是她死前却将这艺术品打破了。

　　在她死的前一天，她忽然异常清醒，目光晶亮，有神。一个人要死了，她的一生总有不甘，她要挣扎着醒来说话。

　　大姥姥说了什么？后来我问娜拉。

　　也没什么，娜拉说。她不想说。

　　她一定说了什么了！我追问。我从她的神色中看出来了，她在回避。也许因为大姥姥死了，凄凉的缘故吧，她不想失去我。她叹了口气，甩甩手，说，姥姥说，她看见了。

　　看见了什么？

　　亲人呀，母亲，父亲，兄弟姐妹，亲戚，都是已经死去的人。吓死人了！

　　毛骨悚然。

　　还看见了我妈。她说。

　　哦？

　　大姥姥说：你妈来了，怎么不让她进来？

　　可是门口空空的，什么也没有。

　　你妈总是很乖的，很守规矩，跟你一样守规矩。你叫她进来吧！大姥姥又说。娜拉叙述着，眼圈红了。我知道她想母亲了。我喜欢她哭，那是一种到位的情绪，不喜欢她没心没肺。我要撩拨她伤心处。你长得像你妈吧？我故意问。

　　你怎么知道的？

　　你别问，是吧？

　　她点头。

　　你妈像你姥姥吗？

　　是。

你姥姥像你大姥姥吗?

是。娜拉说,大姥姥说,她当时就想给姥姥取名叫娜拉。

娜拉?

嗯。可当时她不敢,大姥爷在呐,根本轮不到由她来取名字。

这个鸦片鬼!害了我一生。大姥姥忽然叫,伸出手臂,枯柴似的,好像要扇对方耳光似的。

扇?

好像我大姥爷就在边上。娜拉说。大姥姥叫着:我不怕你!我现在不怕你了!我要告诉你,其实我的名字叫娜拉,你叫我的不是我真名字,你叫我,我从来没有应过你。你不觉得吗?我叫娜拉!只有我自己知道,我自己叫自己。

这是真的吗?

不知道。娜拉说。

这是怎么回事?

其实也没什么啦,娜拉说,一个老故事。

什么故事?说吧!

大姥姥刚结婚时爱过一个学生,那学生带着剧团来镇里演出,演《玩偶之家》。

《玩偶之家》?我叫,娜拉!

时光猝然缩短了,重叠了,一个多世纪前的,现在的。然后呢?我问。

大姥姥看哭了。娜拉说,一直哭到戏演完,她去后台,那个学生看见她哭,就给她一块手帕,让她擦眼泪,还安慰她,她就决定跟那学生走了。

居然!走了吗?我问,急切地。我渴望她走。我渴望把一切旧道德旧秩序砸烂。因为它们不合理,就应该砸烂。就这么简单。

没有。娜拉说。

为什么?

因为他们都没有钱呀,靠什么养活?

噢,钱!我颓然了。我记起了鲁迅,娜拉出走以后怎么办?涓生和子君。感触忽然连成线了。你应该把这写下来!我对她说。

她摇头:写不出来。

为什么?

写不出来就是写不出来。

我看你是不想写!我说,你们这些作家,为什么总是写花花草草,风花雪月,逃避问题?难道是因为你现在富了吗?就不屑于去写这些事?难道你们觉得现在不存在这些问题了?

不是这问题。她辩。

怎么不是这问题?这问题大姥姥都看出来了,而你却还在回避。所以你一直说没什么,不重要。什么是重要?过去没有经济独立,现在有了,而你还走不出来!

不是这个问题!她又说。

就是!就是这问题。我叫,我火了,想起这些日子我所受的折磨,我真想掐死她。你看看,你看看,从你大姥姥,到你,一百多年的,时代好像没有进步!哈,对了,海茂,海尔茂,简直绝了!那个娜拉的丈夫是海尔茂,这个娜拉的丈夫叫海茂。上帝有眼!有这么巧的事!我叫。

你看你看,她反唇相讥。你高兴了吧?你找到切入角了吧?你也可以去编个老套的故事了吧?一个不幸婚姻的故事,妇女解放的故事,悲剧,应该把它写成悲剧。

你以为我就不会写吗?

你会写!她说,因为你头脑简单。她笑了起来,你可真是学科学的。

学科学怎么了?我说,科学让人懂得真理!

你懂得真理,她说,我不懂。

科学给人力量!我说,我明白了,为什么现在作家没有写出过去那样有力量的作品了。

是,我承认。她说,我没有力量,我掌握不了真理,我不是易卜生那时代的作家,他们相信真理掌握在自己手上,他们能够把握这世界,他们想得很清楚,他们就获得了文字的支持。而我却不行。那个娜拉觉得她对自己有责任,神圣的责任,"人"的责任。可是"人"呢?现在"人"在哪里?已经解体了,已经全是欲望了,成了气体。你怎么不想到要是大姥姥不被束缚她会成为大姥姥吗?是我庸俗,不错,我无能、我混乱、我没有勇气好了吧?你有勇气你娶我呀!你保证我的后半生,你能吗?

还是这问题!

你连娶我的心都没有,还谈什么爱?她又叫。

好啊,我娶你!我应。我自己也愣了。这是我的决定吗?是的。其实说起来,我这么地爱她,我为什么就不能娶她呢?

她却笑了。告诉你吧,我就是离了,也不会嫁给你!

我不知道她为什么要这样,化血为水。

她丈夫没有回来。他说这几天他公司跟一个大客户在谈判,抽不开身。不巧,赶上了!他说,是不是一定要回来?他问她。

她说不必了,你忙吧。

我替她找了个丧事一条龙服务公司。对方在电话里交代:你们家属先把死者衣服换了。

没有亲人,也没有朋友,只有那个保姆。但那保姆忌讳死人,托病走了。好在大姥姥早在十年前就把寿衣准备好了,放在皮箱里。娜拉给大姥姥换衣服,只能由我在边上帮着。也没什么可忌讳的,大姥姥不是把我当成她的曾外孙女婿了吗?我也是她家里人了。

娜拉端来一盆水给大姥姥擦身。擦到下身时,我避开了眼睛。突然,娜拉惊叫了起来。怎么了?我问。

你看!娜拉的嗓音都变调了。

大姥姥阴道居然流出了血。

这是什么？经血？怎么会？

娜拉没说。

办完丧事的晚上，我陪她在家里。她没有赶我走。到了深夜，我把她搂在我怀里。她也没反对。我吻她，她的嘴唇像垮了的城堡之门，张开了。她流泪了。

我把她紧紧搂着。我爱你。我说。

我也爱啊！她说。

我第一次听她这么说，我很惊讶。真的？我问。

真的。她说。

我还是不能确认。你不是说不要爱吗？

傻子，哪有女人不要爱的啊！她沙哑着说，没有看我，好像是对自己说的。

我说：我们结婚吧！我感觉说这话时无限悲壮。

她一抖，抬起脸，看着我，好像不认识我似的。她的额头有几道皱纹，使她显得很苍老。我心里一痛。她老了，就这几天，她被折磨得这么老。我会好好爱你的，我又说，你叫我干什么我就干什么！

要是做不到，我会杀了你！她忽然说。

我一惊。她咬牙切齿，目光凶狠，不像是在开玩笑。

蓦地她笑了。她推开我，站起来。我们去旅游吧。她说。

我喜出望外。好啊，我去找个有创意的！我说。

别找了，去丽江吧。她说。

好！要是让我再找，我还真不知道还能不能找出来有创意的。我立刻到旅行社报名。我们到了丽江。

11

丽江可真是个好地方。山美，水美，人美，浪漫极了。

我们坐着旅行车，从这个景点到那个景点。雪山，峡谷，寺庙，庭院。那些沿途上辛苦劳作的身影，在我们眼中也成了美景。一个摄影家在拼命地捕捉镜头，嘴里赞叹不已。他长得有点欧化，让我想起那个英国人詹姆斯·希尔顿。"蓝月亮"峡谷在哪里？那一座座田园式庭院的"世外桃源"又在哪里？ 1873 年以来，西方人接踵而至，法国人保尔西、特拉佛、杜各洛、叔里欧、孟培伊，英国人乔治·福莱斯，奥地利人洛克，意大利人弗兰克·卡普拉，还有英国小说家詹姆斯·希尔顿……那正是易卜生的娜拉出走的年代。娜拉她也来过这地方吗？

来，我给你们也拍一张。摄影家说，他很热情。

我就拉她拍。她有点忸怩了。但似乎也感到太忸怩反而让人家起疑心，就拍了。完了，那摄影家说：你们真是完美的一对。

我瞧瞧她。确实，我们多么好，不说完美，也是很好的一对。我禁不住把她搂了搂。她娇媚地乜了乜我，我朝她一笑，她也笑了。

没有人知道我们什么关系。我们自己也不记得自己什么身份了，我们是夫妻。

她没再提起她丈夫。为什么不提他？她应该控诉他，她有理由。她应该向我倾诉她的痛苦，我更喜欢她这样，然后我就抚慰她，我们的爱就更切实了。

或者我们也可以谈论她大姥姥的坎坷苦难。可是她只字不提。

没有人认识我们。她曾说我们躲到谁也不认识我们的地方去吧，现在不就是了吗？她说她想住下不走了。

好哦！我说。真的想住下不走了，哪怕抛弃了一切。我们要在一起生活。她说她要开家果汁店，她要我种水果。

她还真的去物色店面了。

我们喜欢在民居吃饭，坐在日常的桌子旁，用着粗糙的还有些不干净嫌疑的餐具。孩子们在边上跑，又喊又哭。那种乱糟糟的情形让我们感觉真实，我们是落在地上生活着的，爱就有了附丽。这是我们跟那些大城市来的人不同的地方。他们的生活原来已经乱糟糟了。那一对老的，也许他们早已相处得厌烦了，他们出来，只不过想寻开心，也就是说，他们原来不开心。那对年轻的，也许他们还有经济上的不愉快，还有很具体的问题，比如家务事该谁做。所以他们出来了，一出来问题就没有了，全由宾馆餐馆提供，车到了就吃，吃了一抹嘴就走。

他们在回避日常生活场景。而我们则跟他们不同。我会给她拿碗筷，为她夹菜，问她吃饱了没有，乐此不疲。它们是我表达爱的道具。我会把她喜欢吃的小饼包了走，给她路上吃，然后再由她分给我吃。我们是因为爱而来旅行的，或者说，是为我们未来的美好生活热身，而不是为修复危机而来的。

我们喜欢在四方街走来走去，在那些杂货铺里挑挑拣拣。狗在门槛边睡觉。她喜欢拣出奇形怪状的东西，套在头上，戴在耳上，穿在身上。我就歪着头，欣赏：唔，好！

那就买啦？她说。

于是真的买了。她穿花戴银，像女疯子。那件纳西服装简直不适合她，但是正是不适合，我们很开心。她还买了个鬼面具。我们在石板路上乱走。她忽然做出要吓我的样子。那是一个晚上，月光照着我们，如在梦中。

我们到了摩梭博物馆。

摩梭人普遍存在"阿注婚姻"制度。讲解员介绍说，"阿注"即朋友的意思，"阿注婚姻"是相当于母系氏族制发展期的对偶婚形式，男不娶，女不嫁，男子夜间去女家偶居，白天仍回自己家中从事各种生产劳动，生育的子女归女方，谓为"走婚"。"走婚"通常没有什么手续和仪式，男女"阿注"之间不建立共同的经济生活。如果女子拒绝男"阿注"来访或者男子不再去女"阿注"家，"阿注关系"即算自动解除。这种情形就类似于你们现在，讲解员借题发挥了一下：走来走去，游来游去，只旅游，不定居。

大家笑了。我瞥了瞥她，她也笑了。

我们又被带到一户摩梭人家。一男一女，还有两个孩子。男的在屋里逗弄着孩子玩。但是那孩子并不是他的，男的是刚来走婚的。女的见我们来了，进去喊男的。她瞧着逗孩子的男人，眯地笑了，竟忘了我们还在屋外等候着。

我们相视而笑了。

多好！我说。

旅游，游客。她说。

晚上，我们住一间。她也没有异议。只是她仍不让我动她。

但能跟她共度良宵也已经满足了。她躺在我身边，这是以前从来没有的。睡前，我在她的额头亲了一下，晚安。我说。晚安。她也说。

我看着她入睡。早上我醒来，看见她仍然睡着。我望着她熟睡的样子，像个孩子。我又轻轻地在她额上吻了一下。她醒来了。她冲我甜美一笑。

醒了？我说。

她点点头，打着呵欠，伸着懒腰，一脸酥麻、幸福。她拉长手臂探过来：你真好。

她突然滚到我的身上。我一惊，趁机抱住了她。

她没反抗。我猛然意识到什么，把她掀翻过来，压住了她，吻她。她的舌头接应着。她的舌头烫极了。

我又去扯她的内裤。她稍稍挣扎了两下，嘴里咕噜一声，就顺从了。她的腿甚至还顺着我的动作，在脱到脚踝时，把脚一绕，脱出裤圈。我惊喜。我感激她。我要把她吞下去！我亲吻她的身体，我的舌尖往下走，她的手搂住了我的头。我吻她的乳头，抬眼看了看她，她的头高高仰起来，好像一只毫无反抗能力的羔羊。我吻到她下身时，她的手猛地紧揪我的头发，我感觉到了痛。

我进入了她。她喟然叹息一声：你把我毁了！

就是这声音！

我被摧毁了。我们融为一体了。我们的爱越深，我们的身体越是不能分离；我的爱越深，我就进入她越深。她紧紧抓住我，搂住我，把我往她身上紧搂，压住她。她突然咬住了我的肩膀，剧疼！她疯狂了。好像豁出去似的，一种决绝。我没有躲开肩膀，让她咬。我渴望疼，疼让我更爱她。这是爱的疼，到位的疼。多少日子了，我等太久了。

疾风骤雨……

我倒下了。我从她身上跌了下来。

她把我的手牵了过去，示意我用手继续帮她做。我知道她要什么。我蓦然感觉她欲壑难填。

我已没有了激情，男人的激情就这么快消失，消失了，就什么也不想了，甚至只有后悔。她拨弄我的东西，我只感觉难受。

终于结束了。她吻了我。我闻到了她嘴里的味道，有点口臭。

我躲开了。我起来。起来吧，我说，迟了。

不嘛，我不起来。她说。

真任性！我想。她是要尽情享受这时光了，也可以理解。我想起了她大姥姥干瘪的阴道，那血。

我要你躺下来。她又说。

好吧，我又躺下了。但是我没有去接近她。我们说话，可是话说得有一茬没一茬的。一会儿我又说：起来吧，再不起来真要来不及了，你听，他们都走了。

我不走。她说。

什么？

今天我不想走，她说，你也不要走，我们就留在房间里。

我想表示异议，但是也说不出这有什么不可以的。我不是你的唯一风景吗？她说。

是的，我说过。

我们自愿放弃，反正旅行团晚上回来，又可以会合了。我们在宾馆待了一天。我们又做了。

一会儿就一次。那么长时间的饥饿,现在我们在恶补。别人用长时间酿造爱,我们浓缩在一天内酿成。我感到有点晕眩。

到了晚上她还不起来。我拉她吃饭,她也不去。我说,我可饿坏了,我先去吃吧。

不许!她说。

我苦笑了。

好吧,一会儿她说,放你一马,你去吃。

我就出去了。外面的空气真好。街上在放水,五花石板路被冲得清清爽爽的。我吃了东西,给她带了点回去。我把东西铺在床头柜上。她说要喂她吃,我就喂了。

她说,你累吗?

累?我想,确实累。但是她能够想到我是累的,毕竟还是让我欣慰的。想想要是不出来,要累还没有机会呢,应该珍惜。我说,不累。

旅行团回来了。他们说,晚上要去参加艳遇派对。

什么?我问。

是新增加的项目。导游说,就是模拟当地的"走婚"习俗,在篝火晚会上,男女艳遇大配对,包括第一次亲密接触、恋人即兴表演、艳遇夺宝、围炉夜话、狂欢之夜、双入洞房……

那岂不乱了?我问。

那就看你们有没有缘分了。导游说得很暧昧。

简直乱弹琴!她说,摩梭人对"走婚"态度是严肃的,并不像你们想象的那样。

只是玩玩吧。我连忙说。

简直是亵渎!她说,我们不参加。

我就也不能去了。虽然我不觉得她说得有道理,只是不想让彼此不开心,把气氛搞坏了。我忍了。

我说你也吃饭吧。把带回来的东西放在床头柜上,铺开。我觉得自已很模范。

她说不吃。

吃点吧。我说。

不吃！她说，就是不吃！我要你抱我。

我忽然感觉背上有点燥热。但是我还是去了，抱了抱她。不行，她说，要一直抱着，永远，永远。

我笑了。她可真是作家。好吧，我就抱着她。我感觉到背上沁出汗来。

外面鼓点响了起来。那个摄影师在敲我们的门，喊我们去参加艳遇大派对。他看看她，她还是说不去。我们不去。我朝门外喊。

去看看吧，我们又不参加派对。摄影师说。

我觉得他说得挺有道理，就又看她。她仍然说不去。

我就说不去。

摄影师走了，所有的人都走了，外面一片死寂。好像整个旅馆只剩下我们两个人。是啊，谁在旅游中一直待在客房里呢？特别是这么一个晚上。我仍然抱着她。我仰着头，我听到了窗外隐约传来纳西古乐的声音。可是我却被她用胳膊拴着。我没想到她这么缠人。现在想来，其实她丈夫也有无辜的地方。男人又不是牛马，不是发动机。

我知道你在想什么。她忽然说。

想什么？

我不告诉你。她说，口气诡秘。

不告诉就不告诉吧，我想，我也不一定要听。我听到外面人声鼎沸。他们在狂欢呐！我竖着耳朵。他们彼此不认识，正因为不认识，所以才放得开，才尽情，无所畏惧。有个很尖的女人的叫声。我能想象得出那女人可能被配对上了，那叫，毋宁是惊喜。我真想去看看她是什么样的，她长得漂亮吗？

我睡觉了！她说，松开我。

我知道她不满意了。我想她有什么不满意的？我有什么对不起你？为了你，这么精彩的晚会我都没有去，你还要我怎么样？我说，好吧，你睡吧。

她就真的把被单一罩，睡去了。我真想不理她了。可是我想想，还是理她吧，千辛万苦出来了，别闹得不开心。我就也去睡了。我去抱她，她也高兴了。她问：你爱我吗？

爱。我说。

她把我压在下面，咬我。她可真是魔鬼。

第二天她仍然不起来。我只得再陪她留在房间里。吃饭了，还是不起来，我说不吃饭会死的！她说死就死了好了，这时候死了，真好！

我知道她为什么这么说。她的感觉一定好极了。她只顾自己美美睡去。好容易看她一翻身，又睡下去了。一点也不考虑我。她居然还能睡得着，还流了口水。床单都发馊了。服务员要来收拾，她也不让。她就是不起来。

我说，别闹了，起来吧。

我没脚。她说。

女人总是在脚上做文章，爱买鞋子，还有缠脚啊什么的。没有脚是不是特享受？我抱你去。我说，我知道她喜欢这样。

好，她说。她就让我把她抱起来。她的身子软绵绵的，她自己不使一点力，赖在我身上，完全由我来使劲。她是不是在说你已经要了我了，我就交给你了，就要你承担了？我很累。

你能一直抱着我吗？她问。

我就抱着她在屋子里大转了一圈，放回床上。她说：这就叫永远啊？

操！我想。

她哈哈大笑了。

第三天，又是睡，不出门。好容易醒来了，她又问：你爱我吗？

又来了。我已经说过无数遍了。爱,过去要对她说这词不容易,现在怎么这么肉麻?

爱,爱,爱!我说。

你不爱了。

谁说的?我否定。

你就是不爱了!她说。

别胡思乱想了,我说,我爱你的。

你要是真爱,就来救我。

救?救什么?我说。

你救不了我,可她又说,谁也救不了我!

说什么嘛!我说。

我难受。她说。

怎么了?

难受。她仍说。

为什么难受?病了?我有点慌了。在这样的时候,可别出现麻烦事。

就是难受!她说。

你说呀,怎么了?哪里难受?

她把嘴凑近我的耳朵。我想尿尿。她说,居然!

她咯咯笑了起来。

这,什么嘛!我好像被摔了一记耳光。不过没事就好。那快去吧!我说。

我不想起床。她却说。

怎么办?她又问。我能怎么办?我想。好吧,我就去找器皿,能装她尿的容器。我找到了茶杯,她说不够装。

我说够吧。她说不够。我又拿来热水壶,她仍然说不够装。说明你对我一点也不了解。她说。

也许吧,这两天她变成我不了解的女人了,她真是疯了。我说,那怎么办？

你说呢？

我怎么知道？我可真烦了。

我要你装我。她忽然说。

什么？我不明白。怎么装？

你愿意怎么装？她反问。

这种猫捉老鼠的游戏，要是放过去，也许有意思，但现在我只觉得无聊透了。怎么装？我不知道。我说。

那是你没心。她说。

也许吧。我想。

我要装在你嘴里。她突然说。

别开玩笑了。我说。

我是真的。她说。

什么？我惊愕。你说什么呀？她怎么能想出这种主意？

我要嘛。她说，这声音从一个酥麻的身体里流出来，带着浓浓睡意。不行啦。我说，我以为她在开玩笑。

我就是要！她蓦地明晰叫道，你不是什么都可以做吗？

她还真记住这话了。这话现在回想起来，恍若隔世。原来她就是把我当臭狗屎的啊！我是说过，我叫，可是也不能叫我喝你的尿啊！

你看你还要讲条件！她说，你不爱我了！

我爱你。

你不爱我了！她叫，不然你就把嘴拿过来！你来呀，来呀，来呀！

她扑过来，抓住我的嘴，往她身下拽，把我的嘴撑开。她怎么这样啊！她居然还来真的了，这是什么女人嘛！她的头发刺拉着，眼角有眼屎，龇着牙，咧着嘴，她简直是野兽。我从来没有发现她是这么可怕，这么丑。她的阴部碰到了我的鼻子，破败，像要烂了，令人作呕。太过分了！太过分了！我忍无可忍。我一把将她揉开。她哇地哭了起来。

我就知道你不爱我！我就知道了！她叫，还好我没嫁你！

12

她走了。

我们再没有见面。我曾经想过去找她，可是她已经搬走了，她邻居说，她去了北京，到了她丈夫身边。

我再没有谈爱，一想起爱，我就恶心。我去找小姐了，一次又一次。我居然也适应了，能够如鱼得水了。人可真是能变的动物。不谈爱，只享受感官，原来也不错。无爱一身轻。我一个一个地换女人。只是我会时时想起她，这个可怕的女人。

有时我会在报上看到她的文章。她仍然没有出名，没有成为我们这时代的热门作家。有一天，我看到了她的一篇很短的小说：

旅游客

娜拉

易卜生的娜拉出走了。她走了两个多世纪，仍然没有找到一个新家。这期间世界科学飞速发展，人类日益文明。二十一世纪某一天，她邂逅了一个男人，他单身，他爱她，她也爱他。他要带她走。可是她拒绝了。

为什么？他不解，难道你还顾忌你丈夫海尔茂？

不，娜拉答，我早在两百多年前就不顾忌这了，我早已招够了骂名。

那么是因为经济上还要依附于他？

娜拉说：你看会吗？我自己有事做，有经济来源。这时代已经有不少适合妇女的职业，只要我愿意，我就可以找到，这都不是问题，无非是累点，这困难只要我想冲破就可以冲破。

那么你为什么不想呢？

因为很累。娜拉说，像说着悖论。

所以感觉累，是因为你爱不够，你的爱不足以让你冲破重重险阻。

男的叫道。

不，我爱，娜拉说，我很爱，只是很累。

那好，男的说，那就由我抱着你走。于是她被男的抱着走了，他爱她，呵护着她，实话说，娜拉很受用。哪里有不喜欢被爱的女人呢？

而且对方也是自己爱的人。可是她对这爱很惶惑。这只是在旅途中，一种游走。终点在哪里？

游走就游走吧，反正她已经走了两个世纪了。可是他却要给她确切的爱。一路上，他给她找好玩的，好吃的，好住的，这是旅游。她也尽情享受着，享受着他的爱。可是这是爱吗？这是真实的生活吗？

不，这只是假性的生活，是幻象。可这幻象又是如此诱惑着她，让她滑下深渊。她不能自拔。她一面骄奢淫逸，一面异常焦虑。爱到底能有多么幸福？享受吧，享受吧，我们到底能有多大的幸福极限？她怕他突然不爱她了，离开她。即使他不离开她，她也保不准自己会不会厌倦他。你以为就男人是火力发电厂吗？你以为女人就不会疲劳吗？

科学研究发现，人的激情至多只能保持三十个月。假如千辛万苦一场，到头来仍然是分手，那开始不就是作孽？

她明白了，自己所以不敢接受他的爱，是对自己没把握。因此自己这么久了，越来越找不到家。她需要爱的权利，她也有了爱的权利，可是爱却越来越把握不住，一种把握不住的恐惧。就好像一个死刑犯脑后被指着枪，你不知道什么时候开枪。古巴革命后，受到死刑判决的人按传统可以提出一个要求，许多人选择的要求就是：向行刑者发出"开枪"的命令。好吧，就让爱的电流更凶猛吧，好让它迅速崩掉。让他讨厌我吧，恨我吧，也好说服我自己，给自己下决心。也许这太残忍，但长痛不如短痛。她说：你真的爱我吗？

他说：爱！

她说：你怎么爱？

他说：你要我做什么我就做什么。

她说：真的吗？

他说：真的！

她说：我要撒尿。

他说：那我抱你去。

她说：不，我不起床。

他说：那我给你找器皿。

她说：不要。

她知道他最受不了的是什么，她要他受不了！她要他恶心，要他恨她。她要的就是看他恶心的嘴脸。她说：我要拉在你嘴里！

她成功了。

我愣了。

我马上向那报社要了她的电话。我打过去。是她接，我听出来了，是她的声音。她也听出来了。长久，没有说话。最后她说：有事吗？

我不知怎么回答。

有事说吧，她说，他要回来了。

如此冷漠。也许她还是个贤妻？你好吗？我问。

好，她说。我知道她会这么说。

你呢?她也问我。

不好,我说,我还爱着你。

对方没声音。我听到了她的呼吸声。很久,她说:对不起,谢谢。

谢?居然是!

谢谢你爱我,她接着说,我也爱你。

电话咔地挂了。我再打过去,一直是忙音。

后来就是:您所拨打的电话不在使用中,请询问114后再挂。

她再也不见了。

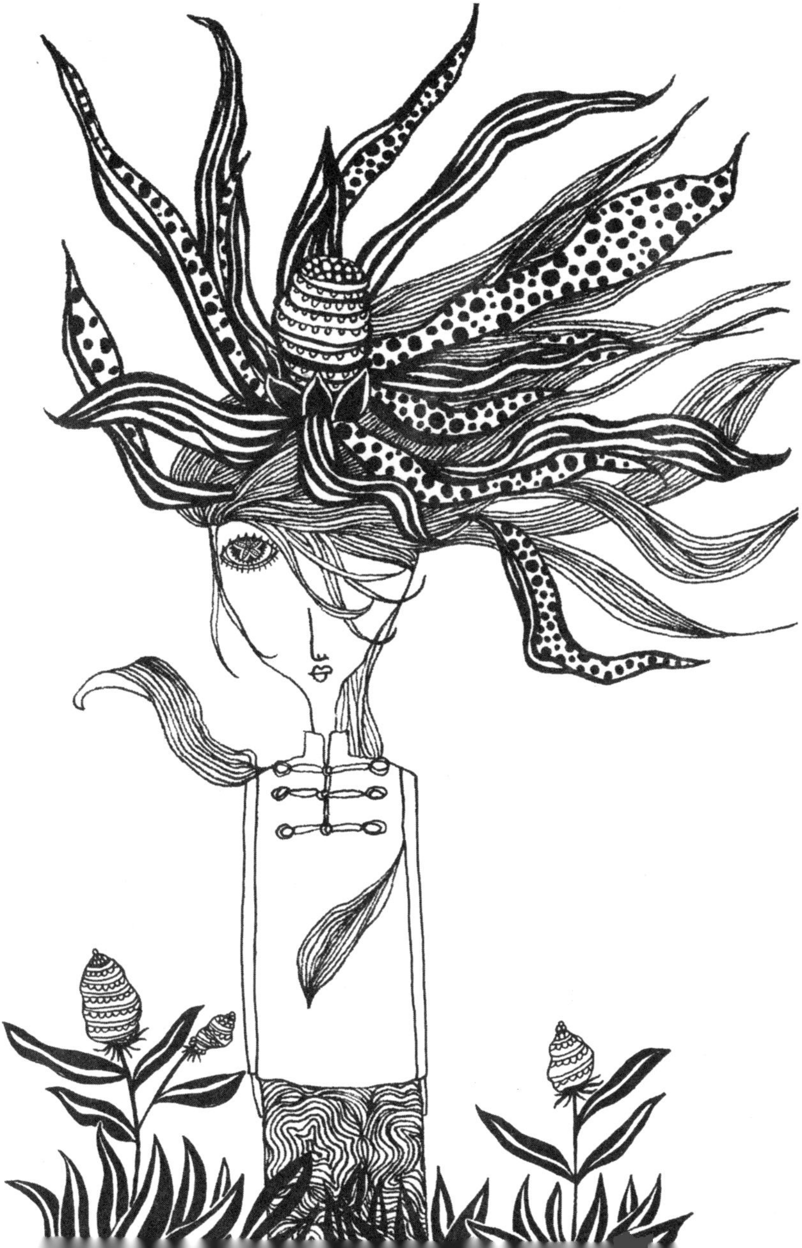

第六章

【又见小芳】

你想好了吗?
你可以选择合上。
你确定要进入吗?

第六章 又见小芳

1

女人到底想要什么呢？她说，她没有 MIC，只能打字。

她是我在 QQ 上随便搜索到的。我知道她有 MIC。我调整音频，扬声器音量灯在闪。我说，你有 MIC，你在撒谎。

她为什么要撒谎？不用语音交谈，只打字。打字比起语音，毋宁是一种阉割。科学发展到今天，什么都成为可能，为什么还要阉割自己？她终于发出了一点声音：你好。

你好吗？我问。

好。

可我看不到你好不好。我说。

我没有摄像头。她又说，对不起。

你还在撒谎。我说。你有摄像头，你没有开。

你知道的？

其实我也不知道。我只是诈她。她笑了。我听到她的笑声。这笑声才是她真的声音。你怎么知道的？她问。

我当然知道。因为我比你懂，你是菜鸟。我说。

对方不作声了。我对上网是不太熟悉。她说。叮，她下了。真没意思。我起来撒尿。我住的是公司集体宿舍。合居者正从卫生间出来，急匆匆的。见了我，点了个头。我知道他是急着要钻进他的房间，他也爱趴在网上找女人聊天，我给他一个外号：搜狐。其实也无所谓搜不搜，更多的时候只是不肯失望，处在吃鸡肋状态。搜狐忽然停住了脚，好像想到了自己即使进屋去，也没有谁在等他。他向我嘀咕了一句什么。

他在问我房子装修得怎样了。

我马上就要住进自己的房子了。我要结婚了。新房是贷款买的，房价涨疯了，贷款政策也越来越严，装修价格也越来越贵，总之像一道道绳子勒在脖子上。还得一个月吧。我说。

哎，多了一个现实的人，少了一个虚拟的人。他怪里怪气叹了一声。我知道他指的是什么。少了个像他那样的人。

多的不见得是好事，少的不见得就是坏事。我回答。这时，房间里又响起了QQ呼叫声。又是谁？我奔进去。还是那个女的。

接了。她仍然没有打开摄像头。

我有点恼了，膀胱里的尿憋得难受。有一种冤枉的感觉。

我掉了。她说明道。

哦。我说。

我确实是新手。她说，接上了刚才的话题。

是吗？

是的，只是喜欢聊。

要聊就诚心诚意。我说。不然又有什么意思呢？不如不聊。你开呀。

她终于开了摄像头。可是仍然没有把镜头对准自己，而是对着墙壁，墙边有一个石膏像，是那个断臂维纳斯。什么嘛，你又不是维纳斯。仍然是遮掩。何况，我一直是现着形的。我都现出形来了，你也太不够意思了。我说。

她笑了。男人现出形，跟女人现出形所付出的代价是不一样的。她说。

这倒也是。难道她是恐龙？再不露就切了。我说。

终于露出了一个臂膀。那臂膀挺肥沃的。果然。我问：你是哪里的？

上海。你呢？

我也是。我答。

是吗？她叫，听得出是惊喜的。你是干什么的？

老板。我说。

我也在撒谎。其实我只是一个为老板开车的。我喜欢说自己是老板，至少在说时，心里好像咬破了酒心巧克力糖一样，一个醉甜。

我蓦然意识到身后还开着门。搜狐站在大厅上。幸好我的镜头距离自己非常近，没有把后面的他摄进去。我把摄像头调开了，回头关上自己房间的门。我听见他在外面揶揄地叫了声：老板。

我脸红了。真他妈的讨厌！还不是彼此彼此？但是我比他好，因为我还炒股，因此有了女朋友。

可是我有了女朋友，为什么还要在网上找女人呢？

我再转正镜头时，对面那女人说，你很帅。

2

我和未婚妻在商场买浴缸。她叫影。女孩子嘛，就是购物狂，只要有钱就可以把她搞定。

现在谁还用浴缸？但是影说要那种带水力按摩的。我说那不好，对身体没有好处。你怎么知道？她问。你想想啊，人有高有矮，可那按摩点却是固定的，颈部，腰部。对我是恰到好处了，到了你，不就按到屁股上了吗？

好啊，你骂我！影叫，就要过来掐我。

影比我矮半个头。我没有说错。但我知道自己是在推诿，实际是我没有钱。按摩浴缸少说也要五千元。我的股票被套牢了。我所买的东方地产，传说是一家空壳公司，我用了我全部的钱买了它。当然那些钱也是我从股市上赚来的，一下子进到我的账上了，又忽然全出去了，不是自己的钱了。买股票就是这样，像梦。当初我是用赚来的钱吸引影的，她并不知道那钱只是暂时寄在我这里。我不敢告诉她，告诉了，她一定要飞走。谁愿意跟一个穷光蛋？我只能瞒着她。先结婚再说。尽管我也知道结了婚了也可以离，现在婚姻是拴不住人的，但也没办法，只能走一步算一步了。

我故意装作逃跑。她追。我很快就把她带离了那该死的卖按摩浴缸的店。她追上我，说：你是不是嫌我矮？

我怎么会呢，再说你也不矮呀，一米六，还矮？

她其实长得很漂亮。我说了。漂亮什么呀！她说，很快就要老了，你不让我保养。

谁不让你保养了？我辩道。我只是觉得你这样漂亮的身体，应该放在那样的浴桶里。

我指着前面一个木制浴桶。看上去很粗糙，简直是我小时候用的木洗脸盆的放大。现在的人真是邪门了，这种东西又搬出来了。之所以指它，是我断定它不会有多高价格。影果然活蹦乱跳地跑过去了，一下就跨了进去。她在里面确实很漂亮，像精巧的玩具。你也进来！她叫。

我怎么进得来？这么窄。我说。

挤挤嘛！她叫。哦，不愿意跟我挤？还没结婚你就嫌弃我了？女的一结婚就变成老太婆了，你们男的还可以青春永驻，永远这么帅。她说。

我确实很帅。QQ上那个女的不也这么说我吗？可是帅有什么用？我原来是赛车手，没赛出名堂，就给人当车夫了。只配买这种木浴桶。我瞥了瞥边上的价格。一万元！我吓一跳。

销售小姐过来了。先生小姐，喜欢吗？

喜欢这玩意儿？我说。

我瞥见她吃惊地看着我。她不明白我为什么忽然又变卦了。这乡下才用的东西。我又说。

销售小姐说,先生,这您就不知道了,这叫回归自然。

靠,还什么回归自然。现代人什么毛病?我说。这要是回归自然,我爷爷那辈就回归自然了咧。

对嘛,销售小姐说,所以才叫回归嘛。

我愣了。影略咯笑了。看来你小学没毕业,那毕业文凭是假的。

靠,我说,现在什么不是假的?我说。

那你对我也是假的喽?她叫。

那哪里会……我支吾。

那你就买!她叫。简直是命令。要不你就是假的,就是不爱我!

我当然爱你。可是我拿什么爱你呀?我想。我已经没钱了。可是我怎么能对她说?算啦,买就买吧,大不了借款,结婚后一起还,她要离婚也得承担一半债务。

还没结婚就考虑着离婚,简直有点残酷。谁让我没钱呢?谁让我破产了呢?谁让我中了那该死的上市公司的圈套了呢?付了订金,出来,影吻了我。我咬住她的舌尖,体味到爱的残忍。这就是我们的爱吗?

3

那个女人又呼我了。她好像总挺悠闲。

你是干什么的?我问她。

公司。

公司的,老总?我问。我是在揶揄。我恨有钱人。我没有钱。

你不也是老板?她问。她果然是老板。我愣了一下,记起我曾经对她说我是老板。我是小老板,你是大老板。我说。也许是出于李鬼见到李逵的心虚。

你怎么知道我是大老板?她问。

我就是知道。我说。

你说嘛！她急了，问。我感觉她被我钓住了，像一只鱼，使劲扯着鱼钩，欲罢不能。因为我知道。我仍然说。

说吧！

我瞥见了她的胳膊。有这么肥沃的胳膊，难道还是小老板吗？因为我看到了你。我说。

对方猛地把胳膊一缩，闪出了画面。我笑了。

你根本没有看到我。她说。

我看到了。

你看到了什么了？

看到了你怕了。

我怕？哈，笑话！她又把胳膊大大方方露了出来，好像在说，我为什么怕？为什么要躲？

为什么只敢露出胳膊来呢？我说。

你还要怎么样？她说。猛地把镜头一拉，露出了脸。那脸似乎并不丑。但是那脖子在指示，那延伸下来的部分可能是很胖的。有胆量见面吗？我问。纯粹出于挑衅。

见就见！她回答。

居然！

我们约好在一家咖啡屋见面。她来了，果然是胖，非常之胖。女人一胖，给人印象稀里哗啦就全垮了，再不会去细致分析她哪里还可取。就连我原先建立起来的她还过得去的脸部印象。

我甚至看不出她的年龄了，大概有四十来岁吧。

她明显很不自在，不停地使唤着服务生拿这个干那个，好像要把你的注意力转移到那上面去。忽而她似乎又觉得自己点太多东西了，让人想到自己肥胖过剩，就说，我们走吧。

去哪里？

去兜风。她说。她指了指玻璃窗外的她的车。那是一辆宝马，好车，而且适合女人开。我常会在街上看到女人开着好车，这些女人有的很年轻很漂亮，但是我知道这车十之八九不是她们自己的，或者不是靠她们的钱买的。而确实有些女人，她们是真正的车的主人，但是她们老丑。每次见到这样的女人，我的心头就会涌起一丝悲哀，那车，就好像她们抹在脸上的厚厚的脂粉。

我才记起必须交代我车的情况。一个老板是不能没有车的。我说，我的车坏了。

她笑了笑。

笑什么？我问。

我的车没有坏。她说。你开的是什么车？

大奔。我撒谎道。不过也并不完全是撒谎，这车确实是我开的，只不过是我老板的车。难道这有什么吗？就好比那些二奶，她们开着她们男人的车，为了她们男人搞事便利。

大奔好啊。她说。

不过现在的大奔也不怎么样，你看，我那就坏了。我说。

她让我上她车。她上车时侧着身，好像是硬挤进来的。特别是那肚子，真担心会被挤破。世界上居然有这么胖的女人。可是她有车。

自己有车真好啊。我记得我们股票交易所里有个大户，有段时间也开了一辆宝马来，说是股市上挣的第一桶金买的，把我们羡慕的。后来他不再来了，据说赚了更多钱，开大公司去了。这样运气怎么就轮不到我？

你当初是怎么挣到第一桶金的？我问她。

她显得很惊讶，似乎没想到我这么直截了当。是的，没有人会这么冒冒失失去问别人这个问题，特别是对一个女人，特别是一个女老板。但是恰恰因为她是个女人却很丑，我可以这样作践她。

你是不是认为是睡出来的？她反问。

她居然这么说。也不看看你什么样子，还有人跟你睡？

人们看漂亮女人成功了，就想，还不是睡出来的？她说，看丑女人成功了呢？该怎么说？你看，这么丑的也能睡出来！

我吃惊。

她笑了。传销。她直说了。

没有被抓起来？我说。

险些。她说。很累啊！她还真是干过传销的。她说，有一次干部会议，突然听说公安部门来检查，连忙转换会场，到对面楼十三层。这边下楼六层，那边再上楼十三层……

你也上得去？

上不去也得上呀。她说。不过那时候还真能上得去，那时候还年轻，还没有现在这样子。她居然用眼睛指指自己肥胖的身体。也许是出于一种抵抗性的自嘲。这个女人，对自己的长相相当在乎。话说回来，哪个女人对自己的长相不在乎呢？我倒不知道该怎么办了。倒好像我看着她的丑相，是一种侵犯。年轻好啊，我只能说，年轻好赚钱。

不，往往是年轻时不好赚钱的。她说。赚了钱，就不年轻了。

说得像绕口令。我也笑了。她打开了 CD 匣，音乐响了起来。是那首流行的李春波的《小芳》。说是流行，其实只不过是他们那年代人的流行，我是没有感觉的。从词到曲，其实都很简单，一般，但在他们那代人听来却像浓醇的酒。也许只因时间酿久了。

后来呢？我问。

什么？她好像被惊醒，几乎是神经质地。其实我也是随口问问，我找不到合适的话说。我赶忙说明：我是问你后来又做了什么生意了。

房地产。她回答。

啊，就是那个把我害了的房地产！我就是买了房地产股。怎么房子拼命涨，我这股却一直往下掉呢？我恨它。尽管那上市公司跟她没有关系。房地产好啊，可以炒，大炒特炒，炒得一方倾家荡产，一方吃得肥肥的……

你这是什么意思？她问。

我知道她指的是什么，可我不想住口。不是吗？我反问。

是吧。她承认。她抵赖不了，就像她像海绵一样的身体隐藏不住她吸取的本相一样。

你还可以再吃呀！我说。

为什么？她说。

为什么不？我说。

为什么要？

还可以吃得更多呀！

我已经吃这么多了。她说。又瞥瞥自己。我已经这么肥了。她蓦然说。

我一愣。感觉一拳砸过去，被她的肥肉弹回来。可我仍不善罢甘休。我说，你这样怎么了？可以去锻炼呀！可以把车子卖掉去走路锻炼呀，把钱分给穷人，保证你得瘦下来！

说得对。她说，语气软了下来。

我离不开车了。她又说，声音喑哑。好像是贴在我耳边说的。我猝然被触动了一下。

我也是。我也说。我也离不开车。这些天我的大奔坏了，我就几乎寸步难行了。

她笑了。你没有大奔。她说。

我脑袋猛地蒙了。我没想到她会这么直接，这么说。

你不需要大奔，这个棺材。她又说。你还能走动，身强体壮，你不需要棺材。她捶着方向盘。喇叭响了起来。我们都一惊。没有交警。赶紧加大油门跑。

这哪里是棺材？你看它还会叫。我说。也许正因为她把自己的车称作棺材，我的屈辱被抵消了。

她笑了。

你看它还跑得这么快。我又说。

你可真会说话。她说。听说过那个新闻吗？

什么？

美国的。一个肥胖的人躺在沙发上起不来了，最后沙发也垮了，他就躺到了地上，直到死，人们无法将他抬出门来，只得把门拆了。

我似乎听说过有这样的事，是不是这一件，我弄不清。这样的故事总是很多，肥胖是我们这个时代重要的话题。有人甚至设想：假如哪一天世界上都充斥着肥胖的人，地球就要受不了了。

其实胖也没什么。我安慰她。

那换给你？她说。

好啊。我说。我无所谓啦。

你是无所谓。她说。男人胖一点也无所谓。

只要没病。我说。你没病吧？

这很重要吗？她反问。

当然，健康是最重要的，只要没病，身体好……

口是心非吗？

为什么要口是心非？我说。

男人不要女人的钱。她说。男人只要女人漂亮。

我一惊。这倒是。无论人类如何进化，世界格局如何改变，这似乎是不变的。我问，你结婚了吗？也许我问得太冒昧。

结过了。

结过了？

对，又离了。

对不起。我说。

没什么对不起的。她说。她盯着我，几乎是挑衅地。我很惶惑。为什么……我问得很含糊。

因为他受不了。她说。

哦。

因为他不要女人的钱。他宁可一分钱也不要，走了。那时候我已经有钱了，公司发展得越来越红火，人也发展得越来越胖。发展，对女人是个悖论。她说。

我一愣。

不是吗？

是吧。我想。

永远扯不平。她说。除非死了。

她忽然猛踩油门。我大吃一惊。她神情冷酷，好像就要去赴死似的。我感觉自己也飞了起来，到了临界状态。虽然我是赛车手出身，但以前从来没有这样的感觉。也许是因为是别人掌握着方向盘的缘故，而且是她掌握着。我想去抓她。我感觉我们被绑在了一起。那感觉有点玄妙。

4

我一连几天都在想着她。可是她再没有在QQ上出现了。或者是她改了名字了？当然我可以通过聊天记录识别出她来，但就在几天前，我的电脑重装了一次，聊天记录全没了。我怪自己当初怎么没探出她的电话，或者别的联络工具。

那种玄妙的感觉一直挥之不去。也许是因为它跟死联系在了一起。它触动了人最根本的隐痛。谁没有死的时候？其实我们时刻都在准备着死，无论是惧怕，还是奔赴；无论我们对生活是希望还是绝望。

死把我们连接在了一起。或者说，是死亡的话题。那是一种超越在现实之上的话题。人跟人，一旦谈到了这话题，就共同拥有了一个玄妙的世界，就好像一起从阴间走一遭回来的旅伴。

她终于又在QQ上出现，是在一个礼拜后。我呼她。我责问她这段时间都跑哪里去了,好像是她失约了似的,好像她本就应该属于我。

她说,公司忙。

噢,她有公司。我这才记起来。她的主要角色是公司的老板。她要忙活的是她的公司,而不是我。

你忙吧。我说,我下了。

不不,她说,现在没事了。

没事了才找我?

她笑了。现在即使有事也不管它了。她说,那些事真是烦死了。

老板都是这么说。我说,可是你们又不肯放弃生意,关门大吉,去睡觉,去玩。只是希望休闲休闲。就这么没治。

说得好。她说。我今天就放弃了,去喝酒吗?她说。

我们找了衡山路一家酒吧。酒吧非常吵,有乐队表演节目。说话都困难。服务生跟她说着什么,她听不见。我也听不见,只瞧见服务生摊着大巴掌。她就给他一叠钱。她可真有钱。服务生点着钱,走掉了。

酒来了。其实她不该喝酒。书上说,酒也能使人发胖。但是她喝了。她还点了萝卜干,都说腌菜能减脂肪,也许这就是她保持着理智的地方。可是她就不怕腌菜致癌吗?

碰杯,喝。一个染着棕色头发的男孩在歇斯底里唱着。她忽然对我说话。我听不见。她就凑近我。我闻到了她嘴巴的味道。

我凑近她耳朵回话时,我闻到了她的香水味。

太吵的地方,只适合于喝酒、疯,不适合交谈。或者把心交给了那唱歌的男孩。他在唱猫王的《Don't Be Cruel》。大家身体随着歌声晃动着,让那歌声牵着走,让那歌声占领自己的心,把自己变成空心人。

音乐终于柔和了,有人去跳舞。跳吗?她问。

我不会。我说。

我真的不会跳。在这种场合,你会发现,不会跳舞真是个遗憾。

浪费了好身材。她也说。

我反问,我身材好吗?

当然,一看就是个运动员。

她还真有眼力。你错了。我却说,我只是个车夫。

这我知道。她说。现在是司机,过去是运动员。

她怎么什么都看得出来?我说得对吧?她问。

你怎么知道?

你看你的胳膊,多健美。她说。

原来如此。我承认了。我曾经是个赛车手。我说。

令人羡慕。她说。

羡慕什么?只是劳累。我说。

那叫锻炼。

哈,是锻炼。我讨厌锻炼。我说。当年训练完全是被逼的。因为要出成绩,要有出路,就好像传说中的欧洲公主穿上红舞鞋就只得跳个不停,直到死。结果还是没有出路,只能给人打工,还这么穷。

讨厌的,往往是有益的。她说。这就是宿命。就像富裕了,就不可避免地胖起来一样。

她又提起了肥胖。哈,我连忙说,又来了,什么关系嘛。

什么什么关系?她反问。没关系吗?你以为你是老板了就没有关系了吗?

我不能说。

是的,你是老板。她说。你可以进入各种各样的场合,你参加招商会,人家说,这是个女的呢。你做得很出色,人家会说,这女人厉害,她长得什么样?

我一愣。是啊,我倒没有注意到。也许这就是女人不能逃脱的宿命。

长得什么样?她说,自嘲地。就是这个样。你再成功也没有用。你越成功,越吸引人家的眼球,就越让人看到你是这一个一样!没有一个女人不在长相上被人议论的。你逃不了。你想逃也逃不了。有一次我给一个农村小学捐资,一千万。我拿着写着一千万的红纸板在台上,学生给我献花,我腾出一只手去接花,那沉重的红纸板就拿不住了。边上的节目男主持人就连忙帮我扶住一头。他不停地夸我。男的。她说。

我点头。我理解她为什么要特地点出主持人是男的。

我好开心哪。她继续说。我感觉到自己是这世界上最骄傲的人了。这世界是多么地美啊。我去亲那个给我献花的男孩子,不料那男孩忽然鼻涕流了下来。我的脸颊沾上了,热乎乎,黏糊糊的。我笑了。我不觉得脏,我拿手帮他揩掉了。那男孩说,姨,你的手真香。

她那手?我瞥了瞥她的手。

真的吗?我更笑了。她说。姨,你的手真好看。那男孩又说。我看看自己的手。我的手真的很好看吗?也许是因为小孩的眼光吧。当然更因为我现在的角色,我是个献爱心者。或者也可以说,我是个给钱的。有钱真是好啊。就这只手是一只普度众生的观音手呢。观音不是也挺胖的吗?如果让我再捐一千万,我还愿意。

……男主持人要我讲话。我说,我唱一首歌吧,《爱的奉献》。大家就鼓起掌来。我就开始唱了。我站在台的中央,拿着麦,有音乐伴奏。所有的人都听着我唱。我唱啊,我觉得自己就是韦唯了。我感动了,眼泪哗哗了,我都被自己陶醉了。忽然,我听到了台下一个声音。像泼在琴弦上的水。什么声音?我听不清。是一个男人的声音。我不知道他在哪里。或者说,我知道,但是我不愿意承认。

……其实那只是一声嘀咕。我没有必要去听。但是我又非听不可。我要知道他讲什么。

……那声音在说:你瞧你长得什么样!

……心好像被一根棍棒一杵,杵到了深底。

我一惊。那家伙怎么能这么说?简直太刻薄了!担心她感觉我在意那句话,我轻松地笑了一下。

你笑了。她说。

不不，不是……我慌忙辩解。我怎么会呢？

你会的。她说。你也是个男人。

也许……我也是个男人，没有一个男人不在乎女人的相貌的，一个丑女人，是永远的输者。

她开始喝酒。一杯接着一杯。音乐不知道什么时候已经换成了萨克斯，低回，旋下去，旋下去，旋到了底。她的嘴唇溺在酒中。酒杯玻璃后面她的脸，溺在了水里。

我伸手拿开她的杯子。你会醉的。我说。

醉了不好吗？她反问。醉了，就分不清现实和梦了。一辈子都没有醉过的人好可怜。她说。

5

出来时，她已经醉了。摇摇晃晃。秋天了，夜已很深。

她没有去开她的车。看来她脑子还清醒。就是身体不听使唤，醉酒的人都这样。她把我推到驾驶座上，说她家住在很远的南郊。

我开着她的车。过了公交终点停靠站，我意识到回头必须自己花钱打出租车了。我当然不可能再把她的车开回来。我在心里盘算着兜里的钱，毕竟我没有什么钱。

她的家到了。一幢很漂亮的洋式楼房，三层楼。她说，你进来坐坐吧。

我说，不了。

这样麻烦你，真不好意思。她又说，连一口水都没有让你喝，不行，我不能让你就这样走。

我也想看看富人的房子，就答应了。

很宽敞的房间，富丽堂皇。墙是用皮革包裹着的，给人殷实的感觉。

我闻到了皮革的味道，那是豪华的味道。我老板的车内，就充满着这味道。那味道有时候会令人窒息，让人受罪的，好像在考验你是不是承受得了这种豪华，你是不是这个命。

这家里没有别人。我记起来了，她离婚了。墙上的皮革绷得紧紧的，我的心也绷紧了。没有别人。房间就显得更加空荡荡的了。你看，这么大的房子，就我一个人住。她说。

你住得过来啊。我说。

有帮我住的。她说。

谁？

她笑了笑。她带我走进一个房间，里面摆着一张考究的麻将桌。电动的。她说。关上了门。还有它们帮我住。她又打开了另一个房门。这是一个大房间，满是运动器械，像个机房。沉重。看了都累得慌。这么多。我说。

可是没有用。她说。

什么没用？

减肥呀。她说。

噢。我说。

绝食也没用，她又说。还晕倒了。

我知道。

她好像忽然不甘心起来，又走向跑步机，登上去，按下电门，跑了起来。她很快就累得气喘吁吁了。可是那机器还拽着她跑。我蓦然想起我每天骑着自行车长途跋涉，上坡下坡，赶去上班，为人卖命。她却无端地让自己疲于奔命。人跟人真是大不一样。穷人肉还吃不够，而富人却要吃萝卜干蔬菜了。

我要帮她按灭按钮，可是她不肯。她再也跑不动了，好像马上就要死了。她终于脸色惨白地败退了下来。可是她并不坐下来，也不站住，而是走动着。她说不能停下来。这我知道。剧烈运动完猝然停下来，会造成猝死。心脏受不了。必须继续走。走！走！体能锻炼时，我们教练就总是这么朝我们喊。越累越要走。生命的秘密在于运动。简直可怜……

她终于缓过气来了，又恢复了常态。她的常态是什么呢？就是胖。她好像意识到了这点，又开始动了起来。她又钻进了一台大型机器中。那机器模样有点狰狞，像刑具，我从来没有见过。她说是最新研究出来的。研究者一定是在恶毒的心态下研究出来的，发狠，没有这种狠，是难以有此创造的。

她把两个手臂伸进两个长筒里。是皮长筒。长筒猛地一拧。她战栗了一下。但是她没有退缩，闭了闭眼睛，坚持住了。然后她的双腿也被铐住了。机器运行了起来。发着狰狞的声音。她整个人被吊了起来，又横下。现在，即使后悔也来不及了。只能任机器宰割。她应该不是第一次体验到，她不会不知道这结局。她是自己情愿送上去受刑的。

我从她的神色看得出，她的手和腿在经受着强烈的挤压。她却迎接似的吸了一口气。莫不是迎接痛苦才能抵消痛苦？

那些皮长筒松懈了些，可是它马上又旋转了起来。我瞧不见它了，只感觉一阵刷刷的风。她的全身也筛糠似的颤抖了起来，好像遭受了电击似的。

由于她的抖缩，她肚子上的衣服被撩起来了。那肚皮真的惨不忍睹。

突然，一条什么东西抽向她的肚皮。啪！还没等我看清，那东西已经把她的肚皮紧紧圈住。是一条皮带。她的肚皮在皮带下抽搐，可是当皮带离它而去，它又好像迷恋似的要跟着皮带上去。皮带不顾，兀自远离。待到肚皮失望地耷拉下来，它又猛一回头，回抽一下。原来是一种欲擒故纵的阴谋。那肚皮缩住了，缩得很深，几乎要贴到脊梁上了。让人看到了它瘦下去的希望。

她惨然笑了。豆大的汗珠从她的额头沁出来。

那腰间也满是汗珠，涔涔的。她说，这下体重一定轻了！

我怀疑。

出汗减肥嘛。她又说。她爬了下来,站到边上的磅秤上去。轻了,你看。她说。

我看不出来,我不知道她原来有多重。为了安慰她,我点头称是。

可是喝口水又重了。她却又说。

怎么会?我说。

问题在脂肪。她说。怎样才能把它揉出来,排出来!她说得咬牙切齿。只有动手术!

手术?

吸脂呀!她说。

噢。我也听说过。

往你的身上切个口,注入膨胀液,把脂肪稀释了,然后把吸管插进去,吸。她说,咂着嘴。有一种恐怖的感觉。

……你可以瞧见吸管在你的皮下面游走,像老是插不到位置的输液针头。可是那不是,那是因为吸管吸完了一个地方的脂肪,又转到其他地方吸了。你感觉得到吸管在划来划去。你的皮好像是透明的,看得见吸管头凸了出来,是浅蓝色的。有时候会觉得吸管好像要穿到皮外面来了……

我感觉到了疼。并不是纯粹的疼,一种不可名状的感觉。我难受了起来。可是她却笑了。脂肪被吸出来了,黄黄的,不不,是橙色的,因为掺和着血水。一泡一泡地出来了。她说,双手顺着自己的身体,笑了,好像看到了吸脂的成果。

她为什么要这样折腾自己?就为了活吗?何苦呢?我想起小时候玩金鱼,一只金鱼摇摇晃晃,不时翻着白肚,眼看就要死了,有人说,往它身上浇尿就会活起来。我们就做了。果然,金鱼又被刺激得活蹦乱跳了起来。

其实好看只是一种感觉。我安慰她,其实你并不胖。

真的吗?她问。

真的。我应。我以为她是相信了。女人是容易被哄骗的动物。

谢了,可是她说,你是在奉承我。

我,我,我为什么要奉承你?我说,我又不想向你借钱。我说着,自己也笑了。我怎么说起这话来了?纯粹是口头禅。

她也笑了。好啊,要多少?她说。

我也笑了。我不借,说的才是真话嘛。

谁知道呢。她说。当面说好话,也是谁都会说的。

那不见得。我辩道,我突然发现自己抓到了一个极好的理由。你忘记了?那个在捐款大会上说你的人。

他不是人。她说,他是畜牲。

我一愣。那家伙,真是个畜牲。

其实他说的是对的。可是她说。他不是畜牲,我才是畜牲呢。她说着,猛然拱起肩膀,把自己的身体团得像一只熊。那肥肥的后颈肉简直惨不忍睹。简直恶毒。她干吗这么糟践自己?

没法再陪她玩了,我告辞。

你不想到上面看看吗?她说。

上面?我望了望上面。楼梯有点暗。不了。我说。

上去看看吧。她又说。

我又望了望。按正常格局,上面应该是卧室了。她醉了。我说,不了,很迟了。

上去,我给你看个东西。可她坚持说。

你醉了。我说。就要走。她扑上来要拽我的手。我躲闪,她拽住了我的胳膊,用她的胳膊紧紧勾住。你不要走!

她的胳膊可真胖,像粗大的绳索。她眼睛发红,像一只饿极的母狼。我慌忙挣脱。可是那身体异常笨重,几乎要把我拽倒。我终于甩掉了她。她坐到了地上。她把手在地上拍着,喊道:我是醉了!醉得上不了楼了,你就这样把我扔在楼下吗?

我的心一颤。可是我还是走了。

6

我知道她要做什么。一个单身女人，一个没人要的女人，一个用酷刑都不能拯救的女人，一个绝望的女人。

而且，她又那么有钱。她以为她有钱就可以得到了。我蓦然感到屈辱。她有钱，又怎么样？

可是有钱确实很怎么样的。这世界上，人们忙忙碌碌，谁不是在为着钱？股市简直疯了。东方地产被证实是个空壳公司，股值跌到了底。我趁老板不在赶到了股市。有人在骂，有人在号啕大哭。一个老头，扑到自动操作机前，拼命捶打着机器，喊着要把里面的钱抢救出来。保安过来拉他，他打了保安。保安叫了110。他被架出去时握着干巴巴的拳头，唾沫挂在嘴边。他喊：这是我的钱！我全部的血汗钱啊！

我拿着证券报，恍若梦中，似乎不知道发生了什么事了。难道一切是真的？就报纸上这几百个字。那操作机屏幕上的钱就没了？又是一阵骚乱。大家纷纷往楼上跑，说是一个人爬上楼顶跳楼了。人群忽然又折了回来，说已经跳下了。

我从窗户往下看，如临深渊。那人大张着手脚躺在深渊里，脸对着我。他好像在朝我笑。我被蜇了一下似的，猛缩回来。

我早该想到了。只是我还抱着幻想，以为只是传闻，不是真的。但传闻往往是真的。我不愿意正视，抱着侥幸。我还在玩，还在跟她玩，跟一个富婆玩。我还在劝慰她，同情她，多么可笑。

我赶回来，老板问我去哪里了。我支吾说不出来。其实我平时挺会找理由的，可是今天我不会了。

老板说，要不想做，你可以走！

我不能走。我已经只剩下这薪水了。我感觉自己蓦然被逼到独木桥上，下面是万丈深渊。我猫下身去，抱着独木桥爬。

下班了，我不敢去找女友。我不知道该对她怎么说。实说了，她一定会拂袖而去。我回到家，搜狐说，你怎么了？

什么怎么了？我说。我甚至连他都不想告诉。这世界崇尚的是强者，不是弱者。我是个一贫如洗者。

搜狐还在鼓捣着电脑。可怜的家伙，他找不到女朋友，只能在网络上玩虚拟，假装老板，博得对方女孩羡慕的眼睛。可是那女人并不是他的。拎不出来。严格上说，她只是玻璃屏幕上的图像而已。他没有女朋友。我马上就要跟他为伍了。

影来找你。搜狐说。她说你的手机老打不通。

我忙掏出手机。不知什么时候电池没电了。怪不得老板联系不到我。刚换上电池，影就又打来了。

你知道了吗？影说。

什么？我问。她知道了什么？

东方地产。

难道她也知道？有一种接到死刑判决书的感觉。什么东方地产？我说。

股呀。她说。

哦，这跟我什么关系？我说。

你不是也买了吗？

谁？谁买了？我撒谎了。

你不是说，你买了东方地产了吗？她也犹疑了。

谁说！我说，你听到哪里去了？我买的是东方明珠。你看看，你这人，从来不认真听话，以后可怎么管我们家里的账哦！

我自己也觉得好笑，还要让她管账？以后还有什么账让她管？

对方哧哧笑了起来。我才不管账呢！你当银行行长好啦，我只管支取。影说，我看中了一台三星电视，PS43E400U1R。

多少钱？我问，几乎神经质地。

两万七。

居然！太贵了吧？我说。

不贵，人家还有五万多的呢。所以这才限量销售。她说。

人家是什么人！我几乎要脱口而出。但我把话吞下了。我如果说出去，我知道，她会马上走的。现在的女人都这么现实，尤其是漂亮的女人。漂亮的女人为什么要嫁给你穷光蛋呢？我为什么会是穷光蛋呢？

7

Hi!

Hi!

那个富婆又出现了。毋宁说，是她来找我的。我知道她为什么来找我。她不忌讳地让自己全部形象出现在视频里。已经没有必要隐瞒了。她胖胖的身体好像要把视频框胀破了似的。

你好吗？她问。

不好。我说。

怎么了？

不怎么了。我说。

说吧，也许我能帮你。

你？

不能吗？她说。她的身体在视频里前倾了一下，好像要压过来似的。我慌忙向后一退。但是我还是感觉到自己被压扁了。

能。她还真能。她有钱。而在此之前我还一直觉得是自己在同情她呢。

也许她瞧出了我的虚弱，她哈哈大笑了起来。她的身体随着她的笑在发抖，画面上泛起了一团团马赛克。那马赛克又随着她身体的扭动旋转了起来，我的心好像也被扭转了起来。我被扭得气恼起来。

我真的能帮你。她又说，不相信吗？

我相信。我说。

那么，能跟我讲吗？她问。她的身体定住了，静着等我回答。也许她是真要帮我。也许她早已经猜到了。这么大的事件。她的同行业。还有人跳楼了。虽然那跳楼的不是我。在这个不公平的游戏里，弱者总会遇到不公平的事。一个弱者遭殃了，意味着别的弱者也会遭到同样的命运。我还有什么好挺的？

我当然相信你。我说。我从心里真的服从了她。我没钱了。我说。

是这样。她说。我还以为什么事呢。她说得很平淡。当然，她有的是钱。

还有什么事更大吗？我说。患病？

病又怎么样？

癌？

癌就癌。她说。

那么死呢？

她笑了。

那么发胖呢？我说。简直恶毒。我要激怒她。

她的笑容猛地凝固了。你为什么要这么说！

她在乎了。刺到她的痛处了。我感觉到一种转被动变主动的畅快。这有什么？我学着她的口气说道，死都不怕，还怕发胖吗？

你不要这样说我！她说，你道歉！

她几乎是尖叫着。这世上的事可真稀罕，不怕死而怕发胖。肉体被毁灭了，美感还存在吗？也许她是这么觉得的。她能够这样想，因为她不存在肉体被毁灭，她并没有病。她可以追求精神，奢侈地，追求纯粹的精神感觉。可是我远没有达到这个境界。我没有钱，我要被饿死了。一个要饿死的人还讲究什么？好吧，我道歉。我说。

你没什么可道歉的。可她忽然又说。

我一愣。谢谢你总是安慰我。她说。我能帮你解决问题吗?

我不要。我说。我又不愿意了。

别死要面子。她说。

这话忽然让我有点心酸。

真的没有。我仍然说。

不要犟。她又说。我知道你很有志气,你很男子汉。她说。这话好像把我一揉。我笑了一下。还男子汉?我还是男子汉吗?好吧,我说,能借给我一点钱吗?

说吧,多少?她说。

两万七。我说。也许我可以多说一些,也可以备用吧。可是我说不出来。我没有底气。

小问题。她说。晚上你来我家吃晚饭。

8

她凭什么要借钱给我?严格上说,我们并不认识。只是见过一次面。她不知道我的任何情况,姓名,住址,具体工作单位。她唯一知道的是,我是一个男人。

她说过,男人不需要女人的钱,男人需要女人漂亮。但是当女人有了钱,男人没有钱的时候,情形可以倒过来了。你很帅,她曾经说过。你到我家来。她在召见。我必须去应召。

我为什么要去?我坐在宿舍里。搜狐推门进来了。你还没吃饭哪?他问。他端着一碗方便面在吃。一股寒碜的热气味。

我没应。

他又问了一句。

我不吃不行吗?我突然嚷了起来。我针对的是晚上她的晚餐:你来我家吃晚饭。

搜狐愣了。我问了你一句,我做错了什么了?他说。

他没有错。但是我也没有错。你是穷人我也是穷人本身就是错了,穷人跟穷人只能乱糟糟混在一起,永远拎不清。

对不起。我说。

他站着,好像有什么事。他有事总是来找我,也只能来找我。什么事?我问他。

我想向你讨个主意。他说。他变得有点可怜兮兮。有一个女孩,她想约我见面。

我笑了。还真弄出真名堂来了。

可是我曾告诉她我是开公司的。他说。

这一定是的,我们总是在网上谎称自己是老板。他怎么就没有想到接下去该怎么办?如果不能有所发展,撒谎又有什么意义呢?也许只是为了心理满足一下,即使自己给自己画饼充饥也好。

那你就一口咬定自己是开公司的吧。我说。

可我不是呀。

你可以是呀,去开个公司。我说。

他笑了。你说得容易,你去开个给我看。

你以为我开不了?

你拿什么开?钱呢?

钱?啊,钱呢?我他妈的缺的就是钱。这时影来了电话。她说,要我晚上就跟她去买那台三星。我哪里有钱?

我说:我晚上有事。

什么事?

什么事?我能说吗?一个朋友约了。我说。

什么朋友?那朋友就比我重要?

不是重要,是我们有事。

有什么事？她仍在纠缠。还不就因为你的事？我想，有点火了。

有事就是有事！我说。

那就是瞒着我的事了？她叫。

我能不瞒你吗？好，我不瞒你，说出来了你会答应我吗？你不就看着钱吗？我还不知道你吗？我这才明白自己为什么有了她了，仍喜欢在网上泡女的了。现实有什么意思？没意思透了。谁瞒你了？可是我仍然必须说。

你不瞒我，好，那你说。

我说不出来。穷是最说不出口的事。穷困是最大的隐私。

说不出来了吧？她叫。好啊，原来你一直在瞒着我。你说！是什么事？她是谁？那女人是谁？

那女人？她怎么知道的？什么嘛。我说。你乱猜什么呀！

你以为你有钱了，就可以这里一个女人那里一个女人了？她叫。

我有什么钱？我想，我有什么钱养女人？倒是，她说得也对，有钱就能养女人。女人有钱了也能养男人。我没钱了，就要给人养！你知道不知道我是没钱了去给人养？这就是这世界的逻辑！我叫：是呢，是呢，我是养人了！

你，你没良心！那边叫。

我是没良心！我应，我是没良心，没什么也不能没钱！我卑鄙，不要脸……

对方把手机摔了。我听到了地面乱糟糟的声音。猛地，它被什么一轧，什么声音也没有了。

彻底完了。我知道。即使我要向她检讨，也不可能了。无可挽回。我也许将再也找不到她了。虽然我知道她的家，但是他们家的人未必会理睬我。曾经有一次，我们吵嘴了，我到她家找她，她的母亲就说她不在。其实她就躲在楼上。

其实我和她的关系是那么地脆弱，说没就没了。即使我们结婚了，你能保住吗？什么也不能保住。

我感觉很累。

我也不知道是怎么到那富婆家的。她出来迎接我。她穿得好像很休闲，宽松，像这秋天的叶子。她站在夕阳前面，我隐约瞥见她休闲服里面的身体。

她说先吃了饭再说。当然，吃饱了，做事才能更加从容，甚至更加有力。这是正常的逻辑。所以有这么多的饭局。请吃饭，未必只是个借口。我说，好。

她安排我在大厅坐着。她在厨房里做着饭，我听到锅碗的磕碰声，还有炒菜的香味。我想起了母亲，小时候我就经常这样一边玩，一边闻着母亲炒菜味道的。可是现在这已经不是在玩了。我听到了刀和砧板在战斗。

饭好了，她招呼我过去。很丰盛的饭菜，我没料到她这么会炒菜，哦，她是女人。

没有开酒。我以为她会要的。她说，不喝酒了吧我们，醉了不好。

醉了不好？什么意思呢？是因为醉了我不好被驱使吗？即使是这样，她难道不需要醉吗？不醉，她方便吗？可是又有什么不方便的呢？还有什么好羞羞答答的呢？不醉才能够更清醒，在清醒的状态下看着一个男孩被自己占有了，充分感受着占有的快乐。我明白了。

她不让喝酒，你就不能喝，她不允许你醉，你就不能醉，你必须清醒着为她服务。但话说回来，醒着又有什么不好呢？我也可以醒着跟她讨价还价，做到付出有值，利益最大化。

她说，所以不喝酒，是因为酒对身体不好。

有什么不好的？我问。

能使人发胖呀。她说，笑了起来。

她为什么又要去提自己胖？难道是为了突显自己的肥胖，从而确认是真实的自己在支配着我？一个丑陋的女人，在占有着我这样一个帅小伙子？这是怎样的快意呀！如果我有钱，我也会这么做。

我并不胖啊。我说。再说我也不怕胖。

我知道你很帅。她说。她又说我很帅，果然。你知道吗？你害了我了。她说。

我一惊。没有想到。

就因为你这么帅。她说。见到你以后，我越来越觉得自己长得不像话了。你这么近距离地摆在我的面前，让我发现我什么价值也没有了。这么多年来，我都得到了什么？赚了钱，可是又怎么样呢？

这是典型的有钱人的思维方式。有钱了，就想七想八了。而我没有钱，我只有帅，只有年轻。

想当初，我也是这么年轻。她说。于是我就开始把过去的照片翻出来看。我也曾年轻过，还很漂亮。她说。

我以为她会去拿当年的照片了。可是她没有拿。我真的想知道她过去长得什么样了。能让我看看你过去的照片吗？我问。

不要看了。她说。

为什么？

为什么要看？她盯着我。我感觉她洞穿了我的心。

我没有别的意思。

我知道。她说。不看更好。看了，就更对比了。

原来是这样。

这是绝对的错误。她继续说。两张照片，一张过去的，一张现在的，摆在一起，一个漂亮，一个丑。本来吧，是想用过去的漂亮安慰现在的丑，可是现实是真实的，你抹不去的，你看得到，摸得到，就摆在这里。以前的美，简直就是在告诉你，那一切已经一去不复返了，看，你现在已经多么丑！

我倒没有想到这。

我就犯了这样的错误了。她又说，就在见了你的当天晚上。那样两张照片摆在一起，让我清晰瞧到了身体各部位的演变，简直是丑恶化的过程。你看这腰，从多少公分肥到了多少公分。还有这肚皮，原来是平坦坦的，什么也没有，如今有了这么多的赘肉，里面满是脂肪，恶性肿瘤似的。

我悚然。我看不到她体内的脂肪。我什么也没有看到，只是被她比画着。我想象着，像想象着癌症病人体内的癌细胞。

她想得太过分了。

还有这眼袋。她又说了，还有那眼角：那一个，光滑滑的，你看现在这一个，眼尾纹一道，两道，三道……爬上来了。看得多清楚，凛冽的对比。

凛冽！我一愣。没有料到她会用这个词。

……一道一道地来……她继续说。

一个恶作剧的小孩拿着刀，在漂亮的宝马车门上划，一划，两划，三划，划成了大花脸。残酷哪！

同样是这个人，这个女人，不是别的女人。就这样过来了，到现在这样子。她说。

我无言以对。谁都有这样的时候，老丑了的时候。我忽然感到害怕，喘不过气来。其实……也没那么可怕……我说。与其是安慰她，毋宁是安慰自己。

你不这么觉得吗？她问。

不会的。我说。我没有说不觉得，而是说不会。真的。我又加了一句。

现在你没有权利这么说了。她说，你向我借钱了。

我一愣。

她笑了。可那笑很快就凝固了。都这样了，还说什么过去，过去的，不是自欺欺人吗？她说。

也许真是的。但她还要求怎么样呢？她还要求她真实地成为漂亮女人吗？

是不是？她还问我，简直是逼问。我不知道她为什么要逼问我，逼问我，对她有什么益处？是不是受虐更能解脱痛苦？

她把碗筷撒到一边，不吃了。我瞧着她，她的动作有点浮，好像在水里似的。她让自己沉在水里，一直往下沉。我救不了她。其实她是如此地清醒，要拯救一个清醒的绝望者是不可能的。她为什么要如此苛刻地让自己处在清醒中？

我也说不吃了。她说，我们走吧。她的声音冰冷，好像不是从一个活着的人体里发出的，而是从一个尸体。我感到不安。

又看到了健身房。她的声调明朗了些，她说，你去练一练？

我？我吃惊。

她点头。

不了。我说，你去吧。

我还练了干什么？她说。这些对我都已经没有用了。

我知道。

总是抱着希望去练。可是希望一次，就更绝望一次。你去练几下我看看。她再一次说。

我不知道她为什么要我去。但是我马上意识到我不能不去。我是有求于她的，今天在这里，她是什么人，我是什么人，我应该很清楚。你看，你总是犯糊涂。你又在可怜她了。其实你应该可怜自己。

我走进去了，拿起了哑铃。她说不行不行，你脱了外套。

这也是我不能推辞的。我脱了。时候是秋天，我只穿着贴身的背心。我重新拿起了哑铃，她啪啪拍起巴掌来，像拍在我的光身体上。

果然健美。她说。

我是健美。我当然知道。但是这不是在健美比赛。我这是在卖。她也不是在欣赏，她是在玩我。她不停地夸着我，多么健壮，你是个标准的男子汉。你看那三角肌，只有男人才有这样的三角肌。真是男子汉，标准的男子汉，典型的男子汉！我知道她为什么要这样说。她是要让自己感觉到面前这男人是典型的男人，所有男人的代表。所有的男人都被她玩于股掌之间。她肥胖的巴掌用力拍着，简直要把我拍扁。我愤怒地挥舞着哑铃。但我知道，我越是愤怒地挥舞，越是用劲，我发达的肌肉就越是显现出来，就越让她满足。

这是我的宿命。

但是我为什么不能让她满足呢？为什么执意要抗拒呢？我他妈的就是投到人家富婆裙子下面又怎么样？当鸭子也要够条件呢。

我开始轻快地挥舞了起来。做着各种各样的动作。这在我并不困难。我原来就是运动员出身。我开始笑了。我索性把背心也脱了。

她简直是惊叫了起来。

上腿力机，可以吗？她忽然又说。

她说得小心翼翼的。我感觉到她的心在发颤，滑滑的，你一抓，它就滑走了。

我去了。一上了腿力机，我就明白了她的用意。我必须脱下外裤，长裤，要不然做不来。当然喽，只露出上半身没有露出下半身是不行的。男人的上半身是随处可见的，没有什么隐秘，没有价值。现在需要真正的隐秘，真正的价值。开始了。

我的手提到了腰间，摸上了皮带。我瞥见她有点紧张。我当然知道她为什么紧张。但是她没有说什么，没有肯定，也没有制止。我解开了皮带扣，松下了裤头，裤子脱落下来了。她仍然没有说什么。其实这还是很正常的，因为我里面还穿着短裤，虽然是裤衩。我的大腿肌肉把裤衩挤压得特别窄小。

她的眼睛直了。

也许这仍然可以算是健美表演。她只是在欣赏。我的手又摸上了裤衩头，把裤衩头的牛筋拉起来，弹了一下。像弹一根琴弦。

她猛地一抖。她好像要说什么了。可是她仍然没有说。她能说什么吗？她能说得出口吗？还需要她说什么吗？我很明白我应该怎么做。我向她冲了过去，猛地抱住她，把她抡在地上。我发现她全身颤抖得非常厉害，像抽筋似的。可见她需要什么。我把她压住。我是一个男子汉。你不就需要一个男子汉吗？

蓦然，她挣扎了起来。令我吃惊。她竭力要挣脱开我。难道她不愿意吗？难道她不是这个意思吗？她为什么要让我到她的家里？她，这么一个丑女人，没有人要的，怎么会拒绝我呢？你是个标准的男子汉。她不是说过吗？

我撒手了。她趴在地上呜呜哭了起来。哭得像猫，那声音是从肺腑发出来的，很瘆人。我从来没有瞧见像她这样的人哭，这种年龄了，一个事业有成的女人。完全没了女强人的矜持。

也许是我太鲁莽。女人是不接受鲁莽的，曾经看到一篇网文这样说过。

9

我呆呆地坐在地上。甚至还保留着刚才被她推倒时的姿势。

她也没有起来，趴着。她已经不哭了。外面很静。我听见了落叶的声音。

你们男人都这样吗？也不知过了多久，她说。

……曾经有个男人，就是在这，健身房，跟我做了这种事的。她继续说。他说他爱我，他要娶我。他只不过是我的一个下属。当然我并不贱视他，其实我有什么呢？只不过给我撞上了时机，钻了国家政策的空子罢了。倒买倒卖，谁都可以做。其实我很稀罕他的爱。可是还没结婚，他就卷走我一大笔钱，跑了。

莫不是她认为我也是这样的人？所以她迟迟不肯给我钱。

……后来我才醒悟过来。她又说，他为什么要在这种地方跟我做。

……他一直在这种地方做这种事的，或者在卫生间，汽车里，甚至在马路边。我很不习惯，为什么好端端的卧室他不做呢？我有房子，这么大的房子。我还有几处这样别墅。可是他从不在里面做。他做的时候总要命令我摆出这种姿势，那种姿势，全是非常规的姿势。他最喜欢让我做狗爬式。他说这样才刺激。他需要刺激。我明白了，他根本是在厌恶我，他必须把我当作狗，把这种事当作强奸一样才行。他其实爱的是我的钱。

……后来又来了几位，也是这样。都是冲着我的钱来的。他们几乎无一例外逃避跟我做爱，因为爱是不能做假的，他们不能。不能就是不能。他们根本不爱我。好像我只是一摊母猪肉。他们碰都不想碰我，更不要说抱了。女人是喜欢被抱的动物，你知道吗？那感觉真好啊，你的脚可以不用了，一直被鞋子束缚的脚。（所以女人喜欢脱鞋子的感觉，知道吗？）不止呢，是被全身重压的脚。人飘了起来。有一次，我向一个人提出来，抱我一下行吗？他说，我抱不过来。

我瞧着她粗大的腰。

……前天，就在前天，我现在的那个，他，居然买了个人造工具送我。

我一愣。

……他说那是最高级的。电脑控制，自动调温，价格最贵。他说他就是要买最高级最贵的献给我。他还说，我这不是用你的钱买的，是掏我自己的钱买的，表示我的心意。我真是哭笑不得了。这是你的心吗？这就是你们男人的心吗？这就是你们男人的爱吗？你们男人只知道钱，物质的，感官的，你们只知道一根棍子塞到一个窟窿里，即使有温度，即使用的是最有舒适度的材料，用所有现代高科技技术，那是人的吗？即使有快感，那快感也是建立在这种冰冷的机械的技术之上，是刺激出来的。

她爬了起来，走向健步器，按开了按钮。机器运动了起来。她又转向了健骑机，也打开了开关按钮，顿时一个庞大的影子在房间里拱动起伏，横冲直撞。划船器张牙舞爪，多功能举重机让你感觉到天要压下来。整个健身房都动起来了，像一个大工厂，什么声音都有，铿锵，沉重。光影炫目，令你眼花缭乱。你弄不清楚它们是怎么来，怎么去的。你不得不佩服它们的奇妙。她就在这奇妙中，她又在受刑。

她疯狂地摇着头，好像在撕扯自己。可是没有用，她还是她，还是那个完整的她，还是那么胖。最后她颓然倒下了。

这在她，已经是第几次了？

能上楼上来吗？好久，她说。

上楼？我一愣。

是的，可以吗？

她说，用的是商量的语气，毋宁是在哀求我。我不能拒绝。

我知道楼上是什么地方。我蓦然明白了，她为什么要我上楼。第一次来她家，她就让我上楼。按基本格局，二楼应该是卧室的。

女人不能忍受粗暴，女人需要温柔、温馨。

我点头。来。她说，说得很小声。

我跟着她上楼。那楼梯很陡。她在前面走着。她的身体软得像要垮下来一样，像一堆化了的奶油。她熬不住了。我想。

上了二楼，又再上去。三楼也对。把卧室设在最高层更好。到了三楼，拐进了一个楼道。楼道有点暗，好像很长。我没有料到会有这么长的楼道，虽然她住处是单独的楼房，整座楼都是她的，但是如此长的楼道，我还是想象不出在区间上如何安排的。

也许是因为楼道在悄然拐着弯？所以也越来越暗了，幽幽的。外面的夜，也已经很深了吧。我闻到了一种味道。一种旧房屋的味道。土木的。这味道我已经很久没有闻了，这些年来我已经闻惯了皮革的、油漆的，或者是金属的味道，只有它们，才代表着现代、华贵。

我用手摸边上的墙，我的手被粗糙的木面扎了一下，像被电了似的。居然没有上油漆。这样豪宅里居然用这样不上漆的装修，不可思议。也许是为了返回自然？一种理念。富人们的做派。吃够了山珍海味，又来吃野菜。

终于到了一个房间前。打开了门，拉了灯。奇怪，居然用的是拉绳，灯也是原始的白炽灯，上面用一张纸做灯罩。我小时候家里就这样。房间里也全都是没有上油漆的白坯家具，床，桌子。式样并不是现在时髦的回归自然型的那种，而是十多年前的，凑合着用的那种。纯粹的寒碜。纯粹的土。那时候中国还没有富人。

她为什么用这样的家具呢？白炽灯昏黄，把一切变成了老照片。也许是出于怀旧？怀旧，也是一种时尚。谁能说那时代的东西就不能成为时尚呢？你看许多知青餐馆、军用挎包，不就成为当今的时尚了吗？

只是墙壁上没有照片。她现在的照片固然不会有了，她往昔的照片也没有。她不是说过了吗？太凛冽的对比。

仅有环境。也许她结婚时用的就是这样的家具，她就在这样的床上跟她的丈夫相亲相爱？我明白了，她要的是这样的效果：回到从前，跟我做。

我等待着。果然她开始动作了。她打开了衣橱。在一个外人，特别是男人的面前打开衣橱，意味着什么？我闻到了樟脑的味道。

她拿出了一条内裤，放在床上。又拿出了一个文胸。那内裤和文胸好像很旧了。我知道接下来要怎样了。我甚至悄悄观察起更衣室在哪里。

可是她并没有脱衣，把它们换上去。她只是把它们摆在床上，按人体结构。一个女人的形骸赫然出现在我的面前。说白了，一个女人主要就是这些部分，这些部分出来了，女人就出来了。

可是那毕竟不是真实的人，没有肉，没有体温，只是一个虚壳。什么时候我们又开始玩虚的了？已经从看不到她的人，到看到了她的人，到约会，到交易。人都摆在这里了，还要玩虚的？

也许她是想让我对她过去的身材有个认识？撇开了照片，她还是想这样。毕竟，过去是美好的。

是你过去的?我问她。

不!她却否认了。怎么可能是我呢?她说。你看我是什么模样。

我是说过去的你嘛!我说。

你可别乱说!她说,生气了。好像我扯上她,是玷污了眼前这个女的。你看我是什么样!她叫。她猛地跳起来,扒下自己的外衣。她穿着紧身衣。原来她一直穿着紧身衣,还这么胖。

她把紧身衣也剥掉了。她把紧身衣翻过头时,我瞧见她起伏的肚皮,简直像青蛙。

她剥掉后又恢复了姿势,那肚皮显得更鼓了,而且层层叠叠,像沙皮狗的脖子。在这之前,我没有看到过她竖着时的裸肚。那肚子连同全身的肉顶着她的胸罩和裤衩。胸罩带和短裤裤头好像顷刻要崩断了。她戳着自己身上的胸罩,你看,这跟那个是一个型号的吗?她嘴巴戳着床上的内衣。她是她,我是我,我是我,她是她,有什么关系?!

她忽然又拉扯起自己的肚皮来。那肚皮原来的褶皱被她拉成了一张张扁扁的难看的嘴。这个女人,这样子,你觉得好看吗?她叫。这身体只配人造工具应付,这下水,只配狗吃,不,狗都不吃,只配埋了!

没有一个女人会这样作践自己,我很吃惊。尽管在这之前她也曾说自己丑,但那只是嘴上说的,你也可以把它当作调侃。即使是实实在在地展现出来,暴露无遗,也没有经过恶毒的丑化。她这是怎么了?即使那不是她的,我说错了,她又哪里犯得着这样呢?难道那女孩子比她自己更重要吗?

她是谁呢?不是她,又是谁呢?

可惜不是照片。如果是照片,我可以指认照片上的特征。我一定要指认!

可是它只是衣服。只是流水线车间制造出来的、谁都可能买的衣服,买了谁穿,就是谁的。何况又是内衣。只有穿者自己知道是谁的。

对不起。我只能说。

你也不必道歉。她说。她平静了。或者说是,她感觉成功了。她已经成功地把自己跟那个女孩分离开来了,她的声音里有一种胜利者的明朗。她叫小芳。她说。

小芳?

小芳是谁?

小芳就是小芳。她说。

是那首歌里的小芳吗?或者是她杜撰出来的一个人。但也难说不是她自己。她叫什么名字,我不知道,就像她不知道我叫什么一样。也许是她的小名?她叫什么芳,这可是女的常用的名字。可也正因为有那么多的叫小芳的人,我不能肯定就是她了,也许只是一种泛指。

你觉得她怎么样?她问。

我不知道。我说,我又不认识她。

想象一下。她说。

我想象不出来。

你真没趣。她说。还是网络上混出来的呢,没有一点想象力。

是啊,我为什么忽然变得没有想象力了呢?也许是因为她的存在,她就在我面前。她的存在,是个障碍。

这个女孩,怎么可能跟眼前这个肥丑的女人是同一个人呢?看那内衣,她多么地苗条。内衣是做不来假的。我想象:身材很好。

脸也不坏。她说。

应该是。我说。

你能说说她的三围吗?她说。

三围?虽然我知道什么是三围,但是我从来没有认真想过这问题。我连影的三围都不知道。

她拉开抽屉,拿出一卷布尺,展开,递到我手里。我知道她是让我量。我量了。我的手偶然碰到那文胸上,触电似的一颤。我不知道自己为什么会这样。我并不是没有碰过这东西,我有女朋友影,我们都已经到了谈婚论嫁的程度了,那可是实实在在的身体呢。

胸围:83CM。比影还棒。精巧而丰满。影则太干了。那文胸很圆,立起来那种。

你再量量她的腰围。那富婆说。

58CM。腰很小。

说说你的感觉。她说。

好像一掐就能掐断。我说。

我也这么觉得。她说。

我真的这么觉得。我的心底涌起一种要拥有的欲望。不,是掐,掐死对方,彻底地占有。

我量那臀围。别忘了,衣服是平面的,人是圆的。她提醒我。

我知道。

她帮我把那裤衩撑起来。因为撑起了,裤布显得特别薄,好像透明了似的。我仿佛瞧见了那薄薄的布后面的世界,圆润,决不拖泥带水。

88CM。漂亮!我想。

她漂亮吗?她问。

我点头。

想要吗?

是。我承认。

可是你得不到她。她却说。因为有很多人爱着她呢。她的身边围满了男人,苍蝇似的。那些男人喜欢给她买衣服,她也没钱买那么多衣服,也乐于这样。那些男人说她穿什么样的衣服都好看。他们看到了好看的衣服,就想让它穿在她身上,朋友,同事,简直把她当模特儿了。同事总是说,你可要天天上班穿来喔。其中一个甚至说,你不穿来,老子就强奸了你!

她说着,笑了。其实他们都恨不得把她占为己有。他们很多人设圈套捕获她。但即使这样,感觉也很好啊是不是?你想想,你逃,他追,还有争风吃醋的。看着他们吵吵嚷嚷,打打杀杀,多开心啊!她说。她眼泪盈盈了。

你知道她最后被谁捕获了吗?她问。

不知道。一定是其中最优秀者。

不是,她说。一个最会骗的。他说他很有钱,男财女貌。她笑了。也许也算优秀吧,男人会骗就是优秀。她说。

……其实他很穷。给她的结婚金项链都是借来的。一结完婚,就有人来搬新房里的东西,什么都搬走了,剩下一张没有上油漆的床铺,还有一张破办公桌。她哭了。

我猛地瞧那床,那桌子。不会就是它们吧?应该不会。我也不相信。

……他就跪在她面前,请求她原谅。她继续说。他说他一定要去挣钱,补偿她。他哭了。他抱她,她感觉骨头都被他抱碎了。那种深入骨髓的心酸和温柔。如果她没有受骗,没有他抱着她忏悔,还不会产生这种感觉。她又哭了。她说,我们一起去挣钱。

……他们做起了生意。他们有钱了。其实是她有钱了,她做得远比他成功。他们买了房子,有了全新的家具,把旧家具扔了,就像抛掉贫穷的帽子。我们再也不穷了!再也不需要它们了!再也不需要别人给买漂亮的衣服了,要什么样的衣服,她都买得起,多高级的时装都买得起。她自己拥有了自己。可是……

什么?我问。

她一愣,刹住了,不讲了。

人需要外力,知道吗?她说。

我不明白。不是常说别人有不如自己有吗?我问。

那是在那时。她说。

那时?那后来呢?

什么后来?她突然一跳,警醒了似的。这就是现在的事。

现在?我一愣。

对呀！你瞧她。她指那内衣。她在看着你呢。

说得如此逼真。我恍惚了。

她在问你喜欢她吗？

我喜欢。我说。

爱她吗？

爱。

谢谢你。她说。我不知道她为什么要谢我，是替那女的吗？我真的不知道……

你可以抱抱她吗？她忽然又问。

抱？

女人是喜欢被抱的动物。

可以。我说。我抱了。我真的爱上了她。

那富婆身子一个颤抖。我明显感觉到了。她哭了。我不知道她为什么哭。我真的不知道。

她打开另一个抽屉，拿出一沓钱。一看到钱，我就又记起自己是为什么来的了。那全是百元大钞。那么粗陋的抽屉里居然放着这么多的钱，让我吃惊。她随手抠起一叠，交给我。我捏在手里，明显不止两万七。她居然又把剩下的也放在我手里。我不要这么多。我说。

拿着。她说。

我拿着了。这是她买我的钱。她多给，是在给我加价了。我想。那么她到底要我怎样为她服务呢？她忽然又决定了什么似的，去抄抽屉，抽出一叠存折。她怎么这样？难道，她要把所有的钱都给我？她真的要这样。我不要。我承受不起，我甚至有点害怕了。她要干什么？她也止住了，说，也好，它们就放在这抽屉里，我会写好的，这些钱全归你。

难道她不想活了吗？我想。她写什么？遗嘱？她不知道我的名字怎么写？哈哈，作态罢了。

你给我这么多，我怎么还你？我说。

不要你还。她说。

我一愣。

你可以走了。她说。

走？事情还没开始呢。我瞧她，她向我点着头。她确实是让我走。

我不敢走。

你可以走了。她又说了一句，我人有点不舒服。

哦，她是让我暂且先走，以后再召我来。我必须随叫随到，随时为她服务，做她的应召男郎。这就是我力所能及的。可是，难道她就不怕我走了，再不来了吗？我已经拿了钱了。或者即使来了，也只是敷衍她，像那些她所遇到过的男人一样。这个社会哪里有诚信？她凭什么对我这么放心？她就不怕再次被骗吗？我又望了望她。

我忽然感觉有点难受，好像是我在存心骗她似的。我需要钱，这世界就是钱。这是我的全部目的。可是她却好像不知道。她是那么地单纯，无辜，一个弱女人。

你难道就不怕被我骗了吗？我说。我不知自己为什么要这么说。

不怕。她说，谢谢你的骗。你快走吧！你走吧，你走吧！她叫，快走！

10

我几乎是被她推出来的。

已经过了零点。我回头瞧她屋子，灯光已经灭了。

已经没有了回城的班车，也没有出租车。我走了好长的路才拦了一辆运新鲜蔬菜进城的卡车。这么早啊。我搭讪。

不早卖不了好价钱啊。卡车司机应。

哦，钱。我捂着怀里的钱。

回到了城里。我和女友重归于好了。她没有问我那晚去哪里，因为我给她买了液晶彩电。现在人都不那么死心眼。我们又买了家具,留了举办婚宴的钱,剩下的照了最豪华的婚纱照。我们就可以结婚了。

可是我变得懒洋洋起来,好像结婚并不是我的目的。常常会有一种恍惚的感觉。也许我还想着那女孩?小芳。其实她是不是真有其人,我根本不知道,无法证实。即使有吧,真像那富婆说的那样吗?

那个富婆始终没来召我。有一天,我去了她家了。那房屋大门紧锁。贴着封条。是公安局的,边上还有一张寻找案件线索的布告。她死了,自杀,但也不能排除是他杀。她死的日期是我离开的当天。

我找到了公安局。公安局说,她留下了一封遗书。遗书?莫不是她真的立下遗嘱把存款给我?但是没有。当然,她不可能把遗产给我。那遗书上只有一句话:

　　有你一抱,可以去死了。

她?

这个你,就是你吧?公安局问。

是。我承认。但是我并没有对她怎么样呀!我辩。我抱的只是小芳……我愣了。

我们会弄清楚的。公安局说。

他们没法弄清楚。没有任何作案工具。她是以最简单的方式去死的。跳楼。简单就是快捷。所以她才那么急煞煞推我走。她不能等。她等不得去拿药,等不得去拿刀,等不得去找绳索。从那窗户一跳。

美景定格了。

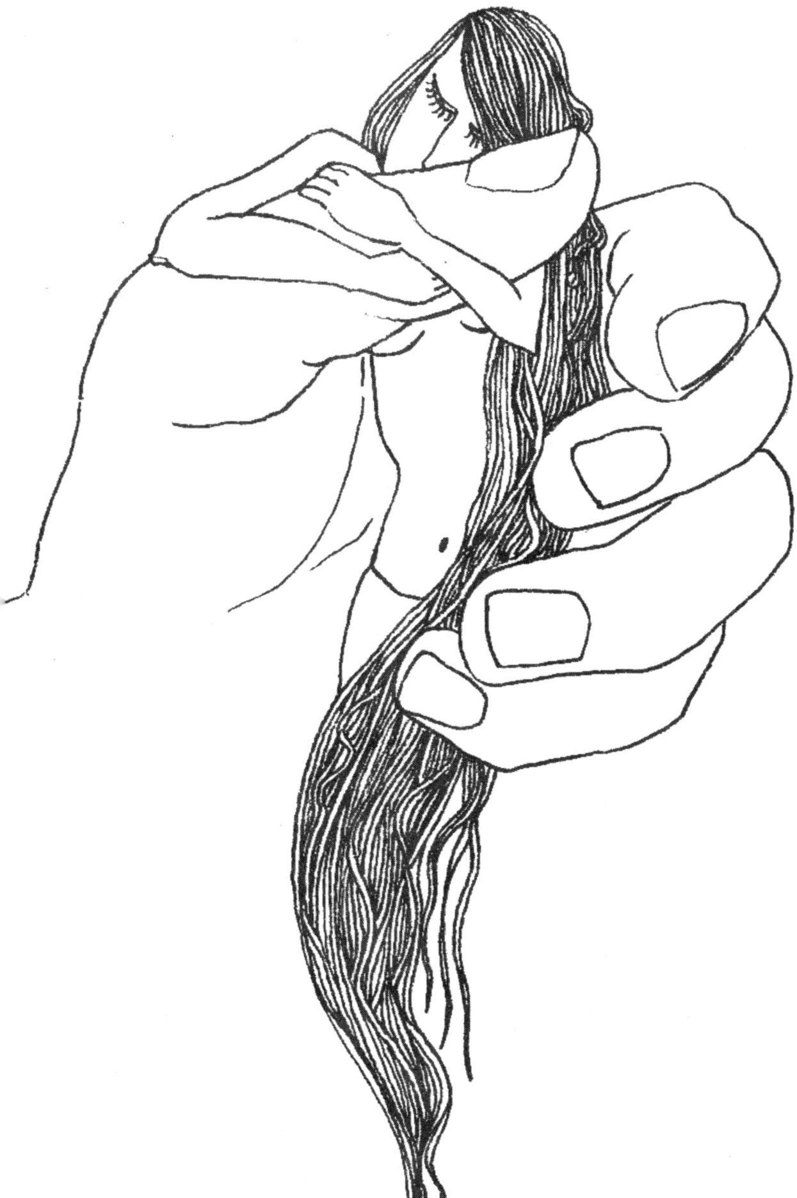

第七章 【带刀的男人】

你想好了吗？
你可以选择合上。
你确定要进入吗？

1

她去机场接他。他是来参加她作品研讨会的。他是当今当红评论家。他给她的诗写了两篇专评,她一直对他心存感激。

她没有见过他。他们只电话和 E-mail 往来。她曾在报纸上看到他的照片,戴着眼镜,一手扶着镜框,一副儒雅模样。见到人,居然比照片还要儒雅。他儒雅地向她深点一个头。好的,他说,动作缓慢,声调持重,一个长者(他比她大二十岁)。又扶了扶眼镜。

晚上,主办方省作协为他接风洗尘。被请来的还有本省几个诗评家。大家很快就交谈了起来。不是诗,也不是文学。如今都羞于谈文学了。只有她,新出炉的女诗人,才企图把话题转到诗上。她给他敬酒时说,您的诗评好锐利。

大家笑了起来,说,他本来就是一把刀。

怎么说?她不明白。

一个说,刀笔吏刀笔吏,他就是以笔做刀。

他说,这话对也不对,我不是吏。我是民间的。

大家又笑了。她也笑了,他是一把特立独行的刀。屠龙刀?网络游戏里的那种刀,积蓄着长期的能量,技巧、熟练度和知识。

晚饭吃完,大家散了,他被安排在作协招待所住。作协招待所在作协大院内。门卫认识他,当然,他是名人。门卫向他致意,他也赶紧还礼,回头对陪同的她说,当个名人可真累。

她能理解这种累。但是这种累正是她所向往的。她曾经在电视上看到孙燕姿被几个彪形保镖护卫着,冲破追星人群。她多么羡慕。现在谁不羡慕这种效应?只可惜诗人不是明星。而且她才走出第一步。她对这次研讨会抱有重望。当然最寄希望的是他。她要他把她的创作成就拔高到全国性的高度。她请他去酒吧喝酒。

为什么选择酒吧而不是茶楼?因为喝了酒,好说话。当然还因为他是来自京城。她听说京城有很多酒吧,三里屯,后海。不用酒吧招待他,显得寒碜了。

不好意思让你陪我,他说,客气地。

哪里的话,是我应该谢谢您呢。她说。

你,家里没事吧?他又问。

没事。她说。家里有个儿子,四岁,由保姆带着(她丈夫在外地工作)。平时保姆在她下班后回家,今晚因为她要应酬,叫保姆待迟一些。

酒吧醉意浓浓。他终于醉了。她说出了自己的要求,他说好的好的,还是那么文雅(好像她理所当然是全国性诗人似的),只是把手放她肩膀拍了拍。她虽然有微微的不习惯,但也觉得没什么。再说他的年龄都能当她的父亲了。她只是悄悄把他的手牵下来,化作牵手的姿势。

很迟了,她把他牵出了酒吧。打车,上车。司机问去哪里,她说了作协招待所。我不去那地方!他忽然说。

她诧异。

我不想看见那些讨厌的眼睛。他说。

她笑了。没事的,他们看您的眼睛又没恶意。

他们看你有恶意。他说。

她承认。她长得不错,走在大街上,有不低的回头率。她感觉得到那些目光。她也为自己具有这种吸引力而得意。她相信在机场他第一眼看到她时，也会感觉得到这一点。女诗人女作家大多是歪桃扁枣。

看那些看你的眼睛，我就受不了。他又说。

谢谢。她说，有点感动。要知道，他可是名人哪。

我历来就讨厌单位招待所。他又说。冷漠，无情！我不去！

她心一动。这几个词，也是她诗中喜欢用的。她共鸣了。去哪里？司机又在问她。是啊，可是去哪儿呢？不去作协招待所，又去哪里？

还是去吧。她劝他。

我坚决不去那里！他说，要把我送到那里去，我就立马回去！

斩钉截铁。说着他就猛地睡下了。她推也推不醒。你们到底去哪里？司机有点不耐烦了，催她。她慌了。不要说让他生气了回北京去，就只是让他生气，她的希望也会泡汤的。有一刻，她想把他拉下车去，再想办法。可是他睡得很沉，她搬不动。那就到我家吧。她想。

2

到了她家。她叫他，他醒了，谢天谢地。他问，这是哪里？

我家。她说。

哦。他说。又迷糊下去了。她搀着他。他把她当作拐杖似的。她从来没有跟丈夫以外的男人如此身体相近过，她觉得有点不习惯。他怎么就又迷糊下去了呢？

开了房门，保姆站在门口。保姆眼睛睁得老大。也确实，半夜三更你带个男人回到家里。她叫保姆帮忙搀扶，保姆却闪到一边去了。她只得自己搀他进屋。她感觉到保姆的眼睛在后面跟着自己。他是我老师。她说明性地对保姆说。他醉了。

宝宝睡了。保姆说，指指孩子睡觉的房间。匆匆忙忙走了，关上门。

她瞧着门愣了半天。

房间里只剩下她和他。她知道保姆一定会寻思接下来怎么样了。是啊，怎么样呢？可是又能怎么样呢？他是我的老师，著名的文学评论家。他是那么文雅。只是现在他喝醉了。她给他泡茶。他坐在沙发上安安静静。他醉了也是那么温文尔雅，好像沉醉在文学世界里。

她叫他喝茶，想让他醒醒酒，然后还可以再聊聊。聊些文学，新的东西，现代的东西。世界越来越现代化了，越来越文明，人们的穿着也越来越衣冠楚楚。以至于她去给他放洗澡水，也没有想到将在这里出现的，是个什么样的身体。

她决定把自己的卧室让出来给他。自己睡到儿子房间去。她记起他的行李都放在招待所里。她又把自己丈夫的睡衣拿出来，给他用。不能说她完全不知道他是男的，但是她只不过把他看作自己丈夫那样的自然而然的男人。她丈夫跟她，即使是做爱，也是自然而然。她常常会一边想着别的事，一边跟丈夫做。

他进卫生间小便。她听到里面传出的流水声。她也并没有感觉什么。她的儿子小便也总是发出这样的声音，有时候她会不放心地叮嘱：对准了拉。那只是水管，水不要流得到处都是了。

有一刻，她也想到他会不会拉歪了。她是爱清洁的。但是她马上不在乎了。人家是你的贵客。

他出来了，裤子没有穿好，皮带尾挂了下来。他坐下来时，她又发现他的裤门拉链没有拉上。她感觉有些不便，她刚好坐在他对面。她转到了他侧面的沙发上。

她请教他问题。他讲了现代性，后现代，叶芝，里尔克，哈贝马斯，萨义德。詹明信说，现代性永远是一个有讲述内容的故事，是当前事件的哲学。但是当前事件又是什么呢？比如我的当前，他谈起了自己的危机。

我曾经奋发拼搏，惨淡经营，终于功成名就了，但是又得到了什么？其实什么也没有得到，人也老了，什么都没有了。你以为我有吗？文学？文学只是文字。一钱不值！

可是您是教授呀！她说。

教授？呸！我什么都没有！他说。

应该说，文学如果不能带来实在的好处，就只是文字而已。她说，自作聪明地。而像您就不是了。您是教授，享受着专家津贴呢，现在教授的收入可是谁都羡慕的呢！

那是什么东西？他说，只要你规规矩矩，就养着你，像豢养宠物。我不需要！

但是至少您家人也需要呀。她劝说。您看您家庭，这么幸福。

她自己也觉得可笑。她又不知道他家情况，怎么就断定他家庭幸福？只不过是安慰罢了，她还能怎么样？

家？家是什么？他说，家是宝盖头下面一群猪！

她笑了。这比喻，巴金在《家》中借觉民的口说过。几乎一个世纪前了。现在再听这话，能感受的只是愤青的情绪。他居然也如此愤青。那也不会……她说。

知道老婆是什么吗？

她一惊。不知道。他为什么要说这？

一件笨重的考究家具。他说。

她一愣。扑哧笑了。这比喻妙。可是她马上意识到自己的笑是不恰当的。他在看着她。

他醉了。她想。也许是过于痛苦了。也确实，谁不在痛苦中挣扎呢？她让他喝茶，醒醒就好。她记起橘子能醒酒，就站起来去拿橘子。她掰开橘子皮，给他。他不接。她就把橘瓣掰出来。他仍然不接。她就只得把橘瓣递到他嘴边。

塞他嘴里，他张口接时，她感觉这样不太好。正这样觉着，突然，他把她的手一抓，她身体失去平衡，跌到他身上。她的脸埋在他的身上。手里的橘子掉了。不，掉了一部分，翻着橘子皮掉在地上，好像脱了一半的裤子。另一部分抓在她手里，已经被她抓烂了。

她不知道发生了什么事。手中橘汁滴淌,不可收拾。

她猛然明白过来了。她要起来。可是她的腰被他捆着。

她终于挣脱了。她立刻装作去捡地上的橘子。她什么也没有吱声。

世界好像翻了个底朝天。他怎么会这样呢?

3

其实这就是真实的他。他并没有醉。或者说,身体醉了,脑袋是清醒着。所以他才不住招待所。招待所里有监视的眼睛。

只是行动有时候需要缓冲。

她不肯,是他预料到的。他欣喜,但也感觉到微微的麻烦。如果顺从了就不需要再折腾了。他所遇到的几乎都是不抗拒的。就是那次在福州,那个女作者,也只是微弱地反抗了一下。她臊红着脸,冲他顽皮地做了个鬼脸,然后吃吃地笑了,随他了。破开女人的感觉真好,像打开了一扇全新的门,从此进入了更深层的领域,幽暗的领域。这个女人跟几分钟前的女人,怎么如此地不同? 她们是同一个女人吗?

她们中有的还会说一句:不要这么嘛! 他就知道她们肯了。甚至她们就在等着他呢。那一次在上海,那个女的在他还没决定下一步时,已经把手臂抄过他的胳肢窝,翘着反折过来,搭在他的肩胛上。在苏州那次,那个女人居然准备了安全套。现在想来真有点倒胃。

这个女人会逃脱,让他兴奋。她蹲在地上,他看到她狼狈的背。她像个女佣。他站起来,又从后面抱住了她。

这下明确了,他在做什么。之前她还侥幸以为,也许人家只是醉了,人家并没有那个意思。她不知道该怎么办了。

她不是那样的女人。她只是想写诗,想得到承认,想出名。她需要他。她怕得罪他。她没有动。动了就说明你在抗拒。如果说前面的挣扎还因为本能反应,现在就是你有意的了。她灵机一动,顺势把他驮到前面的沙发上，好像他是来要她驮似的。这是一种聪明的化解。

她曾在一本杂志上看到一篇小说，一个女生有求于一个男教师，到他宿舍，男教师问她：我能吻你吗？女生答：好啊，我们去操场上，一边接吻，一边做广播体操。多聪明的女孩！

她竭力显示出自己是在帮他做事的样子，认真地。好像她是他的母亲，他是不懂事的小孩，她在给他打理。她凑得他非常近。他闻到了她头发的香味了，他想起了自己的初恋。

她反过身把他搁在沙发上时，又被他一拽，她仰天倒在他身上。被他搂在怀里。

她挣脱出来。可是她的手被他牵住了。她回过身，还是被牵住。死死的。她挣不脱。

现在她必须跟他面面相对。她的头发乱了。她用另一只手捋着。他怎么会这样呢？也许只是因为他醉了，他其实并不是这样的人。她仍然蹊跷地想。酒后失态。但是，又有一句话怎么说的？酒后吐真言。那么他又是醒着的了。

他望着她。她被他望着。这种情形简直残酷：看你这脸该怎么办？你甚至连像刚才那样把脸埋在他眼睛看不到的地方，都不可能了。她只得笑了。笑得很单纯，好像他是在跟她开玩笑似的。她说我要去添点茶。

他摇头。我不要茶，只要你。

她又笑了，好像听不懂他的话似的，笑得很弱智。或者他只是在开玩笑？这种玩笑也是经常会有的，比如在酒桌上，在对方讲黄段子时。那时候无所适从的女性，也只得这么笑。

来吧。他说。

她笑着摇头。这下是明确表示拒绝了。她又害怕让他感觉出拒绝来，就笑着，软着脖子，嘻嘻嘻嘻。竭力表现出柔软。好像在跟他撒娇似的。她为什么不愿意又不肯拒绝他？因为她需要他。

他的那张脸，虽然还戴着眼镜，可是眼镜已经搭拉下来了，他的眼睛在镜片后白煞煞的,她想起了白眼狼。头发一绺挂在额头上。

他看出了她不敢拒绝。他感觉到了强迫对方的残忍的刺激,由此产生了快意。

我完全可以把他的手一把甩掉。她想。可是就是不敢。她觉得自己的脸笑得发僵。她看到了自己涎着的脸,她简直嫌恶自己。

手荡来荡去,她的羞涩感被荡得麻木了,又被荡清醒了。我这成了什么人了?

也许是为了转移自己的难堪,她用那没有被控制住的手去拿橘子,茶几上的。那橘子与其说是橘子,毋宁只是橘皮。可是在她欠身时,他突然又把她拽了一下。她的胳膊几乎被拽断。她又笑了。这笑是在哀求。我们好好说话,好吗?她说。

不好!他说,居然。

她不知道该怎样办了。她没想到他会这么直截了当地回答。他怎么会这样呢?

他又一狠劲,把她拽到怀里。他要吻她。她挣扎。她把嘴别过去。他没有吻到。他也没力气把她的嘴扳过来。他毕竟是醉了。

她挣脱出来了。您累了,您休息吧。她说。

不休息!他说。

您看您累了,一天的旅途劳累。她说,当然不是出于关心,毋宁是因为无话可说。多辛苦啊,您看,您都累成这样……您看,您都在沙发上起不来了。您去洗个澡。她指了指卫生间。

我不洗!他说。

洗吧。她说。

那好,我们一起洗!他说。

他怎么能这么说?不用了。她说。

"不用"这词用得可真妙,不是不要,而是不用,好像她是在客气,对方是在好意帮助。

那我就不洗。他说。他让自己更深地陷在沙发上,好像一尊铁墩子。她不耐烦了。她猛然意识到,他不洗澡也好,洗了澡,他就更来精神了,更不好办了。就这样让他去睡。有一刻,她想到家里有没有安眠药,悄悄放进水里,让他吃下去,让他睡去。

不洗也好,她说,那您就休息吧。她又指了指卧室。

我们一起休息!他又说。

当然啰,我也要休息的。她说,耍了个小聪明。

他愣了。他很快明白了。他以为是自己的坚韧成功了。其实她已经是结了婚生了孩子的女人了,有什么放不开的?被啃过的馒头,再啃一口也不要紧。她所以不肯一起洗澡,是因为她害臊脱光了面对他。很多女人羞于这种审视,她们被摸了,被做了,但是却不肯被看。那是真正撕破她们羞耻的(所以听说国外的妓院,房间墙上往往镶着一面大镜子)。

进了她的卧室。有很大的床。他奇怪她怎么要那么大的床,既然丈夫不在。那不是显得更空荡,更寂寞吗?守空床。他忽然记起这个词。现在这床不会再空了,是个好床。他要拉她,她却闪身到了门口。

不是说好了一起休息吗?他问。

对呀,她说,你在这边休息,我在那边休息。她手指了指隔壁儿子房间。

不要!他说。

一起睡我会睡不着的。她说,俏皮地。

我不会吵你的。

是我睡不着的。她说。不关您的事。我不习惯两个人睡。她说。

他笑了。她知道他为什么笑,不习惯两个人睡?那么跟你丈夫呢?她也笑了。

撒谎。他说。

我是说,我不习惯跟我老公以外的人一起睡。她说明道。

为什么？

就是不习惯。她说。

我一躺下去，马上就睡着了。他说，根本不会吵你的。

不是，有人在旁边我睡不着。她说，对不起。

那我睡得过去一点。他比画着床铺。我只睡这一个角落，总可以了吧？他在床上分割着区间，像个军师在比画战略地图。我就睡这里，到此为止，三八线。你睡那里。

他这样动作给她感觉很露骨。好像他们在讨价还价的，只要谈得好，就可以成交了。怎么到了纠缠在这问题上了？不行。她说。

没关系。他说。

不行不行。她仍然说。

可以。

不行。

唉，我这不是老纸上谈兵吗？他想，这样谈下去会有什么结果？你难道要她明确说可以吗？你必须行动！把她控制住，然后她就可以装出无可奈何被强迫的样子，迁就你了。他猛地跳起来，扑向她，把她搂在怀里。就往床上拽。把她压在床上。她挣扎。这下可不比在沙发，沙发是局促的，床有很大的空间。让他平平实实压在她身上，她动弹不得。好大的床！她死命挣扎。她如此拼死命挣扎，让他有点吃惊。我的预想有什么不对了？

可见她跟那些女人不一样，他又想。可见她还是正经女人。他的期望更上升了。我一定要得到她。

她感觉有个硬物在顶着她。顶在她柔软的部位。像要戳进去似的，一把刀。她奇怪他哪里来的刀。好像突然从身体里长出来似的。平时那地方并没有刀的迹象。她曾经从丈夫身上发现这种现象。丈夫不是个会藏刀的人，他平时性格温和，为人老实，一个好男人。

其实所有的男人都带着刀。

她想逃开那刀。可是她的身体被他压得死死的，动弹不得。她四处张望，寻求解救。她瞧见了床头柜上的丈夫的照片。他在笑。他的笑容被震得摇摇欲坠。我是有丈夫的人。她忽然说。

他稍稍愣了一下。这有什么？他说，他又不在。

她也一愣。他的话说明了，他是想到了的。他不糊涂，他并没有醉。

他伸出一只手，把相框覆下了。又没人看见，他又说，什么人也没有。

是啊，什么人也没有。只有她的根本不明白这种事的儿子，他已经在隔壁房间睡着了。他很知道选择场合的，其实在酒吧，在出租车上他就可以动手，但是他没有做。根据他的经验，除了非常流氓的女人，一般不会在公众场合跟你做那种事。何况她不是那样的女人。

于是问题也出来了。他没有醉，不是酒后糊涂。如果是酒后糊涂，还可以原谅。即使她跟他做了，也就稀里糊涂地做了。但他是清醒的。既然这样，你跟他做，就是顺从，就是卖。他在玩你，你在卖，你是个妓女！

她不愿意当妓女。她发觉他在扒她的裤子。她赶紧揪紧裤头。

她越不肯，他越要扒。看看吧，这个正经的女人是怎样被扒下裤子的！这要比扒那些裤腰带本来就松松垮垮的女人，要刺激得多。这个一本正经的女人有着怎样的身体？这是张力。他评论文章喜欢用这个概念。艺术的魅力就在于张力。

她抗拒着。她的脚把床头灯踢翻。哐当！灯罩掉在了地上。

邻屋的小孩哭了起来。

孩子被吵醒了。他迟疑一下。她趁机挣脱出来，向外跑。

4

孩子已经站在了卧室门口。

她羞得无地自容。万一小孩明白这种事了呢？虽然他才三岁，难道能保证他真的就不懂吗?

他瞧见了她的儿子,有点倒胃口,在这种情况下。这是她的儿子,是她和她丈夫生下来的儿子,是她丈夫的儿子。一个绝对的异己分子。

她把孩子抱了起来。她忽然灵机一动,这是舅公,她对小孩说,叫舅公!

她蓦然发现小孩能救她。她要小孩叫他舅公,想让他明白自己的身份。

舅公。孩子叫。

叫舅公好。她教孩子。

舅公好。孩子学着。

他感觉到了舅公这称谓意味着什么。他不自在了。他哼哼敷衍着。孩子从母亲手上爬下来,要在卧室地上玩。

他说,把小孩哄去睡觉吧。

她说,他不会肯的,就让他玩一会儿吧。这倒是个缓冲的好机会。她想。

不行,我要睡觉!可是他说。口气强硬。

她愣了一下。不敢再坚持。她只得抱起了孩子往外走。可是孩子不肯,又从母亲的手上挣脱下来,坐到了地板上。

他好烦。孩子去捡地上的灯罩。那灯罩翻着身体,显出跟平时不一样的形态。小孩感觉很奇特。好好,给你玩,给你玩。他说,拿起灯罩。去自己房间玩好不好?他对小孩说,竭力耐心地。

不好。小孩却说。仍然低头玩。你只能等待。等待的时间是漫长的。他忽然什么也不顾了,抱住了一旁的她。

她挣扎,一边紧张地瞧了瞧孩子。孩子正玩得着迷。好在。

抱一下总可以吧?他说。

好吧。她想。孩子在,反抗会更糟。她叹了口气,转到外面去,然后由他抱。

她被他抱着,有一种被强行侮辱的感觉。她几乎流出了眼泪。好了吧。她说。

让我吻一下。他又说。

简直得寸进尺!她想。她讨厌地望着他。他坚定地盯着她。

不答应是过不了关的。她也已经累了。何况孩子就在里边,说出来就要出来。快快满足他一下,然后他就可以睡觉了。好好好,一下。她说。

她冷冷地对着他,等着他,一碰完她的嘴唇,他就该满足了,她也可以过关了。他的嘴巴凑上来了,讨厌的气味。那嘴唇好像还涎着口水。她恶心地闭上了眼睛。她感觉那嘴唇碰上了自己的唇。一下,就结束了。不料对方却把舌头戳进她的嘴里。她急忙阻止,用牙齿锁住。他坚持攻。他把舌头狠塞进她的牙齿。他感觉她已经抵挡不住了,上下牙间有了裂痕。她在喘息。正在这时,孩子叫了一声妈。她一把将他推开了。孩子来了。她说。

孩子出现在跟前。

孩子吵着要跟妈妈一起玩。她去了。她把那灯罩反过来,又竖起来,变换着各种形状,饶有兴趣地。他简直受不了。去睡觉!他朝孩子喊。

不要睡。小孩回答。

去睡觉!他又说。

孩子仍不管。

他火了。冲过去,将小孩抱起来,就往小孩房间走。孩子挣扎着。他把孩子抱进去。小孩又跑了出来。这孩子怎么这么烦!他想。他恨这小孩。就像侵入了别的狮群、占有了母狮的野公狮,对旧有的幼狮非咬死不可。他将孩子又抱进去,狠狠蹾在地上。

小孩大哭。

宝宝!她叫,声音都变了调。扑过来。你干什么!她喊。她第一次对他没有称您。她不是逆来顺受的母狮。

他愣住了。也觉得自己太过分了。女人最不能容忍的是什么？是对她孩子的伤害。尤其是她这样的女人。她的什么都可以冒犯，就是不能冒犯她的孩子。孩子是女人最后的财产。他想把孩子重新抱起来，可是她已经夺过孩子，搂在怀里。她搂孩子的模样简直让他嫉妒。

她把孩子抱进了小孩房间。孩子还是要灯罩，他主动把灯罩送给孩子。也许是为了取悦她。她伸手夺过来，进去了。

5

他怎么会是这样的人？她想。就在几个小时前，他还是她所尊敬的老师。文雅，总是说好好好，好说话。多么好啊！恍若隔世……

我这是何苦来呢？跟他这么纠缠不清。我何苦要把他带到自己家里来？她真想冲过去，把他赶出自己的家。可是她不敢。

为什么不敢？因为你有求于他。其实你不就是希望跟他纠缠不清吗？你不就是需要他吗？正是你把他灌醉了的。你不是希望他醉了能答应你的要求吗？

你要利用他，当然他也要利用你喽。互通有无，交换。没有什么可奇怪的。他其实并没什么错。他是男人，他只不过做了男人的事。你是女人，当然你做了女人该做的事也没有什么错。他有他的优势，你有你的优势。你可以放弃吗？

我可以。她说。她冲出去了，要赶他走。

可是她马上又缩了回来。她实在不敢。她没有力量。她真恨自己。

她黯然了。

孩子睡了。她出来了。他在厅上，站着。她瞟了他一眼，好像瞟着一只丧家的公狗。他看她的眼神，像看着一只母狗。她感觉到了。

他朝她笑了一下。是赖皮的笑。而在她看来，他所以赖皮，是因为他相信他能赢。你不敢拿他怎么样。

他又向她扑了过来。她问：你是不是一定要这样？

他应：是的。

你就不怕我报警吗？

你就报警吧。

你就不怕你身败名裂吗？

你也跟着臭。

你是名人。

你是女人。

她没话了。

她让他把自己抱进卧室，压在床上。她瞥见床头柜上丈夫的照片，覆着。她没有把相框重新竖起来。她的手够得着，但她没有勇气。她也觉得还是覆着好。

丈夫不在。既然丈夫不在，既然除了他外，什么人也没有（那个保姆，虽然她会有所猜测，但是她已经走了。也就是说，无论你做还是没做，都不影响她的猜测），还要守着什么呢？大家不都是这样吗？而且你就是守着，又有谁相信呢？他晚上是在你家度过的，谁都不相信没有发生什么事。

人们相信女人什么？人们只相信女人首先是女人。即使你做出再大的成绩，也是因为你是女人。说白了，是你卖出来，睡出来的。现实中不也是这样吗？女人有什么出路呢？她曾经在一个外资企业做过，她的上司，那个鸡婆，就是给外国老板睡出来的。鸡婆睡了以后就让人家在中国设了个办事处，当起了买办，把她使唤来使唤去。她不服，可你又有什么办法呢？你要像鸡婆那样，也去找，你也得跟人睡觉，去卖。不然你就老老实实当个窝囊废。道理就这么简单。令人心寒。

即使你坚持不卖吧，你讨好人家，你笑，笑不也是在卖？只是程度不同而已。什么样的程度是允许的？守住底线？什么叫底线？

他又开始剥她的裤子。她只是微微挣扎着。最后到了内裤。底线。

我的内裤是什么样的？她忽然想。是漂亮的镂空带绣花的那条。好在是。

　　为什么在意了呢？其实她一直很在意的。内裤，穿在里面，只有自己能看得到，她为什么要买漂亮的？今天下午出发前，她特地挑了这条内裤穿上。难道冥冥之中就想到会发生这种情况？

　　他剥下了她的裤衩。底线移动了。她闭上了眼睛。

　　她听见他在窸窸窣窣摆弄着什么。她知道他在摆弄什么。然后他的肉贴上了她的腿，她的胯部。她感觉一阵冰冷。

　　她感觉到有一块骨头硌得她生疼。受不了！她奇怪，自己怎么单单对他硌她疼受不了？

　　她突然跳起来。她要去拿安全套。事情要弄得干净利落。这是最要紧的。安全！千万别出事了。现在人都知道的。

　　听说美国女人出门，都揣着避孕工具。她曾经问自己：如果我遇到强奸，我能怎么办？反抗？不可能，力不能及，而且还会被毁容，被杀。那么怎么办？

　　这是残酷的选择。她只能选择：顺从。当然最明智的办法就是，拿出避孕套，求对方能否戴上。

　　她记起上次丈夫回家时，用剩一个搁在壁橱内抽屉里。

　　她草草兜上裤子走路的样子，让他有点失望。

　　果然有一个安全套。

　　她把安全套丢给他。是丢，不是给。她没有看他。她重新躺下，闭上了眼睛，展望着结束的时间。可是奇怪，他迟迟没有进入。她甚至感觉不到那刀的存在了。他不是有刀吗？

　　他折腾着。臀部翘起来了，靠上身支着。他的上身支在她身上，她被压得难受。

　　她睁开眼睛。她瞥见安全套还丢在床铺上。他根本没有拿起来。他在对自己的刀具不停地套弄着，忙乎着。那刀，根本没有尖利起来，软塌塌的像纸刀，经过他的手的折腾，更皱巴巴了。他不行了。她就坐了起来。反正他是不行了。不料他却把她按住。他拿摆弄自己阳具的手碰她，她感觉受不了。

你又不行了。她说。

我能行！他说。其实他知道，自己还真是不行了。他奇怪自己怎么就不行了呢？这是从来没有过的。他跟不少女人做过，从没有发生这种情况。何况她看上去比她们有味道。也许正因为这样，他对她期望值过高了，她一屈服，反而不行了。

这边他还坚持要她的贞操，那边她却已经放弃了贞操。擦肩而过。

他空虚了。他使劲地弄着自己。他从来没有这么空虚过。这些年，他感觉自己过得瓷实瓷实的。那是一种看得见摸得着敲得出声音的结结实实的实。他曾经在景德镇敲过瓷器，他感受最深的就是它的实，他理解了"瓷实"这词是多么地精妙。一种真正的实际。如果叫钱实，是不是更妙？

6

有钱才真实。

只有体现到利益上，才是真实的。

这些年，他利用自己的身份、地位赚了不少钱。他知道自己的身价，他知道自己能制造效应，他满脑子就是如何制造轰动效应。就像使用激素，直接就达到目的了。

他给人制造的前提是，你给多少钱？高官大款出书比作家有钱，他就为他们吹捧。小说家又比诗人有钱。什么诗歌？去他妈的，现在谁还读他妈的诗？诗歌是含蓄柔软的，可是他相信明确的、直接的。已经没有那种余裕了。这是一个没有余裕的时代，一个不要诗的时代。

这种情形下写诗评，更是瞎掰，胡扯蛋。只是为了别的因素。或者她是个女诗人。她们利用他,他也利用她们。她们用了他,就不再理睬他了,他当然也不想理睬她们,拖泥带水,麻烦。什么爱?什么感情?这世界还不就是这模样?一堆狗男狗女。

文学这东西真要命,它既是出世的,也是入世的;既是圣徒,又是魔鬼。

其实有时候他也未必需要什么。可是他又不得不去要,因为已经不是需要不需要的问题,而是你有没有能力得到,你有没有武器。现代化,就是兵器化(你瞧瞧那些票房居高不下的枪战片)、快餐化、商业化、直接化。可是他渐渐感到不对了。他需要迂回曲折,需要意蕴,需要羞涩。所以他才对她感兴趣。虽然她写得其实并不好,但是她不是妓女。不料她却也是。

他一直弄,就是不行。不行,不行了……

她开始着急了。她要配合他了。

她主动对着他。竭力对准。涎着舌头。由于要对着他,她的肚皮折了起来,像沙皮狗的脖子,让他看起来倒胃口。他把她身体压平了,这样又跟他的角度不对了。他摇摇晃晃对着,怎么也不能进去。其实并不是角度问题,而是他根本没有翘起的能力,只是垂直地挂着。

你爱我吗?他忽然问她。

爱。她说。什么嘛!她想。但是为了让他兴奋起来,她只得说。

你真的爱我吗?他又问。

这是追问爱情的基本方式。用在这里,简直显得可笑。她想。是的。她回答。

让我吻你!他又说。

又是吻!她把嘴唇让他碰一碰。他又要把舌头伸进去。他想要。没有舌头交融的吻,不是真正的吻。

她拒绝。依然。

为什么?

不行，我的嘴好臭。她说。

我不在乎！

我在乎！她说。

他就只得把战场转到她的脸颊，脖子，身体。他把她吻得满身口水，她很厌恶。他的舌头所经之处，她的皮肤都竖起了鸡皮疙瘩。他的舌头过去了，它们才平息下来。可是他一会儿又回吻了过来，疙瘩又重新竖了起来。疙瘩起起落落，她被折腾得累坏了。他终于停住了。她以为他行了。他爬了上来。她承接着。可是他并没能进去。他的手仍在套弄着。她仰头瞧他下面，那东西仍然疲软得像隔夜的油条。

他又爬上去，在她身上乱磨蹭着。又把她翻过来，翻过去。她累坏了。可是他仍然不行。

要让自己摆脱折磨，就得让他有折磨我的能力！让他的刀尖利起来！别无选择。

这简直是个悖论。

她翻身起来。你躺下！她对他叫。

他愣了。懵懵懂懂躺下了。她抓过他的阳具。这东西她并不陌生，她的丈夫也有。只是那个人是她的丈夫，而这个人不是。但是已经没有关系了。是男人就都是。男人一旦成了阳具，就变得简单了。现在她也希望简单。简单，快捷。她握住那阳具套动了起来。她曾经为丈夫这么做过。其实哪个妻子没有为丈夫这么做过？平时还人模人样的，出厅堂，进厨房。

她的举动让他吃惊。他没有料到。即使是他发现她原来也是妓女，仍然没有想到她会主动这样。他的身体翘着，底朝天。他弓起身来，躲闪。他的身体弓得像海马。她做不来了。

别动！她喝，命令他。

他不动了。由她摆平身体。她瞧见他白白的身体，惨白得像注水猪肉。她是私宰者。她套弄。

他感觉到了她的手。那是一双冰冷的手。它还真弄起了他的快感。但是那快感也是冰冷的。他感觉自己好像一个观赏者,站在远远的台下,观赏着另一个自己。他清晰地感觉到快感的弧线。很精确,精确得就像仪器测出来的。他就曾经从杂志上看到过一种性交机器,电脑程序上能清晰地标出彼此的快感值。全是数字化的,由不得半点模糊,一就是一,五就是五,九十九点九九就是九十九点九九。他很惊异于现代科技的发展。现在他能清晰地看到了自己的快感值。她的快感值又是怎样的呢?她没有快感值,她只有服务成绩。你有感觉吗?他问她。

她一愣。

你没有感觉的。他自言自语。

有啦。她回答。

你撒谎。他说。

没撒谎。

你撒谎了。他又说,你没有感觉。

她很厌恶,给你做,还要我有感觉。我能有感觉吗?我能不撒谎吗?我说出真话你愿意听吗?我—有—感—觉。她说,慢条斯理地。

贫乏。他听出来了。彼此都够贫乏的。贫乏得只有肢体。你撒谎了。他说。

哎呀你别老是讲话嘛!她说。

她感觉手上的棍子又疲软了。手感越来越没有了。本来已经可以把握得住的东西,又把握不住了。

这刀也有成不了刀的时候。当你要用它时,它的刃软了,反而可恨。现在她还真需要这刀具。

她是他的工具,他也是她的工具。

她急促地上下套弄,不,简直是揪扯。他的东西像橡皮一样被扯长了,又反缩回去。他感觉到好疼。你撒谎。他仍然说。

你怎么知道我撒谎?她说。

你都不肯吻我!他说。

好,好,我吻你。她忽然说。他正诧异,只见她把头伏了下去,伏到他下身,他的阳物被她啃在嘴里。

他简直不相信!

这是什么呀!亲嘴不行,亲阳物却可以。原来他也是得意于这样的。那是他强悍的一面得到了极大满足。想想看,用对方最要干净的嘴吻你最肮脏的东西。可是现在他不这么觉得了。他需要爱,真正的柔软的爱。可是她却宁可去亲他的阳物。他感觉到直接的兴奋。

没有经过心,直接通过感官刺激。一种很荒谬的感觉。可是,你不是就一直喜欢这种直接吗?他看得到对方在啃着自己(如果是接吻,是看不到对方的),好像在啃着猪肉。

反正就当作啃什么牲口的肉。她想。她啃。她终于看到他的阳物硬了起来。他也看到了。它支支地立着,像一只昂首的蛇。他感觉它很陌生。它不是长在他的身体上的。他没有感觉。他感觉它很丑。他想捂住它。

她惊喜。可以完成任务了!可是他却没有动。让她着急。再软下去怎么办?一切又得重新开始。不行!我要抓住这机会!她蓦然骑到他身上去。不管他怎么样,她握住他的阳具,对准自己的阴道。坐下去。

她惊讶自己怎么也能适应。尽管最初有点不适,她微微调整了一下。这不是自己丈夫的阴茎,她本来以为自己只能适应它。其实阴道是有伸缩度的。底线?

他抗拒。

她坚持。

他抗拒。

你别动!马上就好了。她叫。

我不要!他叫。

她停住了。他这是怎么了?难道这不是他所需要的吗?也许是他的阴谋,他想延缓时间?那不行!不能让他的阴谋得逞。她说:我要。

他问：是吗？

是的。她应。

真的吗？

真的啦。

好啊，他说，那你就叫一叫。

他忽然产生这念头。这念头简直恶毒。她愣了。叫？她想。荒唐！

你叫呀！他催她。他倒想听听她的叫。

她叫了一声。

不行！叫得没激情。

她又叫了一声。

还是不行！他说。就要把她掀下来。

她慌了。那你说要怎么叫呀？

他笑了。可见她真没有感觉。她只是在卖淫。你叫：啊！啊！啊！他示范。

啊！啊！啊！她学着他教的。

这是没有通过心灵的叫。直接从声带经过喉咙从嘴巴发出来的。直接化，恶心化。贫乏。贫乏到只能声嘶力竭，贫乏到必须通过叫春来表达感情。他见多了，这些年。她们全是妓女！其实自己不也是文妓吗？他已经非常厌倦了。没有感觉。找不到那种感觉。什么感觉呢？那是在很久的时候，第一次，他进入了一个女孩。她没有叫。她只是把他的肩膀咬烂了。

那个女孩就是他现在的妻子。

那时，他啃着馒头写文章，千锤百炼，战战兢兢地拿去拜访老师，让人家推荐。

已经找不到那个感觉了。他的感觉变得很粗糙。即使是肉体粘在一起，也没有实感。一面又是虚拟的真实。叫得好，叫得好。他说。与其是肯定，毋宁是无奈。

我是真的呀。她说。

我信。他点头。那你也希望我来真的吗?

她点头。当然。

那好。他说,那我也来真的。你想知道我怎么评价你的诗吗?

她摇头。

我告诉你吧,你写得很差。真差!

她愣了。

尽管她知道他以前对她的肯定里有虚的成分,甚至她也想到自己的性别因素,现在听这话,还是受不了。好像猛地被掴了一巴掌。

你一点也没有才气!他又说。还是别写了吧!

她觉得猛地被推下了海,沉下去,沉下去。没能出头了。我该怎么办?

她想逃。她不干了。可是逃了以后呢?何况都已经这样了。

你骂我。她说。

不是骂,是事实!他说。他有一种恶毒的快意。这快意让他的失落得到部分补偿。

你骂我……她仍然嘟囔着,几乎是自言自语,好像没听到他的话。沉下去,沉下去……

蓦地,她从深海中凫了出来。那你就骂呀!她叫,你就骂呀!骂我,骂我呀!

这念头几乎是临时闪出的。骂,不也可以把一个人炒红吗?而且能炒得更红。她又在他身上运动了起来。让他做!让他做成,做成就好了,不管如何。只要他做了,就得听我的了。她不怕他了。这些年来自己一直担惊受怕地希望着,怕人家不承认她。患得患失。又想有名气,又要好名声。现在她什么也不怕了。彻底释放了。她已经一无所有,也就是说,人家承认她有,她才有;人家不承认她有,她就一无所有。一个乞丐。

现在只有一个目的:成功!很纯粹,很明确。她更加剧烈地运动了。她的身体肆无忌惮地弹着,腰肢摇荡。放松甚至让她感觉到了快感。她哭了。

现在轮到他发慌了。他一直感觉自己是个乞丐,现在发现对方是更彻底的乞丐,一个穷途末路的乞丐,拿着刀,要跟他拼。他没有刀。我的刀不是我自己的,我的刀已经被她挟持着。

这是一场性战争。

她套弄,上上下下,像个压力泵。他没有快感。一点也没有。但是没有快感也可以让他射出来。像水管喷出水。他感觉到了这危险。可是他无力自拔。他使不上劲,关不住阀门。

他丢了。

她还没觉出。蓦然发现,她马上跳起来。她跑进了卫生间。她的影子消失了。我这是怎么了?

空荡荡,静悄悄。他感觉到排泄物,冰凉,像冬天里的鼻涕。我这是做了什么呀!

7

她出来时,已经衣服穿戴停当。恢复了她之前的模样。这模样,毋宁在昭示着,其实之前她就是刚才那样。

她嘻嘻对他一笑。他猝然一抖,像滑精,一种透骨的虚寒。

你骂我吧。她说。

骂?他好像没有听懂。

你写文章骂我呀!她说。

我不骂。他说。我想回家……

你以为你这么轻易就回得了家吗?她说。

简直是威胁。你,你要干什么?他问,感觉有点发怵。

我要告你!她说,我要告你强奸。

我没有！他辩。

你没有？你已经做了。她从地上捡起安全套，里面还水盈盈沉甸甸的，一晃一晃。

他愣了。我没感觉。他说。

没感觉也一样。她说，要知道，法庭是根据进去的深度、尺寸、结果来审判的，不是根据你有没有感觉。

我没感觉。他仍然说。这是他最后的救命稻草。像个孩子。我没有……

她叹了口气。看看手上拎着的安全套。那好，我就再给你做一次，让你有感觉。她说。

他惊愕地瞧着她。

他瞧见她把旧安全套拎进了卫生间。他仿佛知道她要做什么，又仿佛不知道。她出来了，抖着洗好了的安全套里的水。她把它丢给他。他瞧见她又开始脱衣服。不！他叫。

她冲他一笑，轻轻的。她已经看透他了。糟糕的是，他感觉到自己下面确实又苏醒了。他还没有穿上裤子，它还裸露着。那东西毫不争气地贪婪地伸出头来。他慌忙用裤子盖住它，可是它又从裤布后面顶上来。这就是他。这就是男人。

你只不过是个男人。所有的男人都是一样的，他们都带着阳具在这个世界走来走去。

他真为自己是男人，是男人们的同类而羞耻。

她向他走来了。她还会把我的阳物，插进她的洞里！他想。我该怎么办？我能怎么办？

谁说女人是柔软的？谁说这世界就相信坚硬？

他退缩。

她也奇怪，他这是怎么了？她所要求的那种事，对他，不是难事啊。他不是都在做着吗？根据利害关系，捧这个，压那个。你不是刀笔吏吗?你的刀不是很厉害吗?她说。

刀?他想。

他跳起来,冲向厨房。她的厨房一定有刀。菜刀。果然。

她跟了出去。她瞧见他抓起了菜刀。

这是菜刀。她这下才发觉它是武器。刀这个词,已经被遮蔽为菜刀、水果刀、裁纸刀、手术刀……其实它本质上就是武器。你要干什么?她叫。

他操着刀。

别杀我!她叫。好,好,我不告你好了。你要什么,你说,我给你,我全给你……

我什么也不要!他叫。他举起了菜刀。

你要什么?你说呀!说呀!说呀!她仍然叫。她只能这样叫。她不知道还能说什么。她脑子已经不会想了。

吵闹声把孩子吵醒了。孩子哇哇大哭。她猛然意识到孩子危险,慌忙跑进孩子卧房,搂住孩子。可是又不放心外面,他会不会闯进来?她又把孩子藏在床上,出去看。他已经不见了。

他刚才还在那里站着。她奔上前去,瞧见他倒在地上。

他的下身满是血。

他的手横摊着。菜刀抓在他手上。他的刀,挂在刀口上。

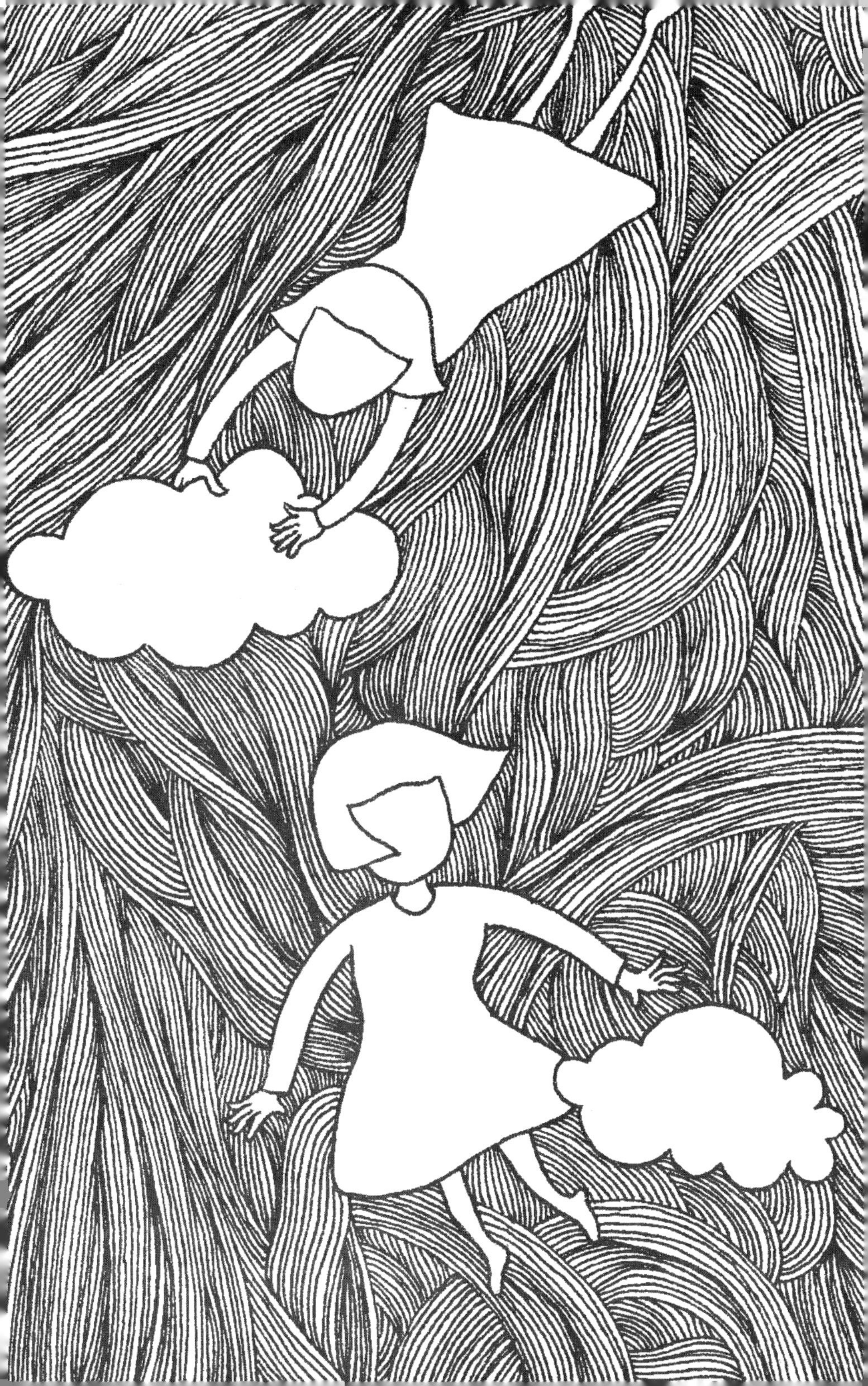

第八章【上天堂】

你想好了吗?
你可以选择合上。
你确定要进入吗?

第八章　上天堂

1

你想到过死吗？当你正活得有滋有味的时候，比如正打着高尔夫球，或正跟情人幽会，或是正蜷曲在沙发上喝酒听音乐，或是正泡着热水澡，或刚把对手打下去，你正踌躇满志，突然被宣布，你的生命进入了倒计时。你会怎么样？你是不是会顿然瘫倒，也许你又会马上挣扎起来，想到自己就要撒手的那么多东西。你割舍不下，不甘心。你忽然觉得这世上的东西全都应该属于你的了，即使不是你的，你也坚信你如果没死，就将会属于你。你不顾一切，像个强盗。我要死啦！我要死啦！你一路呼喊，像一辆急救车。你有这个特权，因为你马上就要死了。你一路狂抢，见什么都抢。可要命的却是你怎么也抓不过来。抓了这个，丢了那个，你仍然两手空空。于是你又会像不懂事的小孩那样耍起赖来。你哀求：等一等，等一等！再给我一点儿时间……

可是，生命还是像细软的丝巾，从你手中滑走了。

约翰·麦克维恩（世界《财富》论坛五十强 SHALE 公司总裁）跟我这样讲时，我脑海里浮现出电影将要散场时的情景。照明灯亮了，放映厅乱了，大家纷纷站了起来，像暮色中扑棱棱飞起的乌鸦。到处都是活动椅座翘起的声音，甚至，放映员索性把片尾咔嚓一断。走到外面，空气凄凄的，腥腥的，好像痛哭过后擤着鼻子。约翰·麦克维恩是不是这样感悟到了活着的意义？五十年前，他曾参加过朝鲜战争，他有一次遭到了夜袭。Death！他说。我们称作"死"的，他们叫作"death"。四面楚歌，缴枪不杀。虽然他平时很清楚死神随时都可能降临，可那一刻才明白，自己其实并没有真的相信会死。

你会后悔自己平时为什么要奢谈死！那其实不过是明知不会死的矫情。他说。

后来呢？我问。

后来，当然缴枪不杀喽！

投降了啊。我笑了。一个美国兵，贪生怕死，发着抖，乖乖把枪举过头顶。我从小就在战争影片里看到这样的情形。可我没料到他居然也笑了起来。还笑得很爽朗。他并不以投降为耻。在他的内心是不是有着比耻辱更坚实的东西？他活下来了，而且他们回国了，仍然受到了祖国的拥抱。而当年从同一战场归来的中国人民志愿军战俘，却被责问：你当时怎么不去死？

咱中国历来有视死如归的传统。比干拼死谏纣王，屈原自沉示清白，窦娥死而鸣冤仇。老子说："民不畏死，奈何以死惧之？"毛泽东说："闻一多拍案而起，横眉怒对国民党的手枪，宁可倒下去，不愿屈服；朱自清一身重病，宁可饿死，不领美国的救济粮。"

每当想到这，我总有一种对自己命运的惴惴不安。什么时候要轮到我被献祭出去？我好像一只笼子里的鸡，汤已烧开，刀已备好，什么时候就会有一只无情的手伸进来。

我什么时候死？

2

河北侵占果林致命案审明真相

河北滦县李镜元命案今终审明。嫌犯滦县人李三七被提押，受贿人杜兆礼、楚新东及牵线人刘阿大、陈张氏押禁续查。

　　李镜元系河北滦县大弯村农民，生计无着，遂承租同村人李三七五百亩山地种植苹果，辛勤耕耘，丰收在望。李三七垂涎果林，欲图霸占，称要收回山地，并带领族人强行摘收。李镜元阻拦不得，执承租凭据告至滦县县衙。滦县帮审杜兆礼被李三七买通，指凭证字迹不清，不予认可。

　　李镜元不服，诉至高等法院。高等法院法官楚新东亦被买通，直指凭据为伪据。李镜元原本家境贫寒，更为官司负债累累，现非但一无所获，反落作伪罪名，亦无财力再告，冤恨之下，当场撞柱毙命。其妻李王氏见夫身亡，亦撞墙自尽。

　　两条人命，惊动天津高等检察院。阮宗签院长亲自督察，终还死者以清白。

（载《申报》，民国十年三月十六日）

　　死了，就能申冤了，就能伸张正义了。我们的生命如草芥。

　　因为活着是如此之轻，死是如此之重，死了，就得大张旗鼓。丧车堵塞交通，招摇过市，一路撒纸钱，放鞭炮，那些平日里威风八面的交警居然一下子打了蔫，视而不见，不阻拦，不罚款，不扣证……人家死了嘛！死了就有理，死是最大的理。

　　我从小在描红簿上描字：死，总给我雄起起的感觉。汉字它有脸啊！比如"笑"，就是开颜笑的脸，"哭"，就是哭泣的脸。根据"斯蒂芬假说"，在一种文字的原始形态中，世界的一切，包括它的滋味、色彩和特质，都已包含在其中。

3

　　我爹是吃死人饭的，给人操办丧仪。我们家总是走马灯似的来陌生人。我爹拿钢笔写了纸片，插在各村、各镇、城市街区单元房的门缝里，上面写：红白喜事一条龙专业服务，还有地址。后来有电话了，后来又有传呼机了。我爹有传呼机时，这纸片就变成铅字的了，就像结婚请帖一样好看。

我爹长得相貌堂堂，国字脸，红红的，像关公。奶奶活着时总是叹息：这脸相本来是要做大官的，却做了这样神神鬼鬼的事！我不知道奶奶为什么对爹做这行当不满意。

爹总是坐着给人讲生意，他抽烟，也分给人家烟抽。客户很少讨价还价的，若觉得价格高了，他们就找个托词溜走。偶尔有个不识好歹的开口讨价，我爹就马上站了起来，挺着笔直的腰杆说：你是求把事办清楚了呢，还是求省钱？

他们就不吭气了。

我爹从不肯让人讨价还价，说是这样会搞贱了他的招牌。其实，也几乎没有人要在这种事上吝啬的，穷活不穷死。我爹拿了东家的钱，就大干了起来。我爹他真有三头六臂呢，别瞧他只拎个不知什么年代的破人造革包，里面装着一些笔、本子、绳头，他只消让东家买纸买布，三下五除二，就布置出一个灵堂来了，简直是花团锦簇。我爹让东家买什么，东家就买什么，我爹让买得多，东家就觉得我爹把事情办得到位，那么我爹也就心安理得拿那么贵的酬金了。

人死了，总会来好多人，站得到处都是，非常热闹。满墙壁都是送来的礼敬——毛毯、被单，满地上堆着银烛、糕仔封，红红绿绿，重重叠叠。来人送了礼敬，就大大方方在一旁玩，等吃，有说有笑，打打闹闹，像来聚会。多年没见面的熟人现在见面了，要不是有人死了，也许还没机会见面呢。互相递名片，留联络方式。还没送葬，就有人在约吃丧酒时赛酒量了，打赌，发誓要把对方灌醉。

我爹有了业务，我妈也去帮忙，我就也被带了来了。我喜欢在灵堂上这转转，那转转。我很小就习惯了那样的气氛，那气味，那个装死人的匣子。我第一次见到它，觉得它样子好奇怪，就问：这是什么？

官、财、子。大人们说。后来我才知道，它应该叫"棺材子"，但他们说"官财子"有官当，有财进，喜得贵子。

怪不得。所以他们的丧事也办得跟喜事一样。虽说他们在哭，不如说是在唱歌。那棺材也油漆得红彤彤的。我很奇怪人死了,怎么用红色？红色意味着办大事，意味着不可侵犯。这不，一家人死了，大家都要让着他，把香案占到人家家门口去，让鞭炮炸得四处不得安宁，燃烛烧纸，乌烟瘴气，没有人敢吭气。人家死人了嘛！大清早就开始奏乐曲，把人吵醒，这时候也没有人说声不的。我喜欢听，喜欢那些曲子，大号小号。乐队统一着装，大盖帽，军装。有时候去火葬场，别的丧家也请了乐队，军装跟我们的又不一样。各有各的乐队，军装五花八门。有绿的，有蓝的，有红的，你方奏罢我上场。有一次有人在边上说：世界上最多的军种在哪里？在火葬场！

我们乐队领头的是独眼龙。独眼龙什么都会吹。第一次找到我家，用一根绳子系着大号背在肩头上。爹说,独眼龙，你会吹什么？独眼龙说：我什么都会吹！《东方时空》刚播的我也会吹！那时候电视流行《东方时空》。他公鸡报晓似的一仰脖子，吹起了《当兵的人》。他真的什么都能吹。《幸福在哪里》《纤夫的爱》《春天的故事》《走进新时代》，还有那首"抱一抱"：抱一抱，那个抱一抱，抱上我的新娘上花轿！嗦嗦——嗦嗦——咪发咪来哆……爹笑了，说：好你个独眼龙，老天废了你的眼，敢情因祸得福全了你的嘴了。你他妈的可真会吹！

独眼龙嘿嘿笑着，说：全亏了赶上个好时代。喜逢盛世不是？

爹说，屁！要不是我找了这好活路，你妈的哪来盛世？

独眼龙原来混得很糟。既不会做生意，种田又不勤，整天就吹他的号子。老婆也讨不上，他就把号子当老婆抱着睡。他没饭吃，几乎要饿死了。多亏了有红白喜事。其实爹很是瞧不起独眼龙，常啐他。他最好的衣服就是军乐队的制服。平时没事也穿着，爹就拉脸：这是演出制服你知不知道？穿旧了你赔一套！

独眼龙就恨恨的，一只眼睛瞪瞪着。又不敢还嘴。那年县里发大水，死了好多人，丧事不断，他也发了一笔小财。他就立刻脱下制服，恨恨地对我爹说：我还你，我再也不受你气了！我要穿西装了！我要过有钱人的日子了！我要活得滋滋润润的。我要当老板了！

爹冷笑道：你会当老板，公鸡也会生蛋！

大家笑了，说不定人家就不是公鸡呢！你看他那公不公母不母的样子。

真的，他屁股翘翘的，腰肢软软的像装了弹簧。果然，他很快就把钱喝光玩光了。又找到了我爹。

独眼龙是乐队里的领班。他总是最先吹，把舌尖不停地在号嘴上扑噔扑噔地舔。吹出第一个音，乐队马上就领会到他要吹哪个曲子了，就附和上去，像水一般涌起，连成一片。然后独眼龙反而有一刻不吹了，腾出嘴来管人，管这个，管那个，然后才再吹。他一吹，就马上整齐起来，非常壮观。

大家夸独眼龙吹得好，有时候让他单独吹。他却不吹了。只拿舌头在号嘴上扑噔噔地舔，就是不发声，撩得大家心痒痒的。有人就叫：独眼龙，你娘的别只是舔着撩人，像舔屄一样，又不做，叫人难受。

乐队这里总是围了最多的人看。还有人跟着哼哼。东家好像很高兴，隔一会儿就过来沏茶，招待。可我总嫌他们吹得不够好，有点走调。比如那首"抱一抱"，那个嗦嗦，应该是半拍，嗦、嗦！可他们却总是拖了一拍，把人心悬起来，觉得要踩了空门。可他们居然没觉出来。坐着时，也就算了，但到开步走了，他们居然还没发觉。他们在前面吹着，抬棺人怎么也踏不稳步伐。好在那时候一切全乱了，也没人去注意他们了。有更精彩的东西看了：出山、转棺、起棺材头、封钉、旋棺、绞棺、哭棺材头……哭得好热闹。乐队的声音被淹没了。发引、草龙、铭旗、孝灯、道僧金童玉女、各色的人：麻、苎、浅、黄、红、白。全都齐了。

乐队也看得眼睛发直,不走了。

我爹火了,冲上去:还站着!还轮不到你们挺尸呢!

他们闲着时,爹骂他们挺尸。他们忙时,爹也骂他们。那是他们忙着吃。死了人一定有酒席吃的,这是最盼望的。送完葬,回到丧家,就劈劈啪啪占了一个酒桌,大吃起来。最先他们一个个都是瘦得跟瘦猴似的,渐渐地脸都满当当起来了。可是他们不能从头吃到尾,因为一到大菜出来,他们就要起身开始吹奏。可是他们还没吃够呢,就拖拖拉拉,还要抓个什么东西塞在嘴里,一边拿乐器,一边嚼。可是他们是用嘴巴干活的呀,这样怎么吹出来?爹骂:妈的怎么不噎死!

爹从来不贪吃,不误事。他是老板。他也是领头念词的,他念完一节,大家就集体喊"好啊!",就是一切从此都好起来啦。然后乐队就吹一节,我爹就又念一节,大家再喊"好啊!",然后乐队就快乐地过门:嗦啦嗦咪来咪嗦咪来哆来。再继续。念的词也有针对性,如果是老人,就念:

  大人您啊慢慢走,
  送您直到家门口,
  亲戚朋友来相送啊,
  喝酒喝到倒着走。

  好啊!——

  大人您啊放心走,
  从此逍遥晃悠悠,
  花花钞票花不完啊,
  塞在灶膛煲猪肘。

  好啊!——

大人您啊放心走，
子孙孝顺占鳌头，
一代更比一代强啊，
权也有啊财也有。

好啊！——

大人您啊笑嘻嘻，
后代全是有把手，
尿尿尿准酒壶里啊，
一滴不溅到外头。

好啊！——

…………

　大家都挺开心的。喝酒，干杯，说话，喝酒，喝酒，说话，非常热闹。

4

　好景不长。酒席散了。大家酒足饭饱，剔着牙齿，提着酒席的礼包，摇摇晃晃，一个个走了。呼啦啦电影散场了。我紧张了起来。想挽留，可是挽留不住。爹在点着钞票，眼看着马上就要点完了。也就是说，我不能再待这里了。我得走了，不能再来了。记得最先一次，我居然问东家：你们家什么时候再死人？
　东家脸色大变。

你这个傻孩子!妈连忙骂我。爹就把我痛揍了一顿。

那时候,大人们都说我傻。我不明白我傻在哪?我不知道东家为什么要不高兴?就因为会说他们家死人了吗?死人是不好的事吗?有一次我梦见我妈死了,我大哭,结果又被他们说成傻:梦见别人死了,对这人有利,对你才不利呢!大人们说。我搞不懂了,怎么死的人反而有利,而没有死的人反而不利了呢?他们也说不清。对死,他们总是颠来倒去说不圆。

当然我也有犯傻的时候。比如这丧礼,又不是只有他家才死人。而且就算是只有你家死人,丧礼完了,你不还得接下来做"七"?做"七"其实更好玩。最好玩的是做纸房。用竹篾打骨。扎纸绳让它立起来。然后糊上面纸。就要开始画画了。画师用口水把笔尖呕湿,蘸上颜料,就画起来。那房子好大,好漂亮。比我们住的漂亮多了,也比丧家住的漂亮。楼房,前有庭院,后有花园。后门口停着马车,有开车的。有床,家具,电视,组合音响,都这样,这我知道,桌子上还搁着一台手机。还有丫环。有一次,画师画的好像不是丫环,是男的,他特意在他们裤裆上勾了个鼓囊囊的东西。我笑了。他总是这样,画师很流氓,画丫环,就在她们胸脯上很重地勾了两个肥肥的大包,然后冲我笑,咧开沾着五颜六色颜料的嘴。

他们是谁?我问画师。

男丫环。画师说。

我问,怎么会是男丫环?

画师说,丧主是女的呀。画师笑了,我也懵懵懂懂笑了。

嘘!里面的大道士喝了一声。大道士在念经,他闭着眼睛,我知道神仙正附在他的身上,不能打扰。天上的神仙是道士引来了,顺着袅绕的香火下来的,他们挤在灵堂里,吃啊,喝啊。大道士有超人的能耐。爹谁都不怕,就怕大道士。大道士是个瘫子。

大道士年轻时据说是个美男子,什么都好了,就是个头不够高了点。

那时候说标准身高应该上一米七。他只有一米六九。他听城里人说,有一种增高机器能够把身体拉长的。可是那机器好贵。他没有钱。他就把娶老婆的本钱拿出来买了,说是将来人样百分百了,还愁娶不到老婆?其实在村里人眼里,一米六九已经不错了。可他却说这是二等残废。

残废还有什么可活的?不如死了死了算啦!他亮着嗓门叫,梗着脖子,简直骄傲地。

这话惹得独眼龙不高兴了。他其实才是百分百的残废人。就恨了,就咒。大道士哈哈一笑,真的去买了增高机器,在家里练了起来。练了一阵,发现不但没有增高,腰反而酸酸地挺不直了。吓出一身冷汗,猛觉得被推到险恶之境,前面荒凉,背面荒凉。该不会被这独眼龙给咒准了吧?残废人的嘴是很狠的。赶忙看医生。医生说,那机器把他的腰给拉废了。

好在还可以站,还可以走。只是驼了背,连原来的一米六九都没有了。他如何能接受得了?凄惨惨摸回来,什么声也不吱了。然后又大嚷着要去自杀。大家连忙劝他。

他闹了几天几夜,哭得死去活来,乏了。好在还可以走路呢,大家说,跟普通人没什么两样的,就是腰疼一点,不碍事。他也想:还好,还好,还好一米六九还在。就也平静了。我当初怎么就那么傻呢?偶尔他也会想,一米六九其实也够了,有多少人连一米六九都没达到呢,有人还真残疾了呢!

他仍然拿独眼龙比。他发现自己其实还是非常想活的。就活呗。可后来他就走得勉强了。他又想不通,可是想不通又能怎么样?他就又捶捶腰,说:其实啊,能走能动,也不错啦!还求什么呢?

他变成一个挺知足的人。好像他原来要求的就只是这样。他想娶老婆,可是没有人肯嫁给他。随便娶个什么样的吧,可仍然娶不到。后来他那腰更不行了,弯了,驼了,得趴着,扶着凳子走。他又想,我还能动呢,自己的事自己还能做,这样也算可以啦!他的理想被一再打折扣。

最后，瘫了。

他又想到了去死。可被救了回来。人家把刀子、绳子、药瓶子都拿得离他远远的，他够不着。他死不了。他得活着。身子疼，疼得受不了时，就叫人家给他按摩，又搓又踩的，他嗷嗷叫，像受刑。就连独眼龙听了都受不了，逢人就辩解：这可不是我诅咒的，我可没诅咒他！别看我没瘫……就捶自己那只完好的眼睛，倒好像自己还留着一只好眼，还没有瘫掉，是太奢侈了。

按摩完了，不感觉疼了，轻松了，大道士一脸幸福地说：真爽！真舒坦！活着真好啊！

敢情幸福就是不觉得身上疼了，能够麻木地活着。许多年后我明白了这道理，敢情人是拖着痛苦活着的。所谓幸福，就是没有痛苦；所谓健康，就是我们感觉不到身上的任何一个器官的折腾、任何一块骨头的硌卡，一旦被感觉了，就说明我们有病了。

大道士终于像崂山道士穿过了一堵墙，通了。他打通了阴阳两界的墙。他成了大道士。

爹说大道士跟我们不一样。我们哪里能比呢？人家是见过阎王的人了，他一只脚跨在阳间，一只脚跨在了阴间。可其实他没有脚，他的脚不过是摆样子罢了。他那乱七八糟的一堆身体，简直让人想不出它跟一米六九有什么关系。但是他眼睛晶亮晶亮，像把全身的精气都聚集在了那里。他的身体已经不管用了，他的眼睛就出奇地管用了起来。爹说那眼睛能看到我们凡人看不到的东西。爹很看得起他。爹谁都看不起，就看得起大道士。这让独眼龙很不服。可是不服也没用，谁叫他不瘫呢？谁叫他身体废得不如人家大道士狠呢？独眼龙万万没料到，残废到了底，倒反而到了另一番境界，升华了。

爹请大道士做超度。大道士的身体像个烂架子，扶都扶不起来，爹叫几条汉子抬他。

整个房间就被压得暗了下来，透不过气来。有人在扳门，有人在挪东西开路,七手八脚。

每当这时候,独眼龙就扯着嗓门叫:闪开!闪开!别挡着大道士的道!好像为大道士开道,他也好歹攒了面子似的。

可大道士呢,却好像什么也不知道。什么也没听见,什么也没有看见。他身体软软的,闭着眼睛,简直是个活死人,倒显得气度不凡了。他所以有着气度,所以成了大道士,所以令人害怕,就因为他是半个死人。

5

死具有特殊的力量。一个人死了,他认识的人都要来。愿意来的来,不愿意来的也得来。叫你来就得来,不敢不来。有的托人来问我爹可不可以不来,我爹挣东家的钱,就是东家的人,凶巴巴撕着做丧带的白布,哧地一块,说:不是我们一定要你来,是为你自己讨吉利。往后不平安了可不怨我们!

爹的话特别权威,于是那些有怨仇的也来了。我瞧见东家悲伤的眼睛后面藏着得意,瞧着来人,好像在说,看你怎么过这一关!怎么过?只得鞠躬,一鞠躬,二鞠躬,三鞠躬,硬着头皮,涎着脸,然后退到角落。

有时来的是仇怨太深的,丧家就会整个家族合着不让对方进灵堂。来人也有办法,索性在大门外号啕大哭起来。这招真绝!哭是我的礼数,反正我礼数做到了。不让我行礼数,就是你的不是了。于是只好把他放进来。

更好玩的是结怨结仇的姑嫂在灵前比赛哭的,你哭我也哭,你大声我比你更大声,你捶胸我就捣头,你会念我比你念得更好,洋洋万言,如歌如赋,你要表明死者是你的亲爹娘,骨肉情深,我要表明我是正宗嫡传你是泼出去的水你算什么?我就索性把怀里的婴儿屁股一拧,孩子也哇哇哭了起来。灵堂热闹得像个大舞台。

每当这种时候,我仿佛总瞧见躺在棺材里的死者在笑。他嘴角瘪陷,隐约有笑意。也许他一辈子也没瞧见子女为他哭，也许他活着的时候根本没有人看重他，也许他从没享受过这么隆重的仪式，这么多人被他所惊动，也许他一生从没穿过这么好的衣裳，没睡过这么好的床，也许他从没有见过这么多的钱，一沓沓地投进去烧了。他终于发财啦！他像个皇帝，接受着各方朝见。我仿佛听见他在说：啊啊，你们不要再争啦，你们都是好孩子，好人。把所有仇怨都一笔勾销了。好啦，好啦！皇恩大赦。我原谅你们啦！人间毕竟有正气啊，老天毕竟有眼啊！其实我也不是要怎么样的啊，不是要吃，要穿的……

死还可以申冤。我原来不知道什么叫申冤，有一次，我跟爹去了县政府找县长，一个大姐姐被人害死了，凶手逍遥法外。我有点害怕，大人们怎么敢去找县长？我猜是死去的大姐姐给他们胆，死去的人有威力，所以我们要供死去的祖宗，所以我们害怕死去的人变鬼来抓我们。所以死是件太了不起的事。我们没有威力，就因为我们没有死。我们不敢去死。死一定是很疼的，病死，病太难受了，要病得死去，那这病要病到极点了；被刀杀，更是疼；还有跳河，是憋死的。大姐姐死前一定很难受。可是她熬过去了。能死的人就是神。

我真的见到了县长，但有人说，那是县长的秘书。反正都一样，大人物。他听了大姐姐家的申诉，勃然大怒："不惩恶，就不能扬善！中国是法治社会！"大姐姐当即得到申冤了。

大姐姐的尸体一直没有火化，听爹说，县里要求许多次，先把尸体火化了，她家人坚决不肯。果然像爹说的，事情很快解决了，那个处长被撤职，移送给公安，还赔了大姐姐家好多钱。

大姐姐下葬后"头七"，我跟着爹去了大姐姐家。大道士来了，给大姐姐做法事。我这才从照片里看到大姐姐的样子，长得很好看。大道士好像看穿了我的心思，法事间歇，问：好看吧？我点头。大道士说：所以人家才瞄上她了。这世道，长得好要付出代价，不如长得不好。长得好，必须命好；命不好，长得好就是作孽。明白吗？

我似懂非懂。大道士道：她在笑呢！

我一惊。认真一看，真的，大姐姐在笑呢。

命不好，死了才舒坦了。大道士说，可惜，这世界上又多了一条光棍了。

我不明白他说的是什么意思。

还是处女呢！

他的声音好像在瓮子里发出的，我听不清。什么？我问。

嘘！他说，显得很紧张。其实边上什么人也没有，几个小道士已经到外面喝水去了。也没有东家的人。他们都在外面忙他们的事。

一会儿，大道士又说：给你吧！

给我？我问。

就是结婚，你知道什么是结婚吗？

我知道。就是非常要好的人结婚。我曾经想跟木头结婚，可木头他不愿意跟我结婚，他跟他姐姐好，要跟他姐姐结婚吧？

呵呵，大道士大笑了。你什么都不懂。

我懂。我辩。

你不懂。

我懂！我说，我什么都懂！

好，好，你懂。大道士终于承认了，那结婚了，你可要去跨棺啊。

跨棺？

你就是她的丈夫了，丈夫要从老婆的棺材上跨过去。他说，跨过去，她就是你的了。

我还真想要个大姐姐。我没有姐姐。我妈生了我一个，就不生了。我曾经问过妈，妈说：爹说了，这样都活不清楚，还再生？所以我一直不像木头那样有个姐姐。木头从小被姐姐背在背上。我瞧着他骑在姐姐背上，腿一翘一翘的样子，我看着，腿都酥麻了。我点头。

结婚了，你会待大姐姐好吗？

会。我说。

怎么待她好？大道士又问。

我愣。我原来想的都是姐姐为弟弟做什么。现在大姐姐躺着，怎么可能为我做？但是我真的喜欢有姐姐，我就反过来，把姐姐和我掉个头，我为姐姐做。我背大姐姐。我说。

还有呢？他又问。

我把好吃的给大姐姐吃。

还有呢？

还有……我蓦然记起，平时我妈总是抱怨没生女儿，没人帮她做家务。我就说：我帮大姐姐做家务。

大道士笑了。你能做家务？

我也笑了，我自己都不会做。

就没有想到和大姐姐睡觉？大道士问。

噢，对啦！我妈也常说我晚上睡觉，睡着睡着就会滚到床下去。有大姐姐一块睡，就不会啦。我睡里侧，大姐姐睡外侧。我踢被子了，大姐姐帮我盖好。我于是说：我给大姐姐盖被子。

就盖被子啊？大道士叫。不能再有别的吗？

还能有什么呢？我想不出来。我忽然发现他眼里藏着奸笑。原来他是在设陷阱诱我。我臊了起来，不干了。你说嘛！我推。

我怎么知道！他说，你的事……

我更相信他是在耍我说了。我不说了，去看边上扎纸房。画师这回扎得不一样，扎的是很高的大楼。这是摩天大楼，画师说，国外都是这样的房子，现在我们年轻人都喜欢住这样的房子。这孩子就是因为要住这样的房子，跑到城里去了，城里才有这样的房子。

这孩子，我知道指的是大姐姐。

现在住上了！画师自言自语，给你住高高的摩天大楼，再给你一本护照，移民去吧！

画师真的画了一个护照。我问什么是护照，画师说，可以出国的。

出国？

就是去天国。

天国？

就是天堂，就是另一个世界。大姐姐已经到那个世界了。

我也去。我说。

去不了。画师说。好像隔着一层玻璃呐，看得见，但伸出手去，才知道过不去。

画师把手举起来，往天上摸着，好像真有一层玻璃盖着我们。

那这房子，这些东西怎么能过去？我反问。

得烧了才能过去。

烧了多可惜呀！

是可惜啊，但不烧，就到不了那世界。

我一直觉得烧了纸房子，还有那么多好看的东西，实在太可惜。简直是残忍。可是不烧，它们就升不到天国。残忍是为了它们好。大姐姐的摩天大楼再漂亮，也得烧。火燃了起来。火的周围围满了人，火映照着他们的脸，面目狰狞，像一群暴徒。他们瞅着火，眼睛也燃烧起来了。人群闪开一个通道，让抬纸房的人进来。大姐姐的纸房很高，抬得摇摇晃晃的。

抬东西的人凶巴巴，弓步，一抡臂，狠狠把东西投进火里。轰！拍拍巴掌。那些装金元宝的纸匣子，封锁上还写着活人的名字。那些活人的名字被火舌吞了，黑了，成了灰。一件件东西被投进去，火就烧得更旺了。烧成了灰。黑灰随着烟气升腾起来，腾起一道烟幕，大道士和小和尚们就在烟幕的那一面。他们的身影在烟气中颤动，薄薄的，像蝉翼。他们的影子有点变了形，变得模糊不清，好像浸在水里一样，湿漉漉的。那念经声也变得好像从水里发出来似的，汩汩的。只有铜镲声是偶尔从水里跳出来的雪白飞鱼。一群暴徒又过来了，搬着纸房。我有点心慌。

我还没明白过来，它们已经被投进了火中，顷刻间，屋子坍塌了。

又有一个人端着什么东西走来。我只看见他汗涔涔的脸。他走得很慢，可是当擦过我身边时，动作一个跳跃，变快了起来。我瞧见他手上的东西，是手机。我叫了出来。画师道：不是手机，是 iphone。

Iphone？

苹果，苹果手机，跟电脑一样。

我知道电脑。城里人喜欢玩电脑，里面什么都有。我家没有电脑，就是有了，爹能让我玩吗？爹就在边上，我想偷玩都不可能。可是如果是这么小的，就可以了，我可以揣着跑外面玩。这才是真的好东西，比什么摩天大楼好多了。正当我想再看它一下，那人忽然抡起胳膊。我知道他要干什么，我猛一激灵，我不能让他这么干。这不是画师画的，它可是真的手机！

我扑上去，我把那真手机夺下来。那人大吃一惊，叫：这孩子干什么！

那人一轮胳膊，苹果手机就被抛进火海里了。我赶忙去火里抢。可我感觉被什么拽住了。我听到了大家的惊叫声。我被拉住了。我挣扎着。我要手机，我要苹果！我听到了火的声音，呼呼的。我瞧见那手机刚被燃起，还有抢救出来的希望。我更拼命挣扎。我也不知道自己哪来的力气，居然挣脱开了那手。可是马上就有更多的手拽住了我。他们在喊我爹。他们知道我最怕我爹，可是我不管了。我瞧见自己的手几乎已经够得着那手机了。可这时，我爹一巴掌把我掴了出去。

我再回头，手机已经不见了。我哇地大哭了起来。

我一直不敢对我爹大哭，被打了，也不敢哭。哭是一种抗拒。可是现在我大哭了起来。我不怕了。我的手机升天了。那是大姐姐的，也是我的。我够不着了。它飞得越来越高。有声音，是天外传下来的，我听见了。又好像是大道士的声音。他在念经。我瞧见大道士的嘴。他忽然念得非常大声。好像是为我的哭声助威似的。我从来没听到他念得这么大声的，好像在撒野，有点可怕。我听见大姐姐的妈也哭了起来。烧了，烧了，烧个干净！她在叫。大道士的声音就更大声了。他的身影颤得更厉害了，可是他的声音却生成了一道光，他法力的光，一直通到天上去，像一把梯子搭在天堂的门槛上。他在念：

姐姐上天堂，
送你一程程。
送你一重天，
一重为中天。
送你两重天，
两重为羡天。
到了三重天，
神仙舞翩跹，
神仙来相迎。
再上四重天，
四重为更天，
五重为睟天，
六重为廓天，
美景无极限。
七重为咸天，
八重为沈天，
终到九成天，
天上……

6

那一次，我病了。发高烧。我躺在床上，妈摸着我的头，问：想吃什么？

我什么都不想吃。我只想要手机，要苹果。我不知道自己为什么变得那么想那东西了，也许是因为它没有了，我就越发想它了。它已经升到九天去了。九天是那么高啊。我够不着。只有那大姐姐够得着。她身穿红袍，夹着一把红伞，到了天堂门口。天堂的门豁地开了，她倏地进去了。也许还因为我想大姐姐了，我要去跟她在一起。她现在已经在玩手机了。我的心痒得不行。若是我向她要，她一定不会肯的。这是她的，不是我的。换成是我也不肯。

我说，妈，我也要iphone！

Iphone？

就是苹果手机，跟电脑一样！

还有这东西？妈说，我问问你爹。

要在平时，我一定不肯让妈去问爹，爹一定会啐我一个狗血淋头。但这次我不怕了。

爹骂骂咧咧回来了，说我真是中邪了。又说他这种饭不好吃，把后代搞得疯疯痴痴，人家外面都在议论。妈跟爹说，我是要iphone手机。iphone手机？爹啐道，城里人都不一定用得起。那女孩子可是想了一辈子，都没能得到。死了，得了那么多赔偿，才给她买个"山寨"的。

"山寨"的我也要。我说。

爹火了。你要，你上天堂要去！

我要上天堂！我说。

妈笑了：你傻呀！

我真的想上天堂。要上天堂，就得死。我害怕死，害怕难受。可是我真想上天堂了。最不难受的就是不吃饭。只要不吃饭，没力气就躺床上。我的气越来越虚了。我想象着死的情形，死就是让自己什么气也没有了。我就憋住自己的气试试。果然有一种很奇妙的感觉，好像整个人被掏空了。整个人飘了起来。我也可以飘起来了。上九天去，上天堂去。

可是我很快就憋不住了，又掉了下来。我的身体可恨地是这么地重，像有一块沉沉的铅坠着我的脚。

要自己让自己死是很难的，简直就像拉着自己的头发要飞起来。除非借个外力。这个外力在家里是不可能得到的，妈已经在逼我吃了。吃了，就死不成了。要到外面死。那样就是被他们发现也迟了。

可是要出去，就必须有力气，必须吃。我就吃。妈煮了面，我快快吃去。可讨厌面里面加了很多东西，肉，花蛤，磕磕碰碰，很碍事。妈说我喜欢吃花蛤，可是我现在不喜欢吃了。我已经不爱吃这里的所有东西了。我的心已经飞到天堂去了。

终于吃完了，我要出去，妈说，下雨了。

外面真的下起了雨。居然在这时候下起了雨了。我从小就讨厌下雨，它会把你的好事稀里哗啦全冲个稀巴烂。就只能眼巴巴等喽。雨越下越大。我在里屋外屋乱走。别等到爹回来了吧。爹是不肯我到外面玩的。小孩家玩什么！他总是说。只要他在，他就让我待家里。雨好容易小了，眼看要停了。可是爹真的回来了。

我简直绝望了。

当然我可以趁他进里屋时，悄悄出走。反正我是走了，他再也打不到我了。可是爹就坐在厅堂抽烟，像只拦路虎。爹抽得很安稳，一点也没有离开的意思。我瞧见他的烟头沉稳地一明一灭。我就好像他烟头的烟丝，被煎熬着。怎么今天就没有人来找他讲生意呢？那样我也可以趁乱溜出去了。终于抽完了，可是他又捡起一支来，放在拇指甲上顿顿，又抽。这样抽下去什么时候才能完啊！一支接着一支。我的好事就要黄了。可是，我不能让它黄。我要iphone！

我只能巴望他快快抽到最后一支了。当然他还可能坐在厅堂上，但他一定会又想抽，他发觉烟没了，就会叫我去买。我就可以跑出去了。当然要等到这样，该到什么时候啊！

爹忽然站了起来。我的心猛地欢跳了起来。他走到里屋。我不顾一切冲出去，奔出门。等到爹发觉，要打我，我已经死啦！

大姐姐是河里溺死的。我决定，也去学大姐姐，去河里溺死。

我来到河边。刚下了一场雨，空气很腥。很生疏很神秘的感觉。我悄悄朝河里走。没有人看到。只有水蛙，瞪着大眼睛。可它不认识我。它知道我在做什么吗？他不知道。别看它瞪着两只大眼睛，其实笨得很。那大眼睛只能看到我的脸在想什么。我竭力不让兴奋显示在脸上。当然如果我把它吓走，就更安全啦。我朝它一冲，它一跳逃走了。现在再没有什么妨碍我的了。蛙叫声也不见了。也就是说，直到我成功，都没有人会发现。成功！这念头让我激动。但是我得更加小心，保不准有哪个鬼精灵躲在草丛间偷偷窥我呢，比如小螃蟹。我果然瞧见几只小螃蟹蹿进了河滩小洞里。我又觉得处境险恶了。当然还有河里的鱼，它们游来游去像巡逻艇。当然它们那么小小的拦截不了我。我拿脚在水里随意划了划。那河看样子很深。我折了一根竹竿探下去，果然是深。这么深的水啊，我忽然又有点犹豫了。可是正因为深才死得成啊，你怎么这么糊涂？我骂自己。

我踏了下去。猛地好像被谁揉了一下。然后就稳住了。原来我还只是站在水草上。我的鞋子进水了。我咣当咣当地蹚着往前走，水波在我脚边荡开来，像螺旋似的，我在中心，我好像就要被旋到下面去了。我想象着水最下面的世界。我瞧见自己已经拿到了那个 iphone，占着玩呢。我让它给我好多东西，要什么有什么，我说什么它就给变出什么，好像宠着我似的。什么都宠着我。从来没有人宠我，现在我要全世界都来宠我，让我高兴一下。我有 iphone 啦！我什么都有啦！哇哈哈！哇哈哈！

可是不对，怎么会是下面呢？天堂应该是在上面的。当然，人死了后先是要在地狱停一下，然后被超度上了天堂。水底下最深的地方有个秘密通道，直接通向天堂。

可是谁来超度我呢？我还没有跟大道士交代好呢！好险！我连忙跑去找大道士。

你想上天堂？大道士问。

我说是。

想找大姐姐啊？他又说。

我一愣。嗯，我点头。若是我像大姐姐那样死了呢？我问他，你肯给我超度吗？

你？大道士叫，笑了起来。我不能超度。

为什么？

因为我会比你先死啊。他说。

这倒是。但也不一定呢。我说：若是我比你先死呢？

不可能。他说。

若是呢？

就是不可能！他坚决地说。

他怎么不明白呢？我真想干脆告诉他，我想去死。可是我忍住了：告诉了他，他要告诉我爹怎么办？

我一定比你先死。他又嘟哝了一声，好像在诅咒。他为什么要这么说？我发现他神情有些异样。他的家很乱，乱糟糟的，好像客人走了，撒下一个垃圾窝。我一定比你先上天堂的。他说，喂，上了天堂，找到大姐姐了，你要怎么样？

我想要大姐姐的 iphone。我诚实地说。其实也不是因为诚实，而是我太喜欢 iphone 了，忍不住就说出心里话了。

要 iphone？他却叫。

我点头。

大姐姐要不给呢？

我就抢！我说。

呵呵！好容易找到大姐姐了，你居然去抢她的 iphone 啊！你可真傻！

我傻？

放着这么好的大姐姐,你不疼,却去跟她抢iphone?你真真地傻啊!他简直是怒不可遏地叫起来。那iphone有什么好?他叫。

iphone不好?那还有什么好?我想,他该不是故意说的吧?难道他就不爱iphone?他不是说有了iphone就什么都有了吗?

我猛地明白了过来。我真是傻了!他是想自己要那iphone。他是故意给我放烟幕弹呢。他是自己要上天堂去,不让我知道,不让我去跟他抢。他在故意骗我!

谁不希望要什么有什么呢?所以他不给我超度。所以他说会比我先死。他要比我先去了。那么,他抢在我之前去了,我怎么办?

我要先稳住他!我故意装出不明白的样子。我要回家了。我说,家,是跟我要去的天堂完全相反的地方。我这么说,他就不会怀疑我是要去天堂了。我溜了出来。我又快快跑到河边,蹚进河里。我的脚一进了水,我就又猛地刹住了脚。那么谁来超度我上天堂呢?

大道士如果知道我抢先去了天堂,他恨我都来不及了呢!那么只能希望我爹去求他。我爹不去,我妈也不会依的。我妈最疼我。

想到我妈,我又有点舍不得了。这世界上就我妈最疼我。可她再疼我,她也请不动大道士的。但她也可以去请别的道士呀,只是他们法力不如大道士。我想还是选个高的地方保险些,离天堂近一些。我就往山上跑。我爬上了云崖。云崖是我们村的最高峰,绝壁,我感觉到了险,很逼仄,但是这逼仄让我激动,好像在跳板上,腾地要飞起来。

天有点阴。山绵绵的直到很远的地方,像波浪,一浪一浪,直到看不见,迷蒙蒙一片。有几只小鸟飞了过去,不见了。那就是天堂入口吧?又好像离得不太远,伸手就够得着。只是我的手太短,我还是个小孩。但飞总可以吧?不管怎么说,飞过去好像不是太远。我感觉我要飞了起来。喂!下来!赶快下来!谁在叫我?

危险!又是叫。后面有个人。我的魂整个被拉了回来。真讨厌!

听见没有?那人仍叫,那不是小孩待的地方!掉下去尸体都找不着！回来！回来！

回来？回哪里去？回你那儿？他披着蓑衣，手里捏着锄头，衣裳破破烂烂。都活成什么样了啊你！

他的声音是飘过来的。他恍若是在遥远的地方。我们是两个世界的人。我在上面的世界，他在下面的世界。我居高临下俯视着他那个可怜的世界。他根本不明白我在想什么。而且关他什么事呢？我真想更快地跳下去，不顾三七二十一，单就为了跟他拗着干。

可他已经冲到我的背后，拽住了我。我没办法了。如果来硬的，我力气没他大，他是大人。而且他还会告到我爹那里去，我就会被我爹看管起来。我就只得顺着他往回走。到了他的菜地旁，他撒开了我。我讨厌他身上的五谷屎尿味。我忽然有一种恶毒的念头，我想冲他喊：要加税啦！你要没饭吃啦！

可是我没说。我怕他火了，把我拽到我爹那里去。再说，税不税的现在跟我有什么关系了呢？

7

我走了。但我没有走远。我离开了他的视线，又观察起别的上云崖的路。可这时，我撞见了木头和铁蛋。

他们怎么也跑到这里了？可不能让他们知道了。我低头要走，他们叫我，我没回答。他们却追了上来。叫你呢，怎么不答应？他们说。

我说，我没听见。

那现在听见了吧？他们说，跟我们一起玩吧。

我说我不玩。

我知道了，你是还在为小黄的事生气吧？他们说。

他们的声音瓮瓮的，脸很模糊，好像我们之间隔着一层玻璃。好像已经离得很远很远，包括那些恩恩怨怨。很淡，很淡。一个快死的人就是这样的吧？我跟你们没关系，我跟你们没关系。

木头瞧了瞧铁蛋，好像要铁蛋表态。铁蛋说，其实，我那天也没有摸到小黄，只是把手放在小黄的上面。

胡说！我想。他的手肯定碰到小黄身上了。当时我人在外面，我见木头和铁蛋从屋里出来时，铁蛋的巴掌一张一张的。他那神情，就像后妈的孩子偷偷被妈喂了东西似的，喋着嘴巴。但我现在无所谓了。跟iphone比起来，小黄算什么？不过是一只小黄狗罢了。小黄狗最终还是小黄狗，玩着玩着就玩厌了，没兴趣了。

我说，没事啦。

木头说：你不生气了？

不生气。我说。

那你跟我们一起玩了？

我不玩。我说。

那你还是生气。铁蛋说。

不是，我说，我有事情。我说"有事情"时，忽然感到很自豪。我也有我自己的"事情"了。不然他们总认为只有他们有"事情"，我一点也不重要，他们要我怎样就怎样，要我玩，我就得跟他们玩。我现在可以拒绝他们了。我不求他们什么了。

什么事？他们问。

就是有事。我说。我当然不能跟他们说。

说嘛！他们说。

我就是不说。

说嘛说嘛，我求你了！木头求我了。他很着急的样子，跳跳的像憋着急尿。他也有求我的时候了。他怎么不记得当初我是怎样求他们的？我是怎么急的？现在轮到你急了！我很得意。我还真想把iphone的事告诉他们。

说吧，我们一起玩。木头又说。

这话让我警醒。这可不妙！他们要去，就又多了抢 iphone 的人了。他们历来都比我会抢。也没什么事。我赶忙说。

你在骗我们。他们说。

我没有骗。我说。

你就是在骗。他们说。

我急了。骗就骗呗！又怎样？关你们什么事？我应：我就是不想玩，不行吗？

他们愣了一下。大概我样子很凶，他们从没瞧见过。他们就软了。行，当然行。木头说。木头比铁蛋凶，他却软得比铁蛋快。我们是说，你一个人玩，多不好玩啊。

我知道你还在为小黄的事生气。铁蛋也说。

你说什么呀？还小黄小黄的！你们就知道小黄。你们拿这小小的小黄拦住我，耽搁我。已经被耽搁很久了。大道士要是醒悟过来，追上来，怎么办？而且，天就要黑了。我不耐烦了。我说，我没有！我才不呢！

你瞧，你就是在生气。木头说。

怎么跟他们说不明白呢？真是的！我没有！我说。

要不我去抱小黄来给你摸。木头又说，我马上就去抱！

我真的不稀罕。

我马上就去，你就在这等着。可是木头说，就要拉着铁蛋一起去。铁蛋说，我不去，我也在这里等。

木头说，也好，你在这里看着他，别让他跑掉了！就急匆匆跑去了。

木头的背影很快消失在草丛后面。铁蛋忽然冲他的背影一个冷笑。别听他的！他居然说。我很吃惊。木头不是就跟他好吗？小黄让他摸，就不让我摸。

我真的没摸到小黄。他说。我只摸到小黄的毛的尖尖的尖尖。铁蛋竭力比画着，表示自己几乎等于没有摸到。他那样子让我可怜他。

木头是世界上最小气最小气最小气的小气鬼！他又说。

我又一惊。我没有料到他也会这么说木头。我一直以为他是木头最亲密的人，木头最亲密的人都反对了他，我简直幸灾乐祸。

我有个好东西给你看。铁蛋又说，十三色蟾蜍。

十三色蟾蜍？我几乎叫了起来。这传说只有月宫里才有的。

我找到了，一只，我把它藏在北山山洞里。铁蛋说。

其实不可能。月宫上的东西怎么可能被铁蛋捉到呢？一定是他看错了。但我也不稀罕。这十三色蟾蜍 iphone 里也一定有。可是铁蛋仍然说：我带你去看。

我不去。

我都没给木头说呢！我藏着只给你看。

真的？我瞧着他，原来他最亲密的人是我！好像地下党发现了一直隐藏在自己身边的革命同志。我的心像刚杀的鸡内脏一样热了起来。我感到好温暖。好啊！我说。与其是我稀罕十三色蟾蜍，不如说是我稀罕他的情义。

其实你最大人大量了！铁蛋又说，你有了人形何首乌都给我们看。

是啊，那次何首乌，我都给他们看。铁蛋还记得，可见他多么知义。

来，跟我来！铁蛋说，就来牵我的手。我让他牵着。我被他引着向北山走。路很难走，可是我竭力显出走得很轻松的样子。忽而又故意做出很累了的样子，夸张地喘着大气，为的是让气氛很快乐。他也张大了嘴大笑。其实我原来是更想跟木头好的，我有点看不上铁蛋。可是现在，我觉得我最愿意跟他好。

他在前面走，我望着他背影，他很瘦。他家里很穷。他多就知道种田，种了交税。又要加税啦！要没有饭吃啦！他家什么都没有。他的鞋子是破的。有一刻那鞋子脱落下来，我捡着了，我看到那鞋底已经穿透了。这就是我朋友的鞋！这就是我的朋友！我最好的朋友！我心里一阵酸。我说：铁蛋。

他扭过头。

我不知道说什么。

他好像想到我是要不去了。他害怕我不去，他就没什么好奉献给我了。他急了。

铁蛋，我带你看iphone。我忽然说。我也不知道自己怎么忽然有这主意的。

他的眼睛猛地亮了起来。好啊！可是我得先给你十三色蟾蜍看。他说。

不必了。我说，我们朋友间的……我说这话时，眼睛有点热。

真的啊！他说，喃喃地，你真好，你真好……

他的嘴唇在发抖。我看到了，他显得那么可怜。我心里一个痛。我说，是真的，咱们间，谁跟谁啊！来，跟我来！我说。

我反牵了他的手。他的手很热，汗涔涔的，显得更加可怜。他的手被我牵着，还有些不自在，手指躲躲闪闪的。我在心里说，我要给他看iphone。我要让他玩iphone！我要把最好的东西给他玩！我要让他什么都有！即使我没有，也要让他有。我要让他先玩iphone，我自己后玩。我要无私奉献，我心甘情愿，我很舒坦。好铁蛋，我最好的朋友，我要让你上天堂！

我把他引到云崖。那个讨厌的大人已经走了。谢天谢地！铁蛋你运气可真好！我引他站到悬崖前。你看，我说，指向远处。那里迷迷蒙蒙的。

什么也没有啊！铁蛋说。

你过去，就有了。我说。

怎么过去啊？

飞过去。我说。

我不会飞。铁蛋说，我怕！

怕什么？怕怎么去得了天堂！

他不吱声了。一会儿,他还是说:我怕,我不会飞……

怎么不会飞?我说。可我也说不出怎么就会飞了。我和他一起待在那里。我不知道该怎么证明我们是会飞的。也不知过了多久,我忽然想起有一次在城里,一个丧家家里电视里演过蝙蝠侠,他就会飞。

你知道蝙蝠侠吗?我问他。

他摇头。他当然不知道。

他就会飞。我说,张开翅膀,就能飞起来。

他犹疑地瞅着我。我急了。你飞吧!

我不会飞。他仍然说。

就这样。我示范着,张开两臂。

他也张开两臂。可是他又垂了下去。我不会……

我真急了。已经很晚了。天要暗下来,路就看不清了。而且天知道还会出什么意外的事呢,半路杀出个程咬金,比如那个拦路虎大人,比如木头,他要回来,没看到我们,就也会找我们的,还有大道士,说不定他已经离家出发了呢。还有我爹,他一发现我不在,也会来找我的。我们村屁大地方,村头撒个尿就撒到村尾去了,很快就会找到我。那我就全完了。夕阳忽然出来了,血一样的红。但我知道,这更说明了天很快就要黑了下去。我真恨铁蛋不开窍。没见过世面的人就是不开窍!机会放在面前也会让它白白失去。不行!我要替他抓住这机会。

来,我们一起飞。我想说。可是我忽然犹豫了。这不行!一起飞了,他要是再反悔,不飞了,我已经飞了,那可怎么办?我决定我先不飞,让他先飞。当然我还得哄他,说我们一起飞。我说:飞啦!他站在最前面一块悬起来的石头上,摇摇晃晃的。他回头瞧我。他要是看到了我并没有飞起,他一定再也不肯相信我了。我心一紧,趁他还没有完全回过头来,猛将他一推。

他不见了。一只鸟惊叫着从下面飞了起来,飞远了。

铁蛋他没有回来。我想,我也应该出发了。这时我听见了我妈的声音，她在喊我。夕阳照着下面的村庄，许多屋顶在冒着炊烟。我妈在喊我吃晚饭。我闻到了炊烟味。我蓦然感觉到肚子有点饿。我想妈妈。难道我就这么撒下她自己走了？我也应该先把她送走！我得下山拉她。可是这样就会碰到我爹，他会揍我的。那怎么办？而且说不定还会碰到谁呢，要是他也央我，也要上天堂，那我怎么办？一个还可以，可是他们要是再来一个呢？他们要是好多人呢？那就没完没了啦。我简直忙不过来了。其实他们平时都待我挺好的。手忙脚乱。唉，真烦！可是不管怎样我首先得去拉我妈，你们再说啦。我这样想着，往家里跑去。

一个作家的诞生（代后记）

>   你破坏了我的想象力，让我血液沸腾。我打算开始享受这一切了。
>
>   ——题记

这本书里的小说，写作时间跨度很长。最早一篇《晒月亮》写于1998年。当时无处发表，就发表在了网络文学杂志《橄榄树》上，用的是《19××年的阴谋》的标题。类似经历的还有《暗示》（原名为《去偷，去抢》）、《补肾》（原名为《我的补肾生活》）。感谢网络，让我发表作品，虽然在当时，在网络上发表作品的只是被称作"网络作家"，甚至是"网络写手"，但能让大家看到我的作品，已经十分值得庆幸了。至于是不是"作家"，是有作品而"作家"，还是没作品却"作家"，读者自有评说吧。

从那上溯十八年，我还连发表作品是怎么回事都不知道。那时我十七岁，一个大学中文系学生，一次写作课交作业，我交了一篇小说《坟墓》。当时的任课老师孙绍振看了，大为惊异：一个十七岁的孩子，怎么竟写出如此黑暗来？当时他并不认识我，我印象深刻的是，某天一个同学来找我，说孙老师让我去找他。当时孙老师已经因《新的美学原则在崛起》而声名大振，在我们心目中简直是只能仰视的大人物。我记得我是忐忑不安地走向他所住的校园内一间简易的房间的。我看到了他在我小说后面密密麻麻写上的几乎一张纸的评语。他拿给我一叠五百格的福建作家协会的稿纸，让我把小说抄正，他要拿去推荐发表。那时候他到哪里都力荐我，后来人们回忆说，我的名字当时几乎成了他的"关键词"。他甚至说我"天生就是一个作家"。我顿觉自己的前方打开了一扇通往作家的大门。

但是孙老师的推荐并没有取得成果。我的小说一篇也没有发表出去。其间有些编辑给了修改意见，比如加个"光明的尾巴"，或者索性把事件背景移到海外。我一口拒绝了，宁可不发表。甚至还斥责对方。当时所以那么狂，一方面是该死的学了些文学理论知识，一方面也因为我年轻，更具体地说，我觉得我耗得起，即使耗他十年，我也不到许多大作家第一次发表作品的年龄。在我看来，十年是很长的。不料一耗却是二十年。

我不知道这二十年里，孙老师是否还坚信我会成为作家，我周围的绝大多数人是不信了，在他们眼里，我只是屡试不第的范进，不合时宜的孔乙己。这二十年，多少人都改做别的行当了，我却仍然写着，即使流落到了国外，也还在做着文学梦，最终不顾一切跑回来写作。现在有人说我有恒心，有毅力，其实哪里是？与其说是毅力，不如说是赖皮劲；与其说是恒心，不如说是无奈——我不能再干别的什么。无数次冲锋，溃败，喝点酒，号几声，睡一觉，又好了伤疤忘了疼了，再上。循环往复，如此而已。

其实那时不被接受，也属正常。即使是孙老师，也不是完全被接受的，即使认可他的，也觉得他具有危险性，他很快遭到了批判。我这么一个让具有"危险性"、必须被批判的孙老师都惊骇的人，更怎么可能被容纳？这种情况直到跨世纪，才有了改变。这当然有着偶然的因素，但是也应该承认，世界潮流浩浩荡荡，中国的生态环境变了。

定下这个标题，是想到格里菲斯的《一个国家的诞生》。把它套用在我个人身上，也许大题小作，但是这与其说是我这单个作家的经历，不如说是许多中国当代作家的经历，乃至中国文学新时期以来的某方面历程。

两年前，在一次笔会上见到小说家马原，他惊讶说以为我是"七〇后"的。我想是从我作品里产生的印象吧。早年读舒婷诗："要使血不这样奔流,凭二十四岁的骄傲显然不够。"血显然是年轻人的红袖标。但是马原也没有错,这二十多年来,我的风格基本没有改变,现在我这么写,在我十七岁时,就已经这么写了。不同的是,社会包容了。当然包容毕竟还是相对的,我的作品在发表出版时,还必须做处理,我的书稿还总是要在多个出版社间辗转,包括这本书,本来是九篇,现在成了八篇。我被承认的,主要只对应于某些作品,某个方面而言。

这篇后记写还是不写,心中一直彷徨。今天早上,忽然写起来了。写完,打开网络,猛然看到德国汉学家顾彬责难中国文学的报道。他说中国当代文学是垃圾,中国作家没出息。我愣了半晌:我在不在他所说的"作家"的行列?

在与不在,在自己。

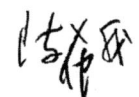